U0452521

图书在版编目（CIP）数据

欧阳钢柱想不通 / 陆春吾著. -- 成都：四川人民出版社，2025.4. -- ISBN 978-7-220-13023-6

Ⅰ.I247.5

中国国家版本馆CIP数据核字第2025YZ9485号

OUYANG GANGZHU XIANGBUTONG

欧阳钢柱想不通

陆春吾 著

出 版 人	黄立新
监 制	郭 健
责任编辑	陈 纯
特约编辑	王雪婷 方 淳
责任校对	林 泉
封面设计	所以设计馆
版式设计	王 珂
责任印制	周 奇
版权和策划	豆瓣阅读

出版发行	四川人民出版社（成都三色路238号）
网 址	http://www.scpph.com
E-mail	scrmcbs@sina.com
新浪微博	@四川人民出版社
微信公众号	四川人民出版社
发行部业务电话	（028）86361653 86361656
防盗版举办电话	（028）86361653
照 排	四川胜翔数码印务设计有限公司
印 刷	成都市东辰印艺科技有限公司
成品尺寸	145mm×210mm
印 张	8.625
字 数	200千
版 次	2025年4月第1版
印 次	2025年4月第1次印刷
书 号	ISBN 978-7-220-13023-6
定 价	49.80元

■版权所有·侵权必究

本书若出现印装质量问题，请与我社发行部联系调换

电话：（028）86361656

欧阳钢柱
想不通

陆春吾

著

四川人民出版社

这本书，献给所有曾努力活过的人。

目录

引　子　- 001

第一章　天敌　- 004

第二章　福宝　- 015

第三章　玩主　- 024

第四章　奶奶　- 042

第五章　夭折　- 053

第六章　混混　- 070

第七章　屠夫　- 088

第八章　女神　- 102

第九章　爱呀哎呀　- 115

第十章　疯　- 134

第十一章　次要人生　▸151

第十二章　俩小天鹅　▸175

第十三章　寒蝉　▸188

第十四章　无间　▸199

第十五章　野孩子　▸213

第十六章　刺　▸222

第十七章　妈妈　▸240

终　　章　海鸥　▸252

番　　外　欧阳钢柱想通了　▸256

出版后记　▸268

引子

大都有条隐秘的对折线，以繁华为界，分成新城和老街。

在老街的最西边，海开始的地方，有一片被时间遗忘的院落，这里也是故事起始的地方。

一九九八年八月二十六日晚上八点六分，短暂耀眼的火花过后，老街迎来了未来十多年里最为漫长的一次停电。

在长达两个多小时的时间里，寂静的黑暗笼罩了老街的十八个院子。

世界暂时停摆，文明瞬间消失，星星重新占领夜空，蛐蛐的鸣叫在人们耳畔回荡。

这场黑暗之中，欧阳钢柱所住的大杂院有七个人在同一刻发出叹息。

被丈夫一脚踹在脑袋上的苏文巧，向儿子索要生活费的龙哥奶奶，正在给客人洗头的打工妹露露。

三个不同年纪的女人，正承受着同等重量的苦难。

另外四个人来自欧阳钢柱的家庭，他的爷爷、姑姑、妈妈，以及他自己。

反常黑暗降临的那一刻，他们四人都再次堕入曾经的噩梦，都以为自己是这个世界上唯一绝望的人，都差一点儿就要将心底的秘密脱口而出。他们憎恨这黑暗的突袭，也感谢这黑暗给予他们内心的恐惧以容身之所。

五年前的今天，欧阳常青从医院背走了久病的妻子。

第二天太阳升起的时候，他带着妻子的遗体走进家门。

没有人知道他们去了哪儿，也没有人知道究竟发生了什么，他至今也没有做出任何解释。

七年前的今天，欧阳梅听见了那句宣判。

她反复呢喃了三遍才真正弄懂医生的意思。

女人冰冷的手，窗外炸响的蝉鸣，男人隔着烟雾望向她的眼神……想到这里，她放下手里的书，在黑暗中扬起巴掌。

十年前的今天，王晓从那辆改变她人生轨迹的小客车上下来。

陌生的站台人烟稀少，广阔的田野昏暗无光，她满怀欣喜地往前走，那时的她还不知道，就在一天之后，她将同时失去爱人和梦想。

她这辈子再也去不了法国了，骄傲了前半生的她将在一年之后嫁给一个碎嘴男人，住进老街最贫穷的一个大杂院。

而那时的欧阳钢柱对家人们的心事一无所知，只是在黑暗中静静思索一个问题：

那个在大杂院流传已久的预言究竟是不是真的？

欧阳钢柱和他的哥哥欧阳洋洋天生相克，只能活下来一个。

这么多年来，大娘和他妈对那个遇见算命老头的下午闭口不提，他的家人也都在假装，假装一切从来没有发生，可大杂院的其他人信以为真并拭目以待。

头顶的日光灯"刺啦"一声，重新闪亮，在狭小的房间投下虚伪的白昼，与此同时，天降大雨。

欧阳常青背过身去，接着往鸟笼食槽里倾倒小米；欧阳梅无视福宝的哭泣，继续翻动手上的书页；王晓对着窗外的雨声发呆，回过神来给了打鼾的丈夫一脚。

欧阳钢柱则重新被彩色电视机俘获，爷爷为什么要害奶奶？姑姑为什么不爱妹妹？妈妈为什么会嫁给爸爸？哥哥是不是他的天敌？这些后来一直困扰着他的问题通通被搁置，他瞪着大眼，对着跳跃的画面傻乐。

距离他与他哥命中注定的较量，还有一年六个月十一天。

当时的他并不在乎，他只在乎电视里的紫薇，到底能不能找到亲爸。

第一章

天 敌

- 1 -

我的哥哥欧阳洋洋，头大，个儿大，嗓门儿也大。可是他死的时候，却是悄无声息。

一辆疾驰的车碾过，他的人生也跟着刹车声，戛然而止。

大娘号哭的时候，天上下起了雨。直到火葬场那根巨大的烟囱不再冒烟，雨依旧没停。好像这场大雨永远不会停，就像大娘的眼泪一样。

那一年，八岁的我成了欧阳家唯一的孙子。哥哥，安息吧，我将带着你的遗愿——

我哥背手站在我身后，冷眼看我神采飞扬地杜撰着他的死亡。看完最后一句，他又扫了眼作文题目——记一件小事。

来不及惊呼，下一秒就变得稀碎，无论是作文本，还是我的校服。

不愧是铅球运动员，拳拳到肉。要不是揍的是我，我肯定得赞美这梆硬的铁拳真够劲。

"我就知道你有忤逆之心,捶死你个王八蛋!"

眼瞅着我就要魂奔快乐老家,大爷及时出手,一脚蹬飞了我哥。

"说了多少遍,不准骂人!"

飞起的拖鞋,殃及了一旁看戏的我,"吧唧"一声,正甩在我咧开的嘴里的大板牙上。

可怜我那晃悠了半个月的门牙,我那爷爷哼唧了俩小时也没拔下来的门牙,忽然之间,寿终正寝。

- 2 -

因为作文的事,我跟我哥正式结下了梁子,而非正式的梁子,从我出生那年就存在了。

一九九〇年盛夏,我妈跟着窗外的蝉,嘶吼了三天三夜,终于把我攮了出来。她扇在我爸脸上的巴掌,诠释了什么叫为母则刚。那一刻,我明白了一个让我受益终身的道理:我妈能把我生下来,自然也能把我送回去。

我爸捂着脸,绞尽脑汁和头发,给我起了个响亮的名字。

他说,名字包含双重寓意:其一,希望我像《钢铁是怎样炼成的》主人公一样,成为铁骨铮铮的汉子;其二,希望我取代我哥,成为欧阳家的顶梁柱。

那一天,初来人世的我有了自己的呼号——欧阳钢柱。

如果时间能重来,我宁愿叫欧阳三天。实在不行,叫欧阳三夜也不是不可以。

可那时,神经大条的我爸并没领会我无言的绝望,逢人就说我妈给他生了个钢柱。我只得寄希望于我妈一巴掌唤醒他的理智，谁知她却用难得一遇的温柔，握住我爸的手：

"这名字真带劲。"

嗯，他俩结婚是有原因的。

不管怎样，我欧阳钢柱算是活泼开朗地来到了这个后来被我称为故乡的地方。

海滨小城，三面环海，与世无争，一年四季兜售美酒和热闹。小城不繁华，赢在名叫"大都"，四处可见"欢迎来到大都市"的标语——热情好客中，着实透着点儿不要脸。

大都可分为新城和老街两块。西边的老街是大都的发源地，住着最早一批大都人。就像每个赶时髦的姑娘都有个勤劳朴素的娘一样，无论新城怎样繁荣蓬勃，老街仍秉承"一样价钱要大，不要钱最好"的铁律，坚持"有便宜不赚王八蛋"的原则，日复一日的破败萧条。

虽然有学者考究地说这些建筑叫里院，可住在里面的人低头瞅瞅每家门口码的菜和煤球，抬头望望晾衣绳上滴着水的红裤衩，对着院子中间公用的厕所和水龙头叹口气，还是习惯叫它大杂院。

六十平方米的小房子，三代人住了几十年，欧阳家自然继承了大都最为纯正的血脉和贫穷。

作为欧阳家第二个孙子，我像青苔一样疯长，卑贱得朝气蓬勃。我妈也谨遵对我百炼成钢的美好期望，严格按照打铁手法，一锤一锤为我锻造出一身钢筋铁骨。

然而，钢柱在长大前只是颗钢钉。

我是我哥的眼中钉。

我一直想不通，我哥为什么要杀我。正如我想不通，我为什么要杀我哥。

虽然大杂院里，人人这么说。

我大爷欧阳建生平最大的骄傲，就是作为长子，为欧阳家开发出一个长孙。他激动地给儿子取名"洋洋"，希望他能走出老街，扎根新城，出人头地，扬扬（洋洋）得意。

可是，他忘了我们家复姓欧阳。

欧阳洋洋这个名字，让很多人以为我哥是个结巴。久而久之，我哥像是为了呼应群众呼声，一报名字就嘴不利索，在后天结巴的道路上，加速狂奔。好在，他动手能力强：谁笑话他结巴，他就揍得谁满地找牙。

膀大腰圆的欧阳洋洋是一座喷薄的火山，随时准备着同归于尽。肚子里的话，让他憋粗了脖子，憋大了头，才四年级就顶着一张跟心智不符的正方形大脸。

可就算我哥有一张正方形的脸，这也不是我杀他的理由。我实在是想不通，为什么在别人嘴里，我俩非得死一个不可？

这事情的真相，还是我好心的同桌告诉我的："听我奶奶说，有个算命贼准的老头给你们卜了一卦，说你俩八字相克，注定只能活一个。"

"可我俩现在都好好的。"

他意味深长地上下打量，笑着说："快了，快了。"

在我不小心烧了他家房之后，同桌就变得非常善解人意，总拣好听的说。

这么多年来，大娘和我妈对那个遇见算命老头的下午闭口不谈。我的家人也都在假装，假装不幸的预言从未降临。

可我知道，他们信了，并且深信不疑。

随着传言的四散，大娘和我妈心里慢慢有了芥蒂。她俩都担心，对方的傻儿子会克死自己的心肝宝贝。两位母亲在儿子耳边不断呢喃，用母爱搭建起一座修罗场，央求或威胁他们茁壮成长，不惜一切代价，成为欧阳家唯一的男丁。

从那时起，我和我哥的衣食住行都变成了比拼，他吃两个蛋，我妈就逼我吃三个鸡腿，全然不顾我金针菇一样的体形，哪里塞得下。我觉得在被我哥弄死之前，我会先被我妈撑死。说不定，我妈才是我真正的克星。

尽管传言越来越邪乎，人人都在翘首以盼那场大义灭亲，可我真不信。

直到我哥强灌了我毒药。

- 4 -

说来挺不好意思，其实是我先动的手。

事情的起源，只是一个小小的玩笑。我俩谁都没想到，一块小石子会引发一整场雪崩。

那天早上，我哥为让我多睡一会儿，贴心地把表调慢一小时。中午吃饭，我为了他营养均衡，特意把鱼刺塞进馒头里。下午课间，他以我的名义，向同班的小混混龙哥发起挑战，扬言放学别走，谁躲谁是狗。第二天，跛着右腿的我，则不得不把他珍藏的小黄书，交给教导主任，让全校知道，他是多么勤奋好学。

当然，在批评教育后，一年级二班的教室后门，每个课间，都会出现一张愤怒的正方形大脸，吓得我硬憋了四节课，最终晚节不保，当着全班的面，尿了裤子。

几个月来，我俩就这样冤冤相报，乐此不疲。

一九九八年的暑假，离开学还有一周，我还有一堆的作业要写，而我并不着急。我有更重要的事儿要办，我在等我哥的报复。

谁知，他突然收手。我哥在揍我之外，忽然拥有了一个更高雅的爱好：炼丹。

他爱上了《西游记》里的太上老君，有样学样开始炼丹。这傻子偷走厨房俩瓢，胶带一缠，吹牛说是宝葫芦。整天窝在角落，对着爷爷压箱底的古书捣鼓不停。晚上，就把葫芦吊在大院的晾衣绳上，要吸收日精月华。直到醉酒回来的邻居，撞上去磕个大包，跑我家大闹一场，在大爷的拖鞋之下，他才勉强愿意把葫芦放家里供着。

"欧阳洋洋，你给我把瓢拆开。"

"这是宝葫芦。"

"拆开你听见没有？"大娘一挽袖子，"要么我拆了你。"

"你不懂你不懂，吃了就能位列仙班！"他挣脱大娘，一溜烟跑出去。

既然我哥想早登极乐，我就帮他加加速吧。

这晚，他睡沉之后，我爬上吊铺，偷偷摸出葫芦，开始加料。

一勺公厕泥，肠胃脱层皮；两块煤球渣，屁股炸开花；三滴洗脚水，身上臭成鬼。我念念有词，和着手汗搓成团，心满意足嘿嘿笑，小心翼翼放回去。

试药的那一天，我藏起家里所有的卫生纸，喜滋滋地围观。

他捧着葫芦，对着东西南北各鞠了一个躬，打开胶带，深吸一口。眼看大功告成，谁知大方脸却突然拧向我。

"你乐什么！"他两眼一瞪，"有诈！你吃！"

来不及逃跑，他的丹药，我吃了个饱。

- 5 -

如果你的人生只剩下二十四小时，你会干什么？

我反正不会用来写《暑假园地》。

毒性比我想象的大，腹部绞痛，虚汗不止。我蹲着边排毒边祈祷上苍给我浪子回头的机会。可低头一看那摊红色，心中一沉。

电视里要死的人都是口吐鲜血，我这虽有不同，但殊途同归。

在旁边蹲坑的同桌发现了异样，一脸关切："怎么脸色这么差，要死啦？"

死？这个我原以为要再过九十几年才会考虑的字眼，没想到，来得比开学都快。

我望着他眼镜后面的大眼，一想到我俩做了一年同桌、八年邻居，不禁悲从中来。

"要是我死了，你会怎样？"

"你死了？"同桌停下擦拭，沉默了一小会儿，"我终于能换个女同桌了，嘿嘿。"

我陷入了两难境地：要么，说出真相，被揍死；要么，硬撑到底，被毒死。

你俩相克，只能活一个。

我又想起那句诅咒，想起我俩日常生活的点滴，照这么作下去，死亡的确是唯一的结局。

我不想死，我也不想我哥死。但如果欧阳家注定只能活一脉的话,就牺牲我吧,毕竟我爸妈还年轻,还能再生个钢条啥的。

我决定去死,以此终结欧阳家的杀戮循环。

钢柱尝百毒,当代李时珍。到时候,挽联就这么写吧。

想到这,我不禁哭得像只哨。

- 6 -

人生总是喜忧参半,比如我有一个坏消息,我要死了。

但我也有一个好消息,暑假作业不用写了。

提上裤子的那一刻,我决定用一天,走完一辈子的路。

我偷走我妈钱包,邀请大杂院里所有孩子都来参加我的喜宴暨追悼会仪式,地点就定在马路头上的烧烤店。在最后的最后,我想亲口告诉我哥,他才是欧阳家唯一的孙子。以后的人生,也麻烦带着我的伶俐劲聪明地活下去。

我拦住正在弹玻璃球的他。

"孙子……"我忽然哽咽,后半段话卡在了嗓子眼儿。

"你敢骂我!"我哥起身追着我就打,用玻璃球在我后脑勺砸了好几个包,我哭得更惨了。

欧阳洋洋你个没良心的,我是替你去死。原来我还想跟你吃个散伙饭,现在吃屁吧你!

继续往外走,我碰见遛鸟回来的爷爷,我最好的朋友。可是,我不想让他知道我要死了,毕竟他已经七十多岁,我怕他一时冲动,准备跟我搭伙走。

对,我要死在天涯海角,绝不让他们看见我毒发身亡的惨样。

"爷爷,"话一出口,泪又涌上来,"爷爷……"

"哟，怎么了？又让谁揍了？"爷爷抹去我的眼泪和鼻涕，左顾右盼，掏出两块钱，"买点儿零嘴吃，别让你妈看见。"

攥着皱巴巴的两块钱，看着他皱巴巴的笑，我心里更难受了。"扑通"跪下，"咚咚咚"就是三个响头。

爷爷一愣，又掏出十块。

- 7 -

凉菜上齐之后，班花才到场。

"一遍遍打电话，到底找我干吗？"

"成亲。"

她环视包间，目光在我、同桌、龙哥以及一些话都说不利索的小跟屁虫脸上来回穿梭，脸色难看，回答却非常礼貌："有病吧你，《暑假园地》写完了吗？一天天的，闲出屁。"

她的转身离去，也在我的意料之中。我知道她不会简单答应，毕竟我尿裤子那天，她也在场。我就想试试，大人不总说人生重在参与嘛。

我想告诉她，《暑假园地》那是小孩子才写的玩意儿，我现在面临的是人生意义的思考。转念一想，一个最大的忧愁就是暑假作业写不完的小女孩，又怎么会懂我这个沧桑少年的深沉呢？

我对自己一瞬之间的成长，满意极了。

娶不了老婆没关系，我还有兄弟。大手一挥，我点下了菜单上一整面的肉。当撒着孜然的烤肉筋香喷喷上桌的时候，我同桌和龙哥当场表示愿跟我结成异姓兄弟。

"不求同年同月同日生，但求同年同月同日死。"

"对,"龙哥端起茶碗,以水代酒,"一起死!"

"一块儿死!一块儿!"几个上学前班的小屁孩也跟着起哄。

我们"呼啦"一下跪成一片,模仿着电视剧里的桃园三结义,茶杯高举过头顶。我心中一暖,不由得想跟兄弟们,说几句推心置腹的话。

"实话告诉你们,我中毒了。"我含情脉脉地看向每个人,"马上就死了。"

话音刚落,他们扔下茶碗,四散而逃,边跑边喊:"不算数不算数,刚才的结拜不算数。"

只留我跟地上的茶碗,大眼瞪小眼。

罢了罢了,就让我一个人承受吧。我叫来服务员,又给自己加了几个菜。

直到撑得实在吃不下了,我才缓慢起身结账。

"二百五十块。"

拉开拉锁,我发现钱包早被我爸先行一步偷了个底朝天,只剩几个钢镚儿嘲笑我的年幼无知。

"能给个学生价吗?"我沉着应对,"十二块六怎么样?"

决定秘密去死的我被老板押在店里,等家长过来领人。

- 8 -

我妈不顾我的挣扎,扛着我去了医院。在等待结果的过程中,我哭着跟每个人道别,结果医生说,我只是食物中毒。

"可是,我拉血了。"我望着医生,"红红的一大摊。"

"这我知道,"回答我的是我哥,"我在药丸里加了红心火龙果。"

说罢,他嘿嘿一乐。

我永远不会说出我在药丸里加了什么,就像我爸一直没承认钱是他偷的。停止腹泻的第二天,我妈开始逼问我钱包里的钱去哪儿了。

一九九八年的夏天,台风过境,天降大雨。

距离那场命中注定的死亡,还有一年六个月十一天。

可当时的我,并不知道。

我只是一边喝着稀饭,一边哭着补完了所有的暑假作业。在我哥欧阳洋洋的监督与指导下,以他为主角完成了一篇主题作文《我最敬佩的人》。

这篇作文是我人生的污点,全篇胡诌八扯,不提也罢。

第二章

福 宝

- 1 -

福宝是世上最可爱的孩子,你就算打爆我哥的狗头,我还是这么说。

当然,我哥也愿为此,赌上我的狗头。

福宝四岁,瘦瘦小小的一只,只有脑袋又大又圆。眉头总蹙着,就连笑起来也带几分生气的模样,小脸皱巴巴拧成一团,像颗核桃。

我们的妹妹欧阳福宝,是这个世界上最乖巧、最懂事、最招人怜的孩子,我俩愿为她豁出命去。哪怕千刀万剐,哪怕上刀山下火海,为了福宝,什么都行。

福宝说:"想要酒心巧克力。"

我们哥俩眨巴眨巴眼,无能为力。

福宝要作为奖品的巧克力。

六月一日,幼儿园办晚会,带着爸妈一起上台表演的小孩,有机会得到酒心巧克力。

福宝仰着小黄脸,跟老师说她想报名。隔壁院的小胖孩正巧站旁边,抢先嚷嚷开了:"你不能参加,我妈说了,你没爹没妈。"

福宝慌乱张望,被弄得不知所措,小手绞着衣角,几乎要哭出来。

"没爹没妈！没爹没妈！"他欢快地叫嚷，越来越多的孩子加入。他们围着福宝，跑、跳、拍着巴掌叫，"嗡嗡"吵成一团。

"没爹没妈"四个字意味着什么，他们不知道。他们只知道爸爸妈妈应该是每个人天生就有的，福宝没有，那她就不正常，就不能跟她玩。

福宝杵在暴风中心，只顾瘪嘴哭。老师高声制止，孩子们三三两两散开，扭头去研究其他的花花草草，时不时仍有一两声"没爹没妈"传来。

那一刻，她终于明白，自己想要的不是巧克力。

- 2 -

"既然要无中生爹，我当怎么样？"龙哥话音刚落，就被我哥一脚蹬出两米远。

放学之后，欧阳洋洋把我们仨提溜到大杂院一角，说要召开秘密会议。不用说，主题铁定是前两场的延续：怎么完成福宝的愿望。

同桌看了眼电子表，咂咂嘴："要不就这样，欧阳钢柱出个大头，剩下的咱仨凑凑，直接买一盒。"

"说了多少遍，要的不是巧克力，是爹妈给挣的巧克力，你懂不懂？"

"除非让她求爹得爹，不然有什么法子？"同桌蹲在我旁边，嘴里嘟嘟囔囔。

"什么？"我哥大脸一拧，正方变长方。

"没什么。"同桌闭上嘴,对眼镜片上的划痕来了兴趣,专心致志地搓个不停。

"不是,你刚才说的……"欧阳洋洋拍着大脑门,"再说一遍,赶紧赶紧。"

"我说……"同桌往回退了两步,"我说让她求爹得爹……"

"求爹得爹!对!"欧阳洋洋霍地站起来,"我当她爹!"

刚爬回来的龙哥看看我哥,又摸摸自己的腚,寻思这跟自己刚才说的,有什么不一样?

没等我发出嘲笑,欧阳洋洋大手一挥,对着我,一字一顿:"你,当她娘。"

"等等……六一那天……我这当娘的,也得去学校过儿童节啊。"

他直起铁塔般的身子,俯视蹲在地上的我。

"那天你拉肚子,我在家照顾你,咱俩都去不了学校。散会。"

"我当娘,这性别也不……"

我还想反驳什么,可剩下的话,被我哥一脚踹回了肚子。

- 3 -

为了福宝,我跟我哥开始学习"为人父母"。

我俩爸妈是生来就分配好的,所以从来也没想过,怎么着才算符合标准。

"卷发、耳环、纱巾。"我暗中观察,"你看大娘和我妈都这样,估计当妈的,头上得带卷。"

"那当爸的呢？"我哥忧愁地望着大爷和我爹的"地中海"，思考着谢顶到底是不是当爹的必要条件。

"快点儿吧，"我递上我爸的刮胡刀，"你要是下不去手，我帮你。"

"肯定还有别的特征。"我哥转向大娘，大大咧咧地一吼，"妈，你好好回忆下，我爸什么样？"

话音刚落，揣手走过的大爷，当场僵在原地。

在挨了一顿胖揍后，我俩找到爷爷，问出了心底的疑惑。

"当爸妈应该什么样？有标准吗？"

"当爸妈的，都爱自己的孩子。"爷爷是这么说的。

我哥点点头，因为大娘老跟他说，他要不是她孩子，她一准宰了他。

我觉得不对，姑姑就不爱福宝。姑姑是福宝的妈，可姑姑又不让福宝叫她妈。姑姑任由别人嘲笑福宝没爹没妈，也从来没站出来说过一句话。

我甚至怀疑姑姑看不见福宝。因为她家地面干净得没有一根头发丝，福宝却常年挂着两串鼻涕。

我能想到的唯一的解释，就是姑姑看不见她。

我的姑姑欧阳梅，随了爷爷的身板，清瘦高挑。只是没有爷爷那么多褶子，因为常年冷着一张脸。

那件事之前，我一直没搞清她究竟是冷静还是冷漠，也许，两者兼而有之。

医院里，同事敬仰她；家里，我们害怕她。骨节分明的手，拿得住手术刀，也拿得住我们家的男女老少。

就连屁话最多的我爸，也知道别拿她开玩笑。

我一直好奇姑姑是不是遭遇了什么意外，比如小时候因为话多被揍之类的，以至于现在话少得跟按字收费一样。爷爷听完摇摇头："龙生九子，各不相同。"说这话的时候，我爸正因为不合时宜的俏皮话，被我妈拎着扫帚满大院追。

爷爷说，姑姑哭的次数屈指可数，出生的时候，奶奶走的时候。剩下的时间，姑姑都是气得别人哭。她静默无声地成长，喜怒哀乐外人无从知晓。

"那你们怎么知道她高不高兴呢？"

"她高兴的时候不说话，"爷爷看向我，"不高兴的时候……也不说话。"

"这不都一样？"

"不不，"爷爷摇摇头，"你能感觉出来，不一样。"

人们总说，姑姑投错了胎，嘈杂的大杂院配不上她的野心，逼仄的房间盛不下她的未来。在大爷欧阳建和我爸欧阳设撒丫子满街疯跑的时候，姑姑欧阳梅优秀得全校闻名。现如今，建设哥俩已经快在劳动人民中混不下去了，而姑姑步步高升，成了大都知名医院的产科医生。

在她搬出大杂院的那一天，所有人都庆幸她去了该去的地方。

当时谁都没想到，这么骄傲的一个人，会在几年后，因为卷入那桩老街闻名的丑闻，再灰头土脸地回来。

带着个名不正言不顺的孩子回来。

- 4 -

要想得到一等奖，除了"后天的"爸妈，还得需要姜小白。

住我家上面的姜小白，人如其名：晓得礼貌，人也白净。他是老街家长的理想、孩子的噩梦。重点中学学生，还弹得一手好钢琴。

"所以，我们打算给你个机会。"说这句话的时候，我哥昂着头，我挺着胸，福宝仰着脸。进门之前，欧阳洋洋千叮咛万嘱咐："好话听多了，耳朵木了。咱反着来，激将他。"

"给你个发挥特长的机会，"我哥把偷出来的录音机往地上一搁，"录伴奏带。"

"行，什么歌？"姜小白答应得痛快。

"你会什么？"相较之下，装模作样的欧阳洋洋就是个猩猩。

"贝多芬、肖邦、巴赫、莫扎特，多少会一些，别的曲子也可以练。"

长这么大也没听说谁能徒口唱贝多芬，我哥眨巴眨巴眼，愣在原地。

"要不咱报报都会什么？"姜小白扫了圈我们，"选个都会的。"

"《好汉歌》《大花轿》《潇洒走一回》。"说罢，我哥望向我。

"《上学歌》《少先队队歌》《潇洒走一回》。"说罢，我望向福宝。

"《小挪（螺）号》《采蘑菇的小姑娘》《潇洒走一回》。"说罢，福宝又望回姜小白。

早该预料到这个结果，毕竟《潇洒走一回》是我哥最爱的曲目，每天上学前都得哼哼一遍。

"那就《潇洒走一回》吧，我这几天扒扒谱子，录好了给你们送去。"

"得抓紧，我们时间很紧。"

依旧贯彻藐视政策的我哥，是猩猩里最蠢的那一个。

5

站在舞台上的那一刻,我才意识到,欧阳洋洋出了个什么狗主意。

我哥显然也意识到了这一点,因为前奏响起的时候,他跑了。

他跑了!

我哥像脱缰的野狗一样跑了!落荒而逃,直奔大门,还跑掉只鞋,引得台下哧哧发笑。

空荡荡的舞台上只有戴着假发、围着粉纱巾的我和穿着吊带、在风中哆哆嗦嗦的福宝。

哦,对了,还有那只臭鞋。

"天地悠悠,过客匆匆,潮起又潮诺(落)——"

我俩的声音干瘪地回荡着,走位的时候,我被我哥遗留的鞋绊倒,假发滑落在舞台中央,台下笑疯了。

我欧阳钢柱从来没这么丢人过,除了尿裤子那次。

我抓着假发,茫然地望着面前黑压压的脑袋。密集的圆点,上下浮动,我想起夏日午后,在知了残躯里穿行的蚂蚁群,胃中翻腾。我哥跑了,我愣在原地,所有动作,忘得一干二净。嘴巴一张一合,只发出"呃呃"的怪声。

小孩笑,大人笑,所有人都在笑。拍着巴掌笑,低下头憋笑,跺着脚撒欢笑,别过头偷着笑。

我第一次知道,原来笑声,也会让人害怕。

"牛(留)一半清醒,牛(留)一半醉……"

福宝还在唱,僵硬地扭动,笨拙地舞着手,拼命卡上节奏。

"福宝……"我想让她别唱了,逃吧,咱一块儿逃,逃开这个噩梦,你请几天假,过几天就没人记得了。

"至少梦尼（里），有你追随……"

我远远地看着她,她背对我,看不见表情。她的歌声淹没在笑声里。

我们苦心策划的一切,淹没在笑声里。

关于父母的梦,淹没在笑声里。

- 6 -

"文艺我不擅长,运动会肯定没问题。"我哥拍了拍福宝,"下次吧,下次一定。"

我们的努力,收获了三条小手绢和一通嘲笑。

"你想吃什么,这个？还是这个？"我们带福宝去了老街最大的百货商店。给不了爸妈,就给个巧克力吧。

"你瞧你那小气劲！"欧阳洋洋拍着柜台,冲售货员喊:"阿姨,给我妹妹拿最好、最大、最贵的酒心巧克力！"末了,他转向旁边的爷爷:"付钱吧。"

爷爷身上的钱,只够买六个散装的。

爷爷一个,我一个,我哥一个,福宝三个。

"辣辣辣！"我哥一口吞下去,咂巴咂巴嘴,凑到我旁边,"你的什么味？我看看。"吓得我赶紧把巧克力连同半拉包装纸,一块儿塞进嘴里。

福宝没吃。她咽了口口水,用小手绢把三个巧克力包得严严实实,紧紧攥在手里。

"你不吃？"

福宝没说话,只是摇摇头。

不吃？这么好吃的东西为什么不吃？费这么大劲搞来了，不吃你要它干什么？

我想不通，想破头也想不通。

- 7 -

姑姑唯一带着点儿人味的地方，就是偏爱甜食，特别是巧克力。

六月的大都海雾缭绕，阴冷潮湿，欧阳梅的感冒久久不愈。她想起以前生病的时候，母亲老是给她备好巧克力、糖水罐头还有奶糖。什么都没有的时候，就在开水里撒一勺白糖。

用母亲的话说，生病的人是心里苦，吃点儿甜的就好了。

欧阳梅长大之后，母亲还老是把她当成小孩子，一生病就往她手里塞糖。欧阳梅从来没反驳过，总顺从地吃一片药，吃一颗糖。

母亲走了之后，就再也没人给她塞过糖了。心里苦的时候，她也不愿再给自己一丝甜。

跟往常一样，独自在食堂吃完饭，她回到了办公室。欧阳梅吸着鼻涕，心烦意乱地，在包里胡乱摸着卫生纸。忽然，她抓到一团奇怪的东西，定睛一看，是条脏兮兮的碎花手绢。糖纸泡得稀碎，咖啡色污渍流得满包都是。

她撕了张纸，使劲擦干净，转身扔进垃圾桶。愣了一下，又返身折了回来。

"这沾的什么啊，恶心死了。"

她两根手指捏起手绢，一并扔了进去。

第三章

玩 主

- 1 -

天气阴沉,只有邻居家炸鱼的腥气弥漫。

一个小人儿提着鞋子,蹑手蹑脚,趁四下无人,一溜烟蹿进里屋。

不敢再耽误下去,留给我的时间本就不多。

咽口唾沫,心一横,我揉开手里攥成团的数学卷子。

其实不及格真不赖我,我明明是第一个交卷的,谁能想到这卷子居然还有反面呢?

最可恨的是我同桌,抄完我半面答案不说,根本也不提醒我翻面,教科书式地卸磨坑我。

我抓起圆珠笔,下一秒,娱乐版头条"千万富豪神秘新欢"几个铅字后面,多了一个歪歪扭扭的"欧阳设"。不一会儿,形态各异的"欧阳设"出现在昨天的晚报上。

当报纸写到最后一面,我的速成连笔字总算上了点儿年纪,略带几分中年男子的慵懒神韵。

我点点头,殊不知一道黑影从天而降。

邻居炸好了鱼,高声喊孩子回家吃饭。

我俩之间隔了一层尔虞我诈,他的脸没在阴影中,时间停滞，我的血液凝结成霜。十秒钟后，我哥终于放下卷子，叹了口气。我知道，我玩完了。

他向我张开巴掌，我识趣地迎上去，不料却被他一把推开。

我哥夺过圆珠笔，抖落校服上并不存在的尘土，一本正经地拧亮台灯。

说时迟那时快，只见他收放有度、笔走龙蛇，下一秒，神鬼难辨的"欧阳"二字，赫然卷上。

血浓于水的温暖涌上心头，我激动地抱住他，他嫌弃地甩开我，我从地上爬起，眼中满是感激。

- 2 -

一九九九年三月，第一场春雨，来得比天气预报更早一些。

我妈戴着草帽，大娘穿着雨鞋，两人一边一个，在门前撑起塑料雨棚。

铅灰色雨滴砸下，沿着老旧塑料裂开的缝隙，滑进我妈苍白的脖颈。

咒骂声中，雨滴跌进水桶，钻入瓦片，打湿大娘的卷发，头也不回地，流入泛着霉气的下水道。

我和我哥端坐屋中，神色平静，中间是一锅渐冷的粥。

谁都没说话，烟蓝色的沉默，没过我们的膝盖。

我冷得发抖，依旧没吭声。脏兮兮的白猫从屋顶跃下，干瘪的前爪试探性地跨过门框。

我和我哥凝视着眼前的虚无，不为所动。

白猫松一口气，连尾巴也迈入屋檐，甩头抖落身上的水珠。

它眯着杏眼,看看我,又望望我哥,打了个哈欠,扭头舔舐后背成簇的毛。

沉默渐渐没过胸口,我们快要窒息,可依旧谁都没有呼救。直到大娘的嬉笑声远去,我妈的抱怨也听不清晰,我知道,时机到了。

我扭过头,盯着他,问出了心底的疑惑:"你是不是有病?"

我哥没吭声,只是抓起勺子,饶有兴致地戳着已结成块的粥。

"你自己说,你是不是有病?"我抢过勺子,"你肯定有病,家长签字你签你名干吗?"

"哎哟,这不顺手了嘛……"他专心抠弄指甲缝里的一颗米,"你自己不也没检查出来,不能赖我一个。"

"明天老师叫家长,你让我怎么办?"

"去就去呗……"

"去你的吧,我爸妈要是去了,我就一去不复返了。我不管,重刑之下我必定招出你,行咧,咱俩路上也好有个照应。"

"可别……举手之劳不足你挂齿。"大方脸急了,紧皱眉头,眉毛都拧掉了好几根,"好好想想……有没有谁……能罩住咱哥俩?"

"谁?找谁?你告诉我哪有这么个主?我……"

我的怒气戛然而止,跟我哥同时坐回板凳,露出统一弧度的假笑。

猫从睡梦中惊醒,死盯着门外。

雨柱沿玻璃汩汩流下,顺着木质窗框的缝隙,潮湿了白漆剥落的窗台。三秒钟后,走廊尽头响起含混不清的歌声。脚步凌乱,忽轻忽重,越来越近。

"哥哥。"小福宝蹦跳着进屋,紧随其后的,是一柄小花伞。

再后面，才是我清瘦的爷爷。他湿了大半拉身子，一手擎着四根棍儿，一手提着小书包。

"给。"爷爷甩着雨伞，把木棍擎在我们眼前。

"爷爷，"我哥直曝牙花子，"怎么突然想起买双筷子？"

爷爷扭过头来，看看棍儿，又看看雨，最后，定定地看向我。

"咦，我买的棉花糖呢？"

- 3 -

欧阳家男人要是有防伪标志的话，那应该是好玩。重申一遍，正确的读法是，爱好，玩。

天底下似乎没有比玩更好玩的事了，这上梁不正下梁歪的源头，正是我的爷爷欧阳常青。

爷爷什么都能玩。养鸟、遛狗、下象棋、斗蛐蛐、听评书、看武侠……就连街边吵嘴打架的，他也能揣把瓜子，乐呵呵地围观全程。

爷爷不仅爱自己玩，还老带着大杂院的小孩玩。

下完雨去工地上掏回二斤黄泥，非要展示传统泥塑，结果捏把半天，也只搓出几根土黄色圆柱体。我们觉得此物似曾相识，在一旁看得心照不宣，最后还是院里的三岁小孩道出真相："屁屁，你捏了个屁屁。"

爷爷爱玩，但又玩不出什么名堂。大杂院的小孩也为难极了，大家爱跟他玩，打牌缺人手第一个想起他，却也忍不住嫌弃他，毕竟他老爱藏牌。

谁都不拿爷爷当回事，可我就喜欢爷爷。

没别的原因，因为爷爷也喜欢我。

我是小不点儿的他，他是长皱纹的我。

我俩在寒冬大街上偷啃一根冰棍，冻得鼻涕横流也舍不得扔，最后只能猜拳，谁输了谁多咬一口。我俩偷我哥的新风筝出去放，刚上天就卡树杈上了，气得我哥直跳脚，我还替爷爷挨了好几拳。我俩老在放学路上偷吃零食，炸串、汽水糖、泰山火烧……遇见什么吃什么，回家还不敢吭声，面对晚饭，狼吞虎咽地往嘴里扒，背地里撑得直翻白眼。

"撑死事小，激怒'钻天猴'事大。"

"钻天猴"是爷爷给我妈起的外号，因为她一点儿小事就能嗷号着炸上天。

爷爷怕我妈，这一点远近皆知。在儿子辈里，爷爷偏爱寡言的大爷，一有机会就给他塞钱，我妈撞见就生气。在孙子辈里，爷爷偏爱话痨的我，一有机会就给我塞零嘴，我妈撞见也生气。

这算来算去，我觉得问题出在我妈。

爷爷好像一出生就是个小老头。我对他年轻时的样子一点儿印象都没有，打记事起，他的标配就是细长的身板，炸开花的褶子，以及微弓的腰。

他到底有多老呢？我不知道。大概跟挂墙上的老相片一样老吧。眼下相片已经变黄发脆啦，挤在一块儿的小人儿，也被时间模糊得面目全非。

比爷爷还老的老人说，我爷爷欧阳常青是从很远很远的地方来的。他们还说，他以前是富家公子，流落到大杂院的时候，早已身无分文。

爷爷对此倒是毫不避讳。睡不着的夏夜，我们爷仨搬出凉席子躺院里看星星。爷爷老在我们耳边絮叨，以前过得富贵，活得体面。他咂咂嘴,回忆从前的宴席,一只肥蟹子得配十多种工具,醋里的姜末,必须切得细碎。他说起从前逢年过节那些琐碎的礼节:裁衣服要去哪条街,找哪位裁缝;料子要选什么质地,什么颜色的;进了腊月门,就得说吉利话;磕头要按照长幼次序轮着上前;鱼这种菜得长辈用筷子象征性点一下,小辈的才敢碰。

他还想起自己远在南方的童年。阴沉沉的大宅子,常年飘着一股子檀香。夏日的午后,天上炸一声惊雷,他吓得直往奶娘怀里钻。

"后来呢?"

"后来就打仗了,我寻思天下兴亡匹夫有责,血气上涌,就离家出走了。"

"离家出走?打仗?"我哥一骨碌爬起来,"你带什么了?枪?宝剑?青龙偃月刀?"

爷爷眨巴眨巴眼,嘿嘿一笑:"我带上了金银细软,还有个丫鬟。"

"打仗带丫鬟顶什么用?"欧阳洋洋丧气地甩头。

"你这就不懂了,哎哟,那丫鬟可叫一个水灵,巧笑倩兮美目盼兮……"

"再后来呢?"我打断了爷爷的少儿不宜。

他嘴角的笑,僵住了。"后来……后来没几天,丫鬟就带着元宝跑了。我走的时候,给家里留了封绝笔信,也没脸再回去了。没办法,只能硬着头皮上战场了。可到底是年轻,这仗在哪儿打也闹不清楚。"

他叹了口气,摇了几下蒲扇。

没人追问他接下来的事。

爷爷强忍了几秒的静默,自顾自地又说了下去:"这一路走一路蒙，越往前走，地越荒，天越冷，心也就越凉。那时候，我早就没个人样啦。钱没了，干粮也吃尽了，也没什么想法了，打定主意，死就死了，死哪儿埋哪儿。不过，你们猜再后来怎么着？"

只可惜，我和我哥早已呼呼睡去，到现在也不知道，后来到底怎么着了。

这么些年来，大都的风土早就覆盖了爷爷的记忆，一口半生不熟的大都话，说快了也是能唬住几个外地人的。唯有他戴上老花镜，帮龙哥奶奶写信的时候，再或者，过年搬出砚台，提笔写对联时，才依稀可见几缕旧时光的影子。

我的爷爷就是这么个好脾气、好心眼、好相处的"三好"老头，这事交给他，准没问题。

- 4 -

"没门，我不去。"

爷爷拒绝得非常"婉转"。

他转头看见猫，气得脸色通红，手脚并用朝外轰。白猫夈了毛，一溜烟消失在雨幕中。

"怎么能让它进来呢？这是杀害欧阳青鸾的凶手。"

欧阳青鸾是爷爷养的鸟。在我们家，但凡名字有个人样的，都不是人。我一蒙，扭头望了眼正扒着笼子看热闹的麻雀。麻雀仰头，也冲我嘿嘿一乐。

"那是第二代，第一代就是让这个洗涤精给掏死的。"爷爷怒视屋顶，"孽畜，咱俩不共戴天。"白猫在屋顶冲爷爷拱起背脊，龇着牙哈气。"你寡廉鲜耻，没有道德，臭不要脸，我呸！"他朝着天空吐口水。

我擦干脸上的唾沫，陷入沉思：一个为鸟跟猫骂街的人，是否真的值得交付性命。我哥拍拍我肩，我读懂了他的眼神：也只有这样的人，才会帮我们收拾烂摊子。

"爷爷，"我把老头拉回屋里，"求你，要是我妈知道，我就死定了。"

"你妈要是知道，"他投来一个幽怨的眼神，"我也死定了。"

我看着他，他不看我。

"爷爷，三年前的中秋，你说菜钱丢了，其实是你半路没忍住，偷吃猪蹄了。"

"你也吃了半拉。"

"去年过年，你说买衣裳钱丢了，你是偷着给龙哥奶奶了。"

"我见不得孤老太太受苦。"

"还有上周，你说钱包丢了……"

"那是真丢了。"

"对，你说丢了二十，其实至少掉了二百。二十块钱我妈念叨了一周，你觉得二百她能叨叨多久？"

爷爷攥着我哥："你当哥的，告诉他告状可耻。"

"爷爷，你不去，我就找我姑，跟她说你还在买彩票。"

爷爷赶忙捂住福宝耳朵："你俩这是要造反。"

"爷爷，字是我签的，要是我爸知道了……"我哥拖着哭腔，"你会痛失我……我这个孙子……"

"还有我这个孙子。"我配合着泣不成声。

放学铃一响，熊孩子从四面八方拥出。我挤到教室门口，四处张望。

一分钟后，我哥的大方脸在一片乌泱泱的脑袋中，上下起伏。

"怎……怎么样?"

"估计结束了,正往这儿走着。"

嘈杂的走廊顿时悄无声息,我们只听见彼此的心跳声。

三、二、一……那个颀长身影出现时,我和我哥,同时咽了口唾沫。清瘦的老人茫然地随人潮前进,不时抬头寻找班牌。似有神引,他忽然扭头望向我们。

六目相对,判决即将揭晓。

爷爷侧身向前拱,却不敌涌动的孩子,走一步退半步。

"行不行?"欧阳洋洋高吼一声。

只见爷爷手掌朝下,潇洒一挥,我知道那是胜利的信号:搞定了。连日来的心惊胆战在那一刻烟消云散,我哥抢起我转圈。这时,爷爷也终于挪到我俩身边:

"准备准备吧,老师要来咱家。"

"什么玩意儿?"我哥双手一泄劲,我径直飞了出去,"怎么更严重了?"

"对,你不是说搞定了吗?"我模仿爷爷,手心朝下,来回比画。

"你这动作不标准。"

爷爷叹口气,把我的手提溜到脖子,自左至右,狠狠一拉。

"是完蛋了。"

- 5 -

天气预报说,第二场雨要来了。

天色昏黄,路人行色匆忙,我们坐在堤坝上,任浪花舔舐脚踝。

这紧急会议召开已经快半个小时了,中间除了我哥放了个屁,没有一点儿动静。我望着搁浅的渔船出神。红色海藻,覆满腐烂船板,一只寄居蟹,正往破渔网上爬。

我跟自己说,它什么时候爬上去,我什么时候玩完。

"事到如今,只有这个法了。"龙哥率先吭声,少有的认真,我们全扭头看他。

"是时候,让你们变成孤儿了。"

他躲开我哥的拳头,在堤坝上来回踱步。

"你们去举报,你爸妈,"指完欧阳洋洋,他又对我一甩头,"还有你爸妈。"

风在远处呼啸,墨色海面,暗潮涌动。

"警察抓进去,怎么也得查好几天吧,趁这空当让老师来。到那时,她根本不好意思追究你们这点儿破事。怎么样?这主意棒不棒?"

"你想过他们出来以后吗?"

"哦,也是……"他踢开脚边的小石子,"干脆一步到位,举报个大的,让你爸妈一时半会儿出不来。谋财害命怎么样?说不定直接枪毙了,你从此自由了。"

海鸟扇动翅膀,惊叫着划过。龙哥抱着脑袋,尖叫着栽倒。我哥骑在他身上挥拳,我无声地注视着这一切。

雨要来了,它在爬,我在完蛋。

"我有办法。"沉默了半晌的他,第一次开腔。

我将目光从欧阳洋洋的暴行上收回,认真端详起同桌小人精。他本名叫张永超,小人精是爷爷给起的外号,因为他个儿矮,精明,一肚子心眼儿。时间久了,大家背后都这么叫他,真名反倒生疏了。

此时，小人精被眼镜放大的黑眼珠子，正死死盯着我。

"听我的，保你平安。"

海平线尽头，一艘轮船拉响汽笛。

"不过，我不能白帮，你欠我个人情。"

他狡黠一笑，附在我耳边，把计划全盘托出。

"你要觉得行，咱就干。"

天气预报说的雨，最终没有来。

云层裂开缝隙，一束滚烫的日光，斜照在远处的海面上。摇荡闪烁，金光璀璨。

- 6 -

一切尽在掌控，除了爷爷。

我们忘记了，爷爷才是最大的变量。

按同桌小人精的计划，老师来的时候，备上好菜好饭，边吃边谈。

谈家里穷，谈没文化，谈四处打零工挣学费。

在他的故事里，我妈脾气暴躁，对我们非打即骂；我爸花天酒地，下班从不回家；爷爷年纪大了，眼神也不好了，送我上学路上，走两步得停下来喘三喘。

"最后，你俩再道个歉，求她。"小人精笑着看我，"咱老师心软。"

"可我爷爷身体倍儿棒，走得比我都快。"

"你说他喘，他就喘。"

"那找个饭店行不行？非得让他做？"

"还就得你爷爷。"小人精似笑非笑，"小破厨房，小老头，配起来，才有味。"

"我爷爷又不是鸡精，有什么味。"

他没接我话茬，继续故弄玄虚："这把能不能行，就看你爷爷了。"

"不行。"爷爷气得直扔书，"你们这是侮辱，是瞧不起我。"

他不愿意。

"咱现在是一根绳上的蚂蚱。"

"那更应该信我。"爷爷看没人搭理，又自个儿捡起地上的书，"凭什么不让我做饭？"

爷爷同意了全部计划，除了不让他做饭这一点。

小人精反复强调爷爷是这顿饭的关键，可我哥俩实在是太了解他了，生怕再弄出什么幺蛾子。我跟我哥商量好，去市场买点儿现成的，回来摆个盘完事。爷爷知道后，哼唧到现在。

"你们就这么不信我的厨艺？"

我哥叹口气，抽出他手里的《一学就会家常菜》："你这辈子的第一顿饭，非要在这个节骨眼上做？"

"老师来咱家，我下个厨，你们道个歉，应该的礼数。"爷爷一揣手，背过身去，"这时候还弄虚作假，书都读到狗肚子里去了。"

我哥挠挠头。"一道菜，"他伸出一根指头，"你只准做一道。"

"素菜，必须素菜。"我补充道，"生吃也行的那种素菜。"

"行咧。"爷爷眉开眼笑，重新戴上老花镜。抓起《一学就会家常菜》，哗哗翻页。

- 7 -

十一点多的时候,小人精的大脑门,准时从门口探进来。

我瞥了眼我妈,紧张到胃疼。

小人精的大眼珠子在屋里扫了一圈,很快锁定目标。我点头,他一跺脚,号得像个唢呐:"王阿姨,不好啦,我看见叔叔啦。"

"大白天的号什么号?"我妈刚跟大娘拌完嘴,正憋着一肚子火,"你叔叔又不是死了,看见他有什么稀奇的。"

"他他他……他跟另一个阿姨逛栈桥……还说要买金链子去。"小人精继续煽风,"快看看去吧,我怕一会儿追不上了。"

我妈一怔,停下手里的毛衣针。

"真的?"

"千真万确,大秃头在太阳底下还反光,一看就是他,绝对是他。"

"欧阳设,你是茅坑里点灯,找死(屎)。"我妈咬着后槽牙,在屋里转来转去。末了,去厨房抓起切肉的刀。

"往哪儿走了?"

"我给你带路。"小人精紧跟在我妈后面,偷偷向我点了点手腕。那是暗号,他是让我们注意时间,抓紧完事。

对不住了爸爸,暂时牺牲下你的名声。

不过,你偷钱害我被揍的债,也该还了。

爷爷不知跑哪儿去了,上午出去就再也没见着。我扶着梯子,看我哥把熟食从吊铺往下运,琢磨着老头不会自己跑路了吧。

这时,爷爷抱着个大铝盆,喜滋滋地走进来。

"什么玩意儿?"我哥警惕地往盆里瞅,"你要做什么菜?"

"好东西,这可是好东西。"爷爷把盆一斜,让我们看里面的蘑菇,"新鲜的,做出来爽口好吃,赛灵芝。"

"爷爷,不会是你自己摘的吧?"我哥伸长胳膊,拿起一个蘑菇,对着天,左看右看,"可别有毒。"

"胡扯,这我买的。"爷爷一把抢回,"你看这颜色,朴素大方,一准儿鲜美,你小孩不懂别瞎说。"

我也伸头,往盆里瞧了一眼。确实没见着什么五颜六色的,黄白一片,泛着腥气,跟市场上卖的没什么两样。

"你抓紧,要来不及了。"我哥从吊铺上下来,一边摆桌,一边催,"往锅里一扒拉,差不多就行。"

不知道为什么,我心里头咚咚直打鼓。

"爷爷,你会吧?"

"没问题,"他冲我扬扬手里的书,"这上头,写得明明白白。"

我看着盆里的蘑菇,根茎粘着泥,什么形状的都有。有的长,有的短,有的扁,还有的长得像颗鸡蛋。

"这真是买的?"

"钢柱你磨叽什么呢?赶紧过来搭把手。"我哥在外屋吼我,我把泥在裤腿上蹭干净。站在门口,又回头望了眼爷爷,他正沾着唾沫,一页页翻书。

蘑菇这玩意儿兔子天天生吃,人的肠胃还不如只兔子?再说了,这本来就是道素菜,爷爷再不靠谱,也不会像肉那样吃坏人。

想到这,我放心了许多。

后来的一切证明,爷爷不愧是爷爷。

我再一次,低估了他的实力。

"最多撑到一点,越快越好。"

脑中回荡小人精的警告,我瞅了眼表,十二点四十五。爷爷什么正事都没谈,还在那儿一个劲儿地给老师夹菜。

"咳。"

我递去暗号,我哥没理我,只顾埋头苦吃。爷爷慢慢站起来,给我夹了块肉,又慢慢坐下,对着空气说:"你也吃。"

打半小时之前,爷爷就有点儿不对头。眼神涣散,嘟嘟囔囔,还老对着门口笑。

是不是吃太撑,瞌睡了?

我在桌子底下踢踢我哥,他刚喝完一大碗鱼汤,正给自己续碗。见我踢他,气呼呼地扭过身子:"想喝自己倒,老踢我干吗?"

这顿饭,我一共就吃进去六粒米。爷爷和我哥倒跟没事人一样,吃得比谁都欢。特别是我哥,还站起来夹走盘里最后一块鸡肉。

"我这次来,主要想跟爸妈谈谈。"老师放下筷子,向外张望,"他们呢?"

我提起一口气,暗自祈祷,爷爷你可千万别掉链子。

"爸妈?"爷爷嘴巴一张一合,过了半天,眼神才开始聚焦,"我爸妈早走了,你要见他们,得去那边。"

"我是说钢柱爸妈。"老师脸色铁青,"什么时候回来?"

"唉,孩子命苦。"爷爷清清嗓子,按计划叹气,"到这一步,我也就不瞒老师了。这么多年,一直是我看着俩娃,孩子爸妈……早就……早变成海鸥飞走了。"

对,就是这台词,孩子的爸妈早就……

什么？变成什么？飞哪儿？

爷爷！你可真是我爷爷！

老师的脸色由青变白，我当场心脏漏跳一拍，眼泪登时就下来了。

"老师，其实……"

她推开我的手，撑着桌子，浑身抖个不停。

"钢柱——"

她咬着牙，那表情我这辈子忘不了：

"厕所……厕所在哪儿？"

"我带你去。"爷爷忽然爬上桌子，颤巍巍地踩着不锈钢汤盆，"跟紧咯，咱坐着海鸥去，'嗖'的一下，就飞到了。"

盘子、碗、筷子，还有我妈想今晚继续喝的鱼汤，乱七八糟的玩意儿，稀里哗啦，摔了一地。

我愣在那儿，看着我七十多岁的爷爷，头顶天花板，冲着我乐。

我哥同样呆若木鸡，我扯他胳膊："哥……怎么办？"

"别动我！"欧阳洋洋冲我瞪眼，"你别把我花瓣晃散了！"

"把你……什么？"

"看不出来么，我，蒲公英。"他脸上浮现迷离的笑，接着五官扭曲，抱头蹲在地上，"不好，起风了，快护住我的花瓣，转移转移。"

院里响起脚步声，越来越近。

"你能不能看准了再说？"是我妈的大嗓门，"咋咋呼呼的，耽误我吃中午饭。"

"阿姨对不起，我一看秃头就以为是叔叔。"门外响起小人精赖兮兮的狡辩，"他们远看都差不多。"

我看看爷爷，看看我哥，又看看老师。

神色平静，捡起地上的铁盆，把残留的鱼汤，一饮而尽。

都毁灭吧，我累了。

- 9 -

原来，有毒的不是鱼汤，是蘑菇。

爷爷到底还是撒了谎，蘑菇不是他买的，是他去海边后山上采的。他以为没颜色的就都没毒，各式各样采了一大盆，其中混进去有毒的就有三种。

负责打针的护士，看着我若有所思。

上次我"毒发"时，也是她给我挂的吊瓶。她低头看看病历上的"欧阳常青"，又扭头看看我哥病历上的"欧阳洋洋"，神情复杂，扭脸跟我妈说："你们家的饮食卫生，注意下吧，别什么都往肚子里塞。"

万幸，老师只吃了几口，跑几次厕所，就恢复了。爷爷和我哥又唱又跳了大半宿，满走廊抓小人，还好经过抢救，只是丢人，没有丢命。

最惨的是我，在他们仨急诊的过程里，我独自清醒，接受来自全家的盘问，以及我妈的铁拳。

老师恢复之后，又拿着卷子来了一次。这次她直接约见我爸妈，并谢绝吃我家的任何东西。事情的来龙去脉很快被理清楚。

当天晚上，我跟我哥谁都没逃过去。

爷爷吃得最多，恢复得也最慢。我哥出院之后，他还在观察。所以那几天放学后，我哥俩就撅着肿屁股，一扭一扭，相互搀扶着，去医院看他。

"爸我真没法说，"我妈边打毛衣，边撇嘴，"钢柱、洋洋瞎闹就罢了，你也跟着掺和。一大把年纪了，还跟个老小孩似的。"

"嘿嘿，以后不啦，以后不啦。"爷爷半靠在病床上，偷着向我挤挤眼。

"你觉得好玩吗？"姑姑放下削了一半的苹果，直视爷爷，"你差点儿死了。"

她看了眼傻站在旁边的我哥："还有他，就差一点儿。"

姑姑的眼神，让我觉得医生就不该救他俩。

爷爷闭了嘴，垂着脑袋，专心搓被子上的褶儿。

"别把生命当儿戏，"姑姑起身，居高临下，"害我妈还不够吗？"

第四章

奶 奶

- 1 -

黄表纸在火中卷曲，化作猩红的星、灰白的尘。香以蛇的形态苏醒，盘旋、扭动，芯子吐露冥世的气息。一大捧纸元宝，被谁大方地倾倒，阳光洒在上面，折射着虚伪的金光。

火张开血盆大口，吞下活人的供奉。金山在火光中慢慢死去，乌漆、苍白，化成灰烬。

逝者沉默，唯有火焰鲜活。

火葬场的清洁工拄着大扫帚，冷脸站在一旁。等人们哭够了，两步走过去，搂一簸箕纸灰，转身倒进垃圾桶。他不大说话，只在撞见谁随地乱烧时，才吼一嗓子："那边，衣服用那个炉子烧，后面排队去。"

他指的炉子前面，矮个男人被泪水泡得浮肿，手中提着硕大的塑料袋，里面装着逝者的一生。他哆嗦了几下，也没能把那件起球的旧毛衣扔进去，只是捂在胸口，"呜呜"地哭。

"你快点儿，别让爸等太久。"站在旁边的高个女人夺过衣服，一件一件，利落地往炉膛里扔。她擤了把鼻涕，嘴唇抿得青白，赌气似的，把袋子抖落了个底朝天，一股脑儿全倒进去。火暗了一下，又迅速明亮起来。

被抢走活计的男人，茫然四望，低头捡起掉落在地上的老花镜。他摸了摸缠着胶带的镜腿，像是想起了什么，眨眨眼，鼻子一皱，哭回小时候。

当年，我也是站在那里，看着大爷把奶奶的衣服，一件一件地扔进去。

小小年纪的我并不懂这背后的意义，死人会冷吗？这边的衣服能抵御那边的寒吗？东西都烧成灰了，奶奶怎么用？

太多的疑问与不安，充斥着我的脑袋。我找不到答案，大人们也给不出答案。

我就那么静静地看着，看着奶奶常穿的碎花棉背心，在火中一点点儿褪色。

我看着那些残留着生活气息的老物件，爆发出最后的光亮，继而迅速地支离破碎。

旺盛的火苗，贪婪地吞噬着奶奶的生命印记。

她的喜好，她的憎恶，她的夙愿，她的不甘，她的病痛，她的衰老，她的骄傲，她的牵挂，一把火烧得干干净净。

当最后一件衣服化为灰烬时，我那活生生的奶奶，变成了一个残缺的故事。她一生的喜怒哀乐，压缩成后人脑海中，零星的记忆。

- 2 -

是爷爷害死了奶奶，这种说法，打我记事起就听过。

我爱奶奶，可我也没法恨爷爷，爷爷是我最好的朋友。

印象里的奶奶丰满圆润，像个气球。第一次这么说的时候，我妈赶紧捂住我的嘴。像是诅咒一样，奶奶也像气球一样迅速撒气、干瘪，走的时候，只剩皱成一团的一张皮。

奶奶火化那天的情形，我记不真切了。我还太小，小到死亡对我来说，只是一个无意义的恐吓。那时的我，惧怕上幼儿园甚过死亡。

记忆的河流被年幼阻断，唯有几个零碎的画面，依稀可见。它们是漆黑海面上的灯塔，孤寂地闪烁，为我的想象指引方向，串联起我对死亡的初次触摸。

我记得那里比别处都要冷些，无风自寒。矮小的我，挤在悼念的人群中无所适从，只能呆望着他人的悲痛。

我记得生性沉默的大爷，依旧沉默，连哭泣都悄无声息。他像只固执的啄木鸟，用青肿的额头，一次次撞击灵堂冰冷的地面。我爸的悲伤更加浅显易懂，他像个被抢走糖果的孩子一样，跺着脚号啕，声音凄厉刺耳，却又含混不清。年幼时的他，曾用这样的哭声换来母亲的保护，可这一次，他哭了很久，却再也召唤不回母亲。

我记得大娘和我妈少见的和谐，二人合力拉起跪在地上死命磕头的大爷，甚至互擦了一下眼泪。

我记得姑姑跟谁发生了争执，她用手指着对方，爆出难听的字眼。

我记得我哥被谁蹬了一脚，他张嘴大哭时，口中的唾沫丝拉得很长很长……

我认识的，不认识的，喜欢的，不喜欢的，男的女的，老的少的，人人都在哭，搞不清状况的我，在哭泣的洪流中，进退两难。

忽然，我瞥见了那个人，那个跟我一样置身事外的人。

爷爷的脸上，看不到眼泪。

没有撕心裂肺，没有捶胸顿足，他只是直挺挺地站在那儿，看看人群，再看看奶奶。有些好奇，有些畏惧，甚至有些木讷。他穿着中山装拘谨地站在那儿，几次把手抄进口袋，又几次拿了出来。一双布满细褶的大手，无所适从地搓着裤缝。

遗体被推走的那一刻，我的家人有生以来第一次如此默契。他们几乎同时爆发出最为洪亮的哭喊，而我的爷爷，依旧站在那儿，张了张嘴，什么都没有说。

我甚至感觉他松了一口气。

一只手领着我来到另一间大厅。那只手干燥冰冷，我疑惑地抬起头，迎面撞见我妈的脸。

"妈妈，我冷。咱什么时候回家？"

我妈抹去我脸上的鼻涕，把自己湿乎乎的围巾，在我脖子上缠了两圈。

"咱等等奶奶。"

"奶奶呢？什么时候出来？"

"一会儿这儿有奶奶名字的时候，"她抬手指了指一块电子屏，"奶奶就出来了。"

屏幕上滚动着刺眼的红色，一个又一个我不认识的汉字，被码得整整齐齐。

我疑惑极了，这无数个横竖撇捺背后，都是一个个跟奶奶一样的，有血有肉的人吗？他们住在哪里？他们年纪多大？他们是干什么的？相互认识吗？要是不认识，名字为什么排在一起？

我环视了一圈大厅，这满满当当的人都跟我们一样，是来接家人回家的吗？

屏幕上的名字，换了一批又一批。有些人起身凑到窗口，有些人看了一眼，继续低头不语。

"奶奶出来了,咱去接奶奶。"我妈的声音,有些干涩。

我没有看见奶奶的身影,只有一个小小的木盒,出现在窗口。

我又望了一眼屏幕,那三个陌生的汉字,一次次循环。

那一刻,我终于明白,我再也见不到奶奶了。

我那慈祥爱笑的奶奶,我那喜欢偷着塞给我零花钱的奶奶,我那总是用叠得板板正正的小手绢帮我抹鼻涕的奶奶,再也见不到了。

我恍惚觉得,死就是再也看不见,再也摸不着,再也领不回家,直到,再也记不起来。

一把火之后,是永世的诀别。

奶奶永远不会跟我们一起回家了。时间这条洪流推着我们向前,而我亲爱的奶奶,不小心走出了时间,她只能独自停在这里,看着我们渐渐远去。

这一次,是真的结束了。

小小的木盒让膀大腰圆的大爷步履蹒跚。我挣脱我妈的手,扑上去对着奶奶的照片尖声痛哭,我无法接受如此仓促突然的消失。

我本以为死亡是下坠的夕阳,黑暗过后仍会以朝阳的身份升起。可死亡就是死亡,死亡过后,无可期待,无药可解。

我的奶奶,最终缩成一团。我的奶奶,只能在照片里,重新圆润丰满。

我的家人,围着小木盒哭得东倒西歪。爷爷从兜里掏出小手绢,轻轻擦着相片上的骨渣,一遍又一遍,一遍又一遍。

他的脸上,依旧没有眼泪,一滴都没有。

"发什么愣?火星烧着你衣服了。"

我爸扯着我后脖领,把我拉回现实。距离奶奶离开已经六年,家人为她流的眼泪,早被岁月风干。

我爸欧阳设用木棍翻着黄表纸:"妈,这都是给你的钱,拿去花,别心疼,没了再来问我要。"

我妈在他腰上狠狠拧了一把,吓得我爸赶紧改口:"梦里要就行,你不用亲自来,妈你千万别亲自来。"

大娘边磕头边念念有词:"妈,你要保佑欧阳建发大财,他是个孝顺儿子,你一定要保佑他挣大钱。"

天空湛蓝,灰白色的纸灰,打着旋上升。

大娘激动地拍了下巴掌,发出欢欣的呼喊:"看这纸钱飞的,咱妈在天上可高兴了,一定会保佑咱欧阳家发财的。"

我的家人,用眼前的这团火,传递着思念和悔恨。他们坚信每一个没有杀人放火的普通人,在死后都会变成全知全能、神灵般的存在,时刻守护在自己身边,保佑平安,实现心愿。

我有些困惑,奶奶生前耳背,想跟她说两句话都得趴在耳边,大声地吼出来,难道在那边奶奶耳朵就好了?我们这些人的喃喃自语她也能听到了?

死亡究竟让我们之间变得更远还是更近?

我还想问问奶奶,真是爷爷杀了她吗?

爷爷这么笨的小老头,连只蚊子都拍不准,怎么能杀人?

我想不通。

然而,能回答这个问题的人,早已经无法回答。

一阵风吹来,稀碎的纸灰四处飞扬,我不知道,这是否是逝者的回应。

"来，咱给妈轮着磕头吧。"我妈把盛纸元宝的塑料袋展平，仔细铺在地上，对大爷说，"哥你先吧，咱从大到小，一个个的。"

在我爸和大娘争执他俩谁先跪的时候，旁边来了个老大爷。左手拄着拐，右手抓着一个沉甸甸的蓝色尼龙绸包。他先把拐杖倚靠在石阶上，然后两手撑膝，缓慢地往下蹲。他每一个动作都是慢速的，就好像他要停一下，才能想起自己接下来要干吗。我看着他慢悠悠地摆上橘子和菊花，又看着他颤巍巍地从蓝色尼龙绸包里掏出一个相框，用袖子擦拭。

照片上是一个清瘦的男人，对着镜头，笑得有些僵硬。

老大爷转身去抓被风吹走的黄表纸，我看见他的脸，吓得惊呼一声。

照片上的人，正是他自己。

我妈也看见了，连忙抓着我往边上拖。

老大爷冲我们点点头，不好意思地搓搓手："儿女忙，怕他们以后没时间，我……我……先给自己，在那边备上点儿。"我不知道他为什么要跟我们这些陌生人解释，他难为情的样子，看得我眼睛发酸。

我妈什么都没说，手上暗中使劲，提溜着我去给奶奶磕头。在我起身后，她像是拂去灰尘，从后脑勺到小腿肚，一路拍打下来："在这儿别乱瞅，小心沾上什么。"

可我还是没忍住，偷偷侧头，又看了一眼。

老大爷已回过身去，佝偻着肩，稀疏苍白的发，在风中东倒西歪。

我们走的时候，风越来越冷，老大爷哆嗦着右手，一次又一次，划着火柴。

- 4 -

祭奠结束后,大娘把供奉的水果悉数回收。她挑了一根最大的香蕉,塞进我哥手里:"快吃,带你奶奶灵气的,吃完了保佑你学习好、身体棒。"

我爸抢过袋子,在里面挑挑拣拣,掏出最红的一颗苹果,一口啃下大半块:"咱妈保佑我涨工资!"

"福宝呢?"大爷如梦初醒,说出今天的第一句话。

"在家待着呢,"姑姑冷脸拒绝大娘递过去的西红柿,"怕她又乱说话,没让来。"

福宝有时会做些奇奇怪怪的梦,醒了就说些颠三倒四的话。最初,大家都把那当作童言无忌,直到几天之后,这些奇怪的说辞,一一得到印证。

迹象最初的显露,是在一九九七年的冬天。

临近过年的时候,我妈四处找不见那条陪嫁的金项链,气得在家摔摔打打了整整两天,吃饭时就把汤碗"咣当"往桌上一摔,满满的汤能晃出去半碗。

那几天,她逮谁都像是看嫌疑人,搞得没人敢跟她对视。这时,话都说不清楚的福宝走过去,扯扯她衣袖,抽着鼻涕说:"底下。"

见我妈没动,小脏手又指指沙发下面:"小舅妈,底下。"

我妈半信半疑地弓下腰,抄起手电往里照,本应躺在抽屉里的项链,莫名其妙地,在沙发底下找到了。

"真奇怪,好好的怎么就到那儿去了?"我爸站在旁边感慨,不料福宝忽然扭头指向他:"你变的。"

福宝看看我妈,又指指脸色煞白的我爸,高兴地说:"小舅舅变的。"

我爸最后一撮头发,就是那时候没的。

还有一次,我跟我哥趴在床上看电视,对着里面的外国点心咽唾沫。

"明天就能吃。"

我俩回头看,福宝正蹲在地上用粉笔头乱画。

"我梦见了,梦见咱们三个就坐在门口吃的,就在那儿。"

怕我们不信,她还跑到门口的砖地上使劲跺了跺。

当时我跟我哥都没接茬儿,心想谁还没个梦想了。结果第二天中午,外地亲戚来了,手里提的就是那种点心。当天晚上,我们仨蹲在福宝跺的那块砖上,一人抱着一块啃。

最玄的一回要数龙哥那次。一大早,福宝跑到龙哥家,哭唧唧地拦着门,死活不让他上学。问她为什么,又说不清楚,只是反复哼唧:"血,梦见你出血。"

"孩子睡迷瞪了吧?"龙哥奶奶抱着福宝,颠着小脚,一摇一晃地给她送回家。

"孩子做噩梦了,没穿鞋就跑我家去了。"

她边说边用手捂着福宝的光脚丫。

姑姑道了歉,关上门,警告福宝以后不许再胡说八道。

"是不是上学有危险?"我跟我哥讨论着福宝的梦。

"那为什么不拦我?我俩一个班,他比我这个亲哥还重要吗?"我哥说这话时,神情有些落寞。

结果当天下午,龙哥抢过的小孩带着他高中的哥哥们堵在门口,直到老师发现,才给龙哥解救出来。

我们慢慢发现,福宝不是胡扯,福宝梦见的多半会发生。

但我们又陷入新的矛盾:不知道究竟是她预见了未来,还是从她嘴里说出的话，变成了未来。这差别非常大，关乎我能否用一包旺旺雪饼，提升我的期末成绩。

在福宝吃掉我三个月的零花钱之后，我终于发现，福宝属于前者。福宝偶尔能梦见未来的碎片，但更多时候，你问她梦见什么了，她会说人参娃娃，要么，就是葫芦娃。

某天晚上，当她哭着告诉我们梦见一个大秃头、圆鼻子的小男孩流落街头时，吓得我们慌了神，赶紧分析这是哪个倒霉蛋。

最后，还是爷爷破了案："这不三毛嘛。下午睡觉之前，她刚看的《三毛流浪记》。"

福宝的预知梦跟我妈的脾气一样，没个准儿。

- 5 -

对于福宝的预知能力，只有两个人不信，一个是我爸，一个是我姑。

我爸是不能信也不敢信，就像他至今不承认项链的转移跟他有任何关系。只是后来我妈再丢东西时，他总躲着福宝，像是怕她又做什么不该做的梦。

姑姑是真不信。对于福宝的种种言行，她的定义就四个字：哗众取宠。

在她眼里，福宝的梦不过是概率的小把戏。随便蒙，总有蒙上的时候。福宝的谎话，为的只是引起别人的注意。她不明白家人为什么会被一个小孩子耍得团团转。

每当姑姑撞见爷爷问福宝，有没有一个老奶奶给她托梦的时候，总是很不耐烦："人活着的时候不好好的，死了倒在这儿弄些没用的。"

当然，福宝也有狂热的拥护者，比如我和我哥。

"预言家，我妹是预言家。"

我们哥俩兴奋地奔走相告。"预言家"这个词是刚从外国电影里学的，什么意思我们懒得知道，只觉得这词听上去很牛，是跟武侠小说里的轻功一样神秘厉害的绝技。

"我妹妹是预言家，能知道你今晚上想干吗。"我哥说完，掖了掖包里的"文学名著"，紧张得手心直冒汗。

"我妹的嘴开过光，说你明天完，你就明天完。"同桌小人精追着我打的时候，我边跑边叫。

可谁能想到，预知梦会给福宝带来麻烦，就像谁也没想到在七十二小时之后，福宝做了一个关于我的梦。

第五章

夭折

- 1 -

怪事在大杂院接二连三地发生。

不少人家开始丢东西。最初是不值钱的咸鱼、萝卜干，慢慢是晾晒在院子里的汗衫、毛巾，再后来，不少人家惊恐地发现，自己家储备过冬的煤球也不翼而飞。

爷爷送福宝去幼儿园的时候，大杂院的女人们围成一个圈，同桌小人精的奶奶蒋老太是圆的中心。

"听听去，看有什么新鲜事。"

爷爷和福宝大手拉小手，就这样兴高采烈地走向那场灾难。

"鬼偷的，不然怎么抓不着呢？"蒋老太三言两语点明了失窃案的真凶。她用天马行空的想象力，编织了一条导火索。

当然，她并不知道，这条导火索会在两分钟后炸向自己。

"孤魂野鬼没人供奉，怕其他鬼笑话，趁黑天溜出来偷东西。"

她用人心揣度着鬼，从小耳濡目染的民间传说，为她的推理添上令人信服的细节："要我说，咱谁都别追究了，再查下去估计要出大事。"蒋老太昂着头，藐视人群，"我家也丢了，我没放心上，权当超度他们了。为了点儿不值钱的破玩意儿，得罪恶鬼，犯不上呢。"

年纪小些的妇人脸色苍白，连连点头称是。面对未知的神秘，年老的妇人天生掌握着解释权，仿佛她们脸上每道深陷的皱纹里，都蕴藏着真理的权威。

爷爷哑巴哑巴嘴，继续往里挤。

蒋老太外八着小脚，龇着龅牙，唾液横飞地指点江山："鬼神这事，宁信其有不信其无。我小时候在乡下，可是实打实地见过鬼哩。"

她作为长者的虚荣心，跟着邻家小媳妇的大眼珠子，一起急速膨胀。

爷爷听完摇摇头，扭身往外走，可福宝没跟上来。

她钻进人群中，小脸冲着蒋老太，重现我爸噩梦中的一幕："你干的。"

转折发生得太过突兀，刚才还热气腾腾的八卦圈，一下子冷了场。人群开始骚动，妇人们面面相觑，喊喊喳喳的质疑从四面袭来，层层缠绕、紧紧包裹住立于台风眼的二人。

"你胡咧咧些什么？"

爷爷回忆起被蒋老太追着骂街的日子，见势不妙，拖着福宝就要往外逃。福宝一边跑，一边扭过头，一脸担忧："奶奶别拿了，再拿就被抓了。"

短暂的沉寂过后，蒋老太的号哭，如暴风雨般铺天盖地。

导火索就这样被点燃，随即摧毁一切。

- 2 -

蒋老太的号啕，持续了一个下午。她的咒骂，持续了整整一个星期。

她无聊寂寞的晚年生活，终于拥有了一个主题，她像祥林嫂一般，逢人便哭诉自己的冤屈，顺带赌咒发誓，力证自己清白。

"我蒋淑花堂堂正正了一辈子，临了临了，让个小死嫚①给泼了脏！要是我偷的，我……我现在就不得好死！老头子，你快带我走吧！我活着也是受屈啊！"

每一次的赌咒，都以对亡夫的呼唤作为结尾。她仰天长啸的悲戚极具感染力，大杂院里每个已婚妇女都不由得想起自己的伤心事，她们陪她望向空无一物的天空，一起愁眉苦脸。

唯有她的儿媳乐开了花。这个外号小辣椒的泼辣女子眨巴着乌溜溜的大眼睛，逢人便笑得阳光灿烂："我听说欧阳家那小闺女小嘴挺灵的，说啥是啥呢。"

她倚着煤池子，手抓一大把瓜子，边嗑边欣赏婆婆的苦情。每当婆婆流下委屈的泪水，这个粗壮结实的女子便爆发出洪亮的嘲笑。

跟蒋老太干瘪、枯涩的抽泣相反，她的笑声像她人一样丰满、清脆，如盛夏午后两点的阳光，耀得人头晕目眩、唇舌发干。伴随着炙热的笑声，她夸张地前仰后合，高耸的胸部上下抖动——无论丈夫说多少次，她就是不习惯穿内衣，外罩里面随便套一件小汗衫了事。

迎着蒋老太怨恨的眼神，她挑衅似的嗑嗑牙花子，厚实肉感的大嘴狠啐一口，吐出嚼得稀碎的瓜子皮。

"不懂礼数的小杂种，早晚遭天谴！"蒋老太说这话时，眼却

---

① 方言，嫚读作 mān，山东地区称呼未出嫁的或年轻的女孩子为大嫚儿或小嫚儿。小死嫚则是对女孩子不满或生气时的称呼。

剜着儿媳。

"妈哟,甭着急,但凡黑心肝的,早晚遭雷劈,就快了,你再等等。"小辣椒啃着指甲,笑得没心没肺。

"我的老头子哟,你什么时候来接我?这日子没法过咯。"

"妈耶,别叫唤了,真把爸叫来,你是走,还是不走?"说到这儿,她盯着蒋老太,漆黑的瞳仁里满是期待。

- 3 -

蒋老太这辈子最大的遗憾,是不能亲眼见着儿子怒扇儿媳一巴掌。

事事要强的她,偏巧生了个温顺如鸡的儿子,可这软弱无能的独苗,偏巧又自由恋爱了个泼辣粗鲁的女子。

想起自己在婆婆那里遭的那茬罪,儿媳刚过门的那几天,她也试着给过下马威,想要风水轮流转地抖抖婆婆的威风。谁知儿媳全然不吃这一套,你敢跟我甩脸子,我就直接摔饭碗,闹到最后,还得儿子夹在中间,两头道歉。夹板张的外号,就是这么来的。

蒋老太在背后没少跟儿子诉苦,可她那傻儿子,只是眯着眼,一个劲儿地嘿嘿笑,说什么妈你多想了,她不是那样的人。

哼,女人还能不知道女人么!

蒋老太自认眼光毒辣,一眼就能看透儿媳的花花肠子。她反复游说,告诉儿子女人不打不行,得给她几下子,让她知道谁才是一家之主。揍疼了,也就知道听话了。一听到要动手,她那在小学教语文的儿子,立马露出厌恶的表情:"打人不对,打女人更不对。"

"放屁！自古以来汉子打媳妇天经地义！"

"那自古以来都错了，在我这儿就不行。不仅我不打，我也不让我儿子打。"

蒋老太认定儿子是读书把脑子读榆木了，多次"点拨"不成后，她决定亲自向没教养的儿媳施以惩罚。

傍晚，两人又因为琐事针锋相对。蒋老太瞅准时机，颠着小脚，蹦起来给了儿媳一巴掌。儿媳瞬间愣住，蒋老太心中窃喜，她知道，大局已定。

可万万没想到的是，儿媳反应过来后，居然嘶鸣一声，反手给了蒋老太两巴掌。

蒋老太积攒了一腔屈辱后的爆发，换回的依旧是屈辱。

二人在院子中央厮打到半夜，直到街道居委会全员介入，这场闹剧才算终结。

当然，蒋老太并不是无功而返，虽然实敦敦地挨了几下，但是接下来的一星期里，儿子对自己是言听计从，无论儿媳怎么妥协道歉、撒娇撒痴，他硬是白眼相向，冷面一张。

蒋老太得意极了，在饭桌上特意往地上摔了一碗稀饭："哎哟哟，人老不中用咯，上次往地上一摔，现在连个碗都拿不住了。"

她偷眼望向儿媳，那女人刚要发作，被儿子一瞪，乖乖地咽下怒火，俯身收拾："妈你别动了，我来吧，别让碎碴儿扎了手。"

蒋老太开心坏了，当天晚上连喝了三碗稀饭——三碗都是儿媳给盛的。

不过，好景不长。晚上她起来上厕所，往沙发上顺手一摸，竟没摸到儿子。她心底一惊，房门紧闭的里屋果然传来"咯吱咯吱"的声响，间或夹杂着小辣椒压低的笑声。

第二天早上,蒋老太故技重施,一不小心把筷子掉到地上。

不等儿媳咳嗽,儿子一个箭步俯身捡起,恭恭敬敬递到她手里。

"妈,今天下班我给捎点儿膏药回来,手脖子老这样不行,得治。"儿子笑眯眯地说道。

那一刻,她知道自己完败了。

- 4 -

蒋老太跟儿媳的私人恩怨使得小辣椒帮福宝分担了大部分指桑骂槐的火力,然而,福宝依旧没能逃脱姑姑的惩罚。

丑闻来的那一年,姑姑搬回了大杂院,可没再搬回爷爷家。

她在爷爷家上面另租了一间,我和我哥还专门去参观过,这间屋成了精,跟姑姑一样不近人情。里面没有一丁点儿多余的东西,非要说的话,最多余的就是爷爷送的电视机。姑姑拧着眉收下,没打开过一次。

"没劲。"我哥站在占了半面墙的书架前,撅腚瞅了半天,给出的评价就是这俩字。

我知道他想看的是什么,是我交给教导主任的那种书。他当时还在外面包上封皮,此地无银地写上"文学名著"四个大字。

我不觉得姑姑会有"文学名著"。

这间屋里连福宝的痕迹都没有,怎么会有那种性情玩意儿呢?桌底没有卡牌,墙上没有蜡笔画,枕头底下也没有娃娃,这间屋里,能证明福宝存在的一切,都不存在。

现在,姑姑要在屋子以外的地方,继续抹杀福宝的存在。她关了福宝禁闭,像我藏试卷一样,把福宝锁在暗处。

福宝连幼儿园都不去了。早上姑姑上班之后,她就搬着小板凳,坐在家里发呆。饿了,就踩着凳子去够暖壶,烫一碗稀饭或热一个馒头,加几根咸菜凑合了事。吃完了,再坐回到板凳上,看水泥地上的影子,一点点儿倾斜。

她在这个家里唯一的朋友,就是小破板凳。

我和我哥榨干了爷爷所有的零花钱,每天放学,变着花样给福宝带零食和玩具,从窗户的栏杆缝里塞进去。等福宝吃完玩够,我们再从缝里抽回来,不留一点儿痕迹。

没办法,谁让我们爱福宝呢?

没办法,谁让我们怕姑姑呢?

这天,我刚把辣条递进去,楼下就传来蒋老太的干号。果不其然,三十秒后,小辣椒的嘲讽飘入耳朵,一场大战蓄势待发。

"老头子,你带我走吧!快带我走吧!"

我哥和蒋老太异口同声。他得意扬扬地点点头,向我张开大手。我不情愿地递给他五毛钱,我原以为她今天会骂那句"有爹生没爹养的小杂种"呢,失算了。

欧阳洋洋把五毛钱对着太阳,装模作样地看了半天。同桌小人精突如其来的咆哮,炸得他手一哆嗦。

"别吵了,都赖福宝嘴贱,赶明儿我收拾她。"

"这个傻蛋儿要收拾谁?"我刚起身就被福宝死死抓住。

她一手抓着栏杆,一手攥着我衣角,小黄脸上满是悲伤。

"哥,你别去,你会因为他夭折。"

- 5 -

接下来的几天，我时常会想起福宝的预言：

我会因为同桌而夭折。

每每想起这句话，我都不由得对着同桌张永超的大脑门出神。

"盯着我干吗？恶不恶心！再看杀了你！"

我们之间的对话总是这么亲密无间，洋溢着一股同生共死的决绝。

不会的，一定不会的，毕竟我四岁时救过他的命。要不是我，这孙子早命丧火海了。

想到这里，我莫名心安。

要不是这孙子，我家也不会着火。

想到这里，张永超心底涌上一股杀意。

在遥远的一九九四年，记忆中的他，还只是一个虎头虎脑、人见人爱的胖娃娃。由于过于乖巧懂事，他的奶奶蒋老太时常会忘记他的真实年纪，而委以他一些小学生才能担当的重任，比如说，看着火。

那天傍晚，蒋老太烧开一锅热油才想起家里没有爆锅的葱花。她顺理成章地去西院好朋友王奶奶家借葱，又自然而然地坐下，开始八卦新嫁过来的小媳妇，以前到底生没生过娃。

张永超站在厨房，死死盯住那团火。

在他眼中，这团火跟炉子上烧奶的火一样的温顺乖巧。即便锅中噼里啪啦的炸响和火舌呼哧呼哧的喘息，已经让他隐隐不安，但他仍旧乖巧地守着，仰头望着那团在头顶燃烧的橙色，想象着奶奶回家后的夸奖。

好死不死，欧阳钢柱出现在门口。

"走，看火去。"

他挂着鼻涕，兴奋地挥动双手。他口中的火，是小学生才有资格碰触的爆竹。

张永超心动了，可他又有些迟疑地望了望炉灶上的火苗。

"看火看火，大火呢。"不由分说，欧阳钢柱拽着他胳膊就向外拖。

事实证明，欧阳钢柱是个骗子。

他兴冲冲拖着自己走出三条街去看的，不过是几个摔在地上就能炸的小土炮。那几个三年级学生跟猴似的装模作样，摆出各种自以为炫酷的姿势，把摔炮狠狠扔在地上，后者则有气无力，十分敷衍地"叭"一下。

张永超觉得无聊极了，他气呼呼地甩着小胖手往家走，欧阳钢柱也蔫蔫地跟在后面。

当他走到家门时，他见识了真正意义上的大火。

站在奔走的人群间，他害怕极了，号啕成为恐惧唯一的宣泄。

"哭个屁！"欧阳钢柱的眼睛迎着火柱泛着光，"快救火啊！"说完他褪下裤子，瞄准大火，一脸神圣地撒尿。

那场大火烧尽了张永超家原本丰厚的家底，也烧光了他爷爷留下的所有印记。

说起爷爷，张永超心底一阵抽痛。

爷爷走后，他发誓要照顾好奶奶，可欧阳家的福宝却仗着什么狗屁梦泼奶奶脏水，害奶奶天天跟妈妈吵架，吵输了又偷偷抹眼泪，眼看爷爷的忌日就到了，自己……

他突然间想到了什么。

- 6 -

一星期后,福宝终于重获自由。最初的几天,一切相安无事,就连蒋老太的骂街,用词也日渐温和。就在我以为闹剧即将收场的时候,噩耗却飞奔而来。

"快……快……快去!"龙哥喘得上气不接下气,"小人精张……张……张永超……拽着你妹妹……往煤场走了!"

我脑子登时就炸了。

小人精的爷爷生前是煤场工人,兢兢业业奉献了一辈子青春,在临退休前四天,把命也奉献了出去。煤场是他丧命之地,小人精为什么要在他爷爷忌日这天把福宝拽去那里,背后的恶毒不言而喻。

"哥,你别去,"我忽然想起福宝的警告,"你会因为他夭折。"

她悲伤的脸庞在我面前浮现,我霎时收住脚步。

你会因为他夭折。你会因为他夭折。你会因为他夭折。

福宝的预言从未落空。

我又看见那个瘦小的背影,在六月雾蒙蒙的雨中,蹩脚地舞蹈。干瘪的两条腿,在薄纱裙底下,哆哆嗦嗦地打战。我看见观众哄堂大笑,看见我哥跑掉的鞋,看见自己缩手缩脚,躲在后面。

我想起福宝在我打嗝不止的时候,曾骄傲地向我炫耀,她不仅能憋住嗝,还能憋住咳嗽,因为姑姑喜欢清静,不喜欢被打扰。这我是相信的,毕竟福宝总是活得小心翼翼,就连抽泣,也是悄无声息。

我想起大杂院的孩子,有时会指着她的鼻子骂,骂她有爹生没爹养,骂她是来路不明的小杂种,福宝嘴笨,从来都骂不赢,最后只会背过身去，黄黄的小爪子，不住地抹眼睛。

有时候，挂着两串鼻涕的福宝，会羡慕地看着幼儿园别的小孩手里的玩具。那些家长上下打量一眼，拖着孩子，快步远离。她傻张着嘴，呆呆地看着，直到他们的身影消失。

福宝总是孤单一人，孤单地长大，孤单地哭泣，孤单地承受羞辱，孤单地忍受孤单。

"你会因为他夭折。"

说这话时，她的小黄脸挤在栏杆里，眼中闪着悲凉。

"你快去告诉我哥，"我看着龙哥，"就说小人精要动手了。"

说完，我飞身向煤场奔去。

- 7 -

跑到废弃煤场的时候，天色已然变暗。我捂着岔气的肚子，两条腿汗津津地抖个不停。身上的汗被晚风吹透，紧箍在后背，冰凉又刺挠。

厂子早已倒闭，员工四散，机器闲置，就连看门的黄狗也不知去处。我钻过墙上的狗洞，轻而易举地深入院内。

果然在这里。我循着声响慢慢前进。

可眼前的场景，却出乎我的意料。

小人精正蹲在地上，满脸堆笑，对面是我亲爱的妹妹，毫发无伤。

"你好好看看，说不定今晚就梦见他了。"小人精手里，擎着张小纸片，声音有些颤抖，"他就在这儿，你试试吧，肯定有什么，他肯定留下什么话给我了。"

"能梦见什么,我也说不准。"

"你再看看照片,以前真没梦见过吗?"小人精梗着脖子,"你不是有天眼么……你能不能……把他叫出来?求求你……求求你试试,就一眼……我就看他一眼……"

福宝摇摇头,小手绞着衣角。

那一刻,小人精又变回了那个面对大火惊恐无助的孩子。他不再言语,垂下脑袋,久久望着手里的旧照片。

同样的场景,在我家无数次上演。爷爷总是攥着奶奶的照片,问福宝有没有梦见。福宝摇摇头,垂下脑袋。爷爷叹口气,头垂得更低。

"怎么连句话都不给捎呢?"

爷爷像是问奶奶,也像是问自己。

小人精为什么那么想见他爷爷,我不知道,就像我想不通我的爷爷,到底在等奶奶捎来哪句话。

我只知道,在每个福宝无法梦见的夜晚,爷爷就戴着老花镜,对着奶奶的照片,坐在厨房昏暗的灯下,一看一宿。

奶奶过世以后,很长一段时间里,那间小屋子有热气的,只剩下爷爷和炉子。怕老头孤单,我和我哥也住了进来。哥哥睡吊铺,我跟爷爷挤一张床。

那张床,常在半夜变得空空荡荡。

我熟悉的爷爷,在夜色中变得陌生。

神话故事里,妖怪会在深夜吐出内丹。而现实生活中,我的爷爷,在黑暗中吐出悲伤。

那张瘦长的老脸,不再有白天的笑容。揭下了爷爷的面具,他重新委屈回一个孩子。月光如水,他静静地浆洗大半辈子的伤心事。

我眼睛睁开一条缝，看着爷爷在月光下叹息，在马扎上枯坐，我想起身安抚，却又不知道该说什么。爷爷的悲伤是一片汪洋，我的安慰只是一片纤弱的雪花，还没进入，就化了。

如果可以，我好想替福宝做那个关于奶奶的梦。我好想告诉爷爷，他一直在等的那个答案。可我没那个本事，我的梦里只有欧阳洋洋狰狞的大脸和奥特曼。

在每个爷爷无眠的夜晚，我只能装睡。等到他把悲伤吞回，重新戴上爷爷的面具，那时候，就会有一双手，悄悄地抚上来，替我重新掖好被角。

只是这双大手湿漉漉的，好像沾上了月光的温度，冰凉入骨。

我悄悄往回退，不愿打搅小人精的绝望，就像我不敢参与爷爷的悲怆。

希望今晚的梦中，小人精可以梦见他爷爷，可以亲耳听到爷爷的嘱托。

我正一步步往回挪，忽然，头顶传来一声怒喝："哪个不要命的敢动我妹！受死吧！"

铁塔般的欧阳洋洋，立在煤山之上。

一道黑影闪过，我哥的飞腿绝技，从天而降。

- 8 -

张永超睁开眼，被欧阳洋洋蹬过的鼻梁，仍然有些酸痛。

他躺在厨房的热炕上，望着天窗出神。不用听石英钟，看天色判断时间，这是他熟能生巧的绝技。此刻光线熹微，太阳还未完全升起。

他眨眨眼,忽地坐起身来,确认这不是一场梦。他看见了爷爷,没错,爷爷。爷爷正站在空中,笑盈盈地望着自己!

奶奶说得对,人死之后,所有病痛和残疾都会消失,灵魂会以他们最为完美的姿态存留。爷爷看上去完整无缺,甚至更年轻、更精神,只不过是黑白的,跟照片上一模一样。

他从小在爷爷的膝盖上长大。受欺负了,爷爷出头。受委屈了,爷爷擦泪。买不起的玩具,爷爷会给做一个。想要吃的零食,爷爷会偷着塞给他。

爷爷拉着他的手去幼儿园,他们约定好,只要今天他忍住不哭鼻子,爷爷就给他买想要的变形金刚。

这一整天,他都在拼命忍耐。想爷爷了,不哭。字写得不好看,不哭。午饭是他最讨厌的白菜,也不哭。甚至被小朋友推到地上,他也咬牙忍了,没有哭。

因为跟爷爷约好了,爷爷会第一个来接他,带他去买变形金刚。

然而,那天下午,爷爷没有出现。

爷爷,再也没有出现。

大人说怕吓到年幼的他,抢救和追悼会都没让他去。就这样,他错过了最后的道别。再见面,爷爷只是一张薄薄的纸。

等他弄明白什么是死的时候,爷爷已经死了。

生性怕鬼的他,第一次期望世间有鬼。

他怕鬼,但他不怕爷爷。

爷爷,求你回来看看我吧,哪怕你变成了鬼。我不会吓得跑,我会奔向你,我会冲上去,紧紧地抱住你。回来吧,求你,哪怕是让我们好好地道一个别,求你了。

然而,这么多年来,爷爷从未听见他的呼唤。

可是，今天爷爷回来了，爷爷听见了他的祈祷。他就知道，那么疼爱他的爷爷不忍心看他心愿落空。

爷爷就悬在天窗外，爷爷在对着他笑，那么亲切，那么熟悉，那么温暖。他怕阳气冲散了爷爷，迟迟不敢上前，虽然没有想象中的拥抱，但有了像样的道别，他已然满足。

他似乎又看见了那一天，天空澄明，黄昏的夕阳，洒满走廊。

所有小朋友都被接回家了，他孤零零地，站在越发昏暗的教室里。就在泪水即将滚落的那一刻，爷爷笑盈盈地出现在门口。

"走，我们去买变形金刚。"

张永超紧紧地闭上眼，豆大的泪珠滚落。

爷爷，我一直都很乖。

爷爷，我想你。

爷爷，再见了，爷爷。

- 9 -

我蹲在房顶，静静看着同桌痛哭。

我寻思等他哭够了，舍得起床了，就把贴在天窗上的照片揭下来。为了放大这张老照片，我可是连下周的零花钱都搭进去了，这孙子欠我个大人情。

不过，看他哭得上气不接下气，我心里难免也跟着发酸。

我记得，奶奶走后的第一晚，菜上齐了，爷爷没有动筷。他茫然地望了一圈，从大爷看到我爸，从大娘看到我妈，又看了眼姑姑，迟疑地问："今天谁送饭？你们都在这儿，你妈怎么吃？"

众人默然，我爸又抽抽搭搭哭了起来，爷爷终于意识到了什么。

"哭什么,吃吧,一会儿就凉了……"他一手端碗,一手去夹盘子里的一块姜,夹了四下,都没有夹起来。

筷子颤抖,爷爷的脸消失在碗后。

同桌终于起身撒尿去了,趁此机会,我赶忙撕下照片。

了却一桩心事,我也是心情大好,不由得舒展身体,站在他家厨房顶上,登高望远。

清晨的空气有些泛冷,我搓着身上的鸡皮疙瘩,看金色的朝阳,从隔壁院的高墙后,缓缓升起。

忽然,我的身体僵住。

与此同时,站在我家煤池子,正向外偷煤球的蒋老太,也僵住了。

我俩四目相对,呆若木鸡。

她瞪着我手里,亡夫的黑白照片。

我望着她怀里,我家的两摞煤球。

那一瞬间,说不上谁更尴尬。

精神恍惚间,我重心失控,脚下一滑,摔向地面,随即失去了意识。

谢天谢地。

- 10 -

今天,是我请假的第三天。

贴膏药的地方有些刺挠,可我妈说必须得继续敷,毕竟我上床、下床仍需要人搀扶,不然一使劲,腰就疼得难以忍受。好在我一直跟爷爷睡在厨房的单人床上，不用像我哥一样，每天得往吊铺上爬。

小人精来探过病，我俩比赛瞪着地面，说话时谁都不看谁。

"别想装病逃课。"

每天他都会准时把笔记和作业送来，当然了，作业本里偶尔会夹着张我最想要的英雄卡牌。

听说她奶奶也病了，一连好几天都没出门，整天躺在床上哼唧。医生看不出什么毛病，蒋老太自己说是中了邪，得找个神婆驱一驱。

"我没敢声张，其实前阵子就不对头，感觉自己都不是自己了，手脚也不听使唤，干了什么，也不知道。"反正她是这么说的。

这天，福宝也带着幼儿园发的点心来看我。

"我说了，你会因为他摔到腰。"

"啊？"我吞下蜜三刀，反应了一会儿，笑出声来。

那一刻，我终于明白了福宝的预言。

原来不是夭折，是腰折。

第六章

混 混

- 1 -

提到混混,你脑海中,蹦出了谁的脸?

是躲在学校后门,热衷于抢劫落单学生的中学团伙?是在厕所里吞云吐雾的跋扈太妹?还是那个混迹网吧、沉迷网恋的辍学同桌?

不管你想起了谁,你本能地,锁定了一张脸。在不可预知的某一天,当你在广播里听见,或者在书籍上看见暴力、霸凌、堕落这些词时,你灵魂一颤,惊觉那张消失已久的脸,突然活灵活现地,出现在眼前。

提到混混,就会想起他。描述起他时,嘴边寻到的第一个词,就是混混。

仿佛他,没有过去,没有未来,生来就是一个混混。

生来只是一个混混。

我听到混混这个词,就会想起龙哥。

那个努力学习打架、旷课、满不在乎的龙哥,那个把成为"古惑仔"作为人生奋斗目标的男孩。

"赶紧的，吃屎都赶不上热乎的。"

我哥抱着福宝一路狂奔，我捧着一大把瓜子，气喘吁吁地，紧随其后，时不时还得停下脚步，蹲下捡拾几颗掉落的瓜子。

"别捡了别捡了，再慢就来不及了。"

最终，还是来不及了。

等我们仨赶到的时候，第一排绝佳的观影位置已经被别院的小孩占满，我们只得退居二线。

我哥让福宝骑在他脖子上。

"看得见吗？"

福宝点点头，我抓起一把瓜子，塞进她的小手里。

"边看边吃。"

福宝笑了，和着鼻涕，嗑起咸滋滋的瓜子。每吃三颗，就弯腰往欧阳洋洋嘴里塞一颗。

围观龙哥挨揍，是大杂院孩子们最喜欢的文娱活动。

不同于其他家庭的临时起意和就地取材，龙哥的挨揍，是极具仪式感的。

他奶奶先像赶鸡一样，用扫帚把他赶到床中间，再手脚麻利地，把床单四个角系在一起。这样一来，龙哥就变成了瓮中的鳖、包子的馅，插翅难逃。随后，老太太抄着擀面杖，擂战鼓一般，捶着这个大肉团，而龙哥也只能滚来滚去，嗷号着认错。

他家临街住，卧室的窗户，刚好朝向人来人往的马路，恰似精心布置的舞台。

久而久之，每当龙哥要挨揍，整条老街各大院子的孩子们便喜气洋洋地奔走相告，谁都不愿错过这有血有肉、跌宕起伏的家庭武打动作片。

考不好要挨揍,欺负人要挨揍,打群架要挨揍。

感谢龙哥奶奶严格的家教,同样感谢龙哥的屡揍屡犯、记吃不记打,他挨揍的频率稳定在一月一次,着实为我们枯燥无味的生活,撒下一把糖。

- 3 -

人人都知道,龙哥天不怕地不怕,就怕他颠着小脚的奶奶。

其实,老太太能站立起来,本身就是一个医学奇迹。虾米般弯曲干瘪的躯干,全靠两只小金莲支撑,颤颤巍巍,无风自抖,好像随时会倒下。

可这么多年来,她却从未倒下。

老太太就这样颠着一双颤巍巍的小脚,颤巍巍地在菜市场杀价,颤巍巍地在天井里晾衣裳,颤巍巍地劈开家长会涌动的人潮,挤到老师跟前,大声问:

"为什么我孙子成绩这么差?"

她大声是因为耳背,洪亮的嗓门,是对衰老的无奈妥协,绝无半丝恶意。

她怎么会有恶意呢,她是我见过最慈祥、最可爱的老太太了。

见到街坊,老远就用大嗓门招呼,声音早早迎到跟前,人却被小脚拖着,慢悠悠地往前挪。要是遇见大杂院的毛孩子,还会颤巍巍地从小手绢里,掏出几块半化的冰糖。

"吃吧,吃吧。"

她边说边比画,爽朗地展露着空荡荡的牙床。

她洋溢着热情和体面,把贫穷与落魄跟不如意的人生一起,紧锁在家中。

我妈无数次地嘱咐我,老太太独自拉扯孙子不容易,别老死乞白赖不要脸地去蹭吃蹭喝。

在年幼的我眼中,贫苦是漆黑压抑的,是电视里三毛的脏脸蛋,是小白菜哭得红肿的双眼,是面黄肌瘦,是嘴角向下,是卑怯得恨不得贴着墙根走。可老太太,是慈祥的皱纹,是朴素干净的衣裳,是太阳味道的被褥,和一屋子的得其利是[①]香。

龙哥有多不要脸,他奶奶就有多要好。

每天四五点钟,老太太就摸黑起了床。毛巾抹完脸,就开始用残缺的木梳子,蘸着洗脸水,把稀疏的白发捋得整整齐齐。总有几根跟龙哥一样阳奉阴违的,仗着老太太眼神不好,偷偷摸摸地从发卡间支棱出来。

捯饬好自己后,老太太照例准备着早饭:鸡蛋牛奶给孙子,昨夜的剩菜,给自己和院里的流浪猫。

她给予龙哥所有的宽容,也给予他,同等重量的严苛。

第一次看到老太太揍龙哥,我切身体会到,何为老当益壮。

龙哥哭,她也跟着抹眼泪,可手上的力度,丝毫没有放水。

那时的我还不知道,有个成语叫恨铁不成钢。我只知道扫帚把一下下抽在龙哥的肉屁股上,过瘾极了。

这一下是替我报仇,那一下是罚你偷东西,接下来是警告你不要作弊。每一下都事出有因,每一下都充斥着伸张正义的快乐。哼,不是不报,只是你奶奶未到。

今天的好戏,并没有按照往常的套路发展。

---

① 山东省青岛市的日化用品品牌,此处指肥皂。

老太太才抽了两下,就住了手,幽幽叹口气:"等你爸回来收拾你。"

- 4 -

我从来没见过龙哥的父母。

也许我见过,只是后来忘了。

他们就像前年冬天,玻璃窗上的霜花一样,短暂地存在过,太阳出来的一瞬,便消失无踪,没留下一丝痕迹。

他们不是日日可见的寻常,是偶尔出现的恩赐。

但我经常听龙哥谈论他的父母。

他说他妈妈年轻时多么漂亮,追她的人,从厂门口排到家门口。他说他爸爸多么精明能干,在遥远的南方,买了一套大房子,家里居然有两台彩色大电视。在我们对着美食节目流口水时,他得意扬扬地说,这不算什么,他爸在饭局上,吃过更牛的大龙虾。在小人精张永超展示自己的新毛衣时,他不屑地指出,他妈的手艺比这巧上一千倍。

我们从来没见过,他爸的大彩电;也没见过,他妈织好的毛衣。

他也从来没说过,他的爸爸妈妈,都不要他了。

在小孩子的世界里,任何问题,一定要有一个答案。

我究竟做错了什么?

在无数个临睡前的夜晚,龙哥认真思索着这个问题。

他拨开记忆的迷雾,死命回忆年幼时的点点滴滴,努力想要为自己被抛弃的命运,寻找一个合理的解释。

人们常说，天下无不是的父母。被遗弃，一定是他做错了什么。

自己到底做错了什么呢？为什么爸爸对我非打即骂？为什么妈妈对我的哭闹视而不见？为什么他们谁都不想要我？我小时候是个乖巧懂事的小孩啊，我会乐于助人，我有几次还拾金不昧，就算我有时候会犯错误，我也听老师的话，好好地去改。可为什么，爸妈带我吃完肯德基之后，就都不见了呢？

是不是我闹着要吃那么贵的西餐，惹爸妈不高兴了？

他宁愿相信自己是个顽劣得不可救药的孩子，也不愿折损心中父母神圣的形象。他们那么完美，那么优秀，那么美好，他们不要他，一定是他做错了什么。

即使现在他不明白，总有一天他会懂得。

那时的他还不知道，在大人的世界，有些问题没有答案，大人也不想要答案。

他们似乎总有更重要的事情要忙碌，尽管他们自己也不知道，究竟什么才是最重要的。

- 5 -

龙哥贫乏的词汇，难以形容此刻他微妙的心情。

日思夜想的爸爸，突然出现在自己对面，穿着只有在电视剧里才见过的毛呢大衣，在这昏暗的小房间里，高贵又拘谨。

爸爸旁边的年轻女人漂亮极了，白净纤细，圆圆的脸盘上，两颗圆圆的黑眼睛，笑起来有俩圆圆的酒窝。虽然她从进门起，还没对他笑过。

龙哥爱妈妈，所以年轻女人在他眼中，只是可以跟妈妈并肩的美丽。可即使龙哥爱妈妈，他也不得不承认，眼前的女人年轻柔美得多。小小年纪的他都能看出来的差距，他爸肯定一眼就看得分明。

"我就喜欢她贤惠懂事。"提起再婚原因，爸爸只是这么一笔带过。

年轻女人旁边，乖巧地坐着一个缩小版的娃娃。小男孩三四岁的样子，女人的圆脸盘，爸爸的大眼睛，不知道像谁的小嘟嘴。

龙哥愣愣地盯着对面的男孩，看着那张熟悉又有几分陌生的小肉脸。女人把菜夹进男孩嘴里，爸爸宠溺地抚摸他头顶。龙哥好像穿越了时空，远远望见了当年的自己，只是他知道，妈妈从没给他夹过菜，爸爸也只会用巴掌，扇他的后脑勺。

不，温馨也是有过的。

五年前的最后一餐饭，妈妈把大大的汉堡塞进他手里，催促他快吃，爸爸的眼中，闪过一瞬的温存，只是将要抚摸他的手刚刚抬起，就被妈妈的几句话怼了回去。

他是和着眼泪吃完那顿饭的。

香喷喷的鸡肉让他快乐，可爸爸妈妈的争吵让他难过，他哭哭笑笑地吞咽，努力咀嚼着温暖与残忍。

"自己认识回家的路吧？"

为了不让爸爸生气，他在十一月的风里拼命点头。爸爸踩灭烟蒂，头也不回地走了。

"以后好好听奶奶的话。"

他很想问妈妈提着大包要去哪里，可他看了看妈妈脸上的泪痕，决定不再让她伤心。

在故事的最后，他们仍旧会和好，就像过去无数次歇斯底里后的结局一样。他们就这样背对背，走啊走，一直走到心里的怨气撒尽了，就会回头往回走。他们终将回家，而他只需要乖巧地站在原地，等他们回来。

他并没在意他们之间的交流越来越少，也没有发现冷战时间越拉越长，他只知道，爸爸妈妈一定会回家。或早或晚，他们终会回到他的身边。

这一刻，人来人往的火车站，小小的他眼睁睁地望着爸爸妈妈消失在人群中，没有害怕，也没有怀疑，他只是朝着虚无的空气，挥了挥手。

"爸爸再见，妈妈再见。"

记得早点儿回家。

- 6 -

"回来吧，龙龙长大也需要人看着，我老了，不中用了。"

奶奶的大嗓门，把他拉回现实。

"铺子那边现在走不开人，过两年稳下来，我们就回大都发展。"

他忽然发现，爸爸的家乡话有些走味，沾染上某种他不熟悉的远方气息。对面散发着同种气息的女人，正柔声细气地哄着小男孩吃菜。无论女人夹起什么，男孩都拨浪鼓似的摇晃着脑袋。

"挑食不长个，变成豆芽菜。"龙哥夹了一大筷他讨厌的白菜，赌气似的塞进嘴里，"我从来不挑食。"

女人抬头看他，漆黑的眸宛若无星的冬夜。她低头望向男孩时，眼神才慢慢回温。

"乖，吃一口，吃菜菜，长大大。"

"不，不吃！"

小男孩扭动着，哼哼唧唧地假哭。

"我不哭，男子汉从来不哭！"龙哥得意扬扬地炫耀，可大人们围着小娃娃，惊慌失措地安抚，似乎没人听见他的话。他提高了嗓门，再次骄傲地宣布："我从来不哭，他们那么多人打我一个，按在地上揍，我都没哭！"

他谄媚地望向爸爸，爸爸没有看他。

"宝儿是乖孩子，"女人轻轻拍着男孩，对着那张小脸蛋儿喃喃自语，"我们以后好好念书，不打架，野孩子才打架呢，对不对啊？"

"我、我也上学……"龙哥一下子涨红了脸，"我还会背九九乘法表呢，他会吗？他不会，他什么都不会，吃饭都得别人喂！"

小男孩哭得更大声了。

"你跟小孩较什么劲，这么多年，没点儿长进！"

这是重逢后，爸爸跟他说的，第一句话。

- 7 -

"都给朕跪下！"

今天，本该轮到我当皇帝，然而我哥用暴力，胁迫我退位让贤。此刻，这个二傻子正站在大院楼梯上，一脸得意地举行登基大典。

"跪下，磕头。"

他大手一挥，号令着想象中的天下。

"吾皇万岁万岁万万岁。"

现实中的"天下",就仨人:殿前侍卫小人精、大内总管我,以及乱臣贼子龙哥。我和小人精歪歪扭扭地跪着,呼声参差不齐。一共就仨下属,有一个还杵在那儿走神,欧阳洋洋怒从心头起,指着龙哥咆哮:"来人哪,给我拿下这个狗贼!"

我和小人精扑上去,一左一右,扭住龙哥两条胳膊。

"朕今天就让你看看……"

我哥忽然瞥见什么,后半句威胁,就像挑食时大娘不让他吐出来的菜,硬生生又给咽了回去。我循着他目光,往龙哥身后瞧,刚一看清,立马松开他胳膊。小人精擦了擦眼镜,看看龙哥,又扭头看看我哥,一时间没想好,到底该不该撒手。

"怎么不玩了?被我男儿本色征服了?"龙哥穿着开胶的球鞋,模仿李小龙前后跳步,"阿达,狗皇帝,受死吧。"

我哥走过去,按住他上蹿下跳的身子,把那颗倔强的大头,强行往后掰。这下,龙哥也看见了。他瞬间闭上嘴,红着脸呆立在原地。

后妈带来的小男孩,不知道从什么时候开始站在那儿的。

我们压着龙哥跪的时候?还是我们叫他狗贼的时候?

男孩的小短腿藏在鼓鼓囊囊的面包服里,胖乎乎的小手,攥着半个桃酥,边吃边好奇地望着我们四个。

龙哥冻得通红的脏手抹了把鼻涕,无助地望向我哥,我哥望向我,我望向小人精,小人精又望向龙哥。

我们在男孩甜丝丝的咀嚼中,无声地望了四五个来回,直到男孩吃完最后一口,脆生生地问:"哥哥,能带我玩吗?"

他歪歪扭扭地走过来,伸手抓住龙哥油腻的衣袖。

"你……你……叫我什么?"

"哥哥。"乌溜溜的黑眼睛,直直地望向龙哥,男孩幸运地继承了妈妈的酒窝。他身子一扭一扭,腼腆地冲着我们笑:"哥哥,带我玩吧。"

龙哥像是看见了外星人,弓下腰,伸出根指头,小心翼翼地往前试探,一直往前,直到手指碰到男孩的脸,轻轻拂去他嘴角的残渣。小脸蛋比想象中还要柔软。

龙哥深吸一口气,慢慢立起身,环视我们,神情庄严:

"愣着干什么,还不快给新皇帝跪下。"

- 8 -

小皇帝左手华华丹,右手泡泡糖,兜里还装着无花果丝,坐在我和小人精双手环成的人肉轿子上,威风凛凛,在儿童公园里一圈圈地逛游。殿前侍卫欧阳洋洋和龙哥抬头挺胸,大步流星,护在皇帝左右。

"骑大象,我要骑大象。"

小皇帝屁股上下耸动,一手指着公园用来拍照的毛绒大象,一手大力拍着我的脑壳。

龙哥面露窘色,手在裤兜里捣鼓了半天,掏出张皱巴巴的五毛。我哥一撇嘴,大手一挥,从我裤兜里,摸出一把钢镚儿。

小皇帝不走了,抱着树干跺脚撒泼,龙哥傻站在一旁,一个劲儿地用手挠头。我和我哥一左一右,开始做小人精的思想工作。

"老师说了,助人为乐。"

小人精死死护住钱包:"他是乐了,我乐不出来。"

"你学学雷锋,学学我,我可都拿出来了。"

"欧阳钢柱闭嘴吧你,撑死给了六毛,我这十块钱呢。"他拍开我手,"又不是我弟弟,凭什么我出钱?"

我哥低下国字脸,语重心长,只是暗中加重了手上的力道:"那你说,龙哥是不是咱兄弟吧?"

"这……"小人精眉头拧成麻花,迟疑半天,一跺脚,抽出张崭新的五元纸币。

"仗义。"我哥竖起拇指。

我眨巴眨巴眼,蹭到小人精眼前:"你说咱俩邻居兼同桌的,其实我也想……"

"滚蛋。"

这次,小人精没有迟疑,回答得干脆利索。

- 9 -

我们榨干了小人精最后一分,小皇帝仍然意犹未尽。

"骑大象,我还要骑大象。"他瞪着不远处骑在大象上拍照的小女孩,满怀嫉妒地哼唧。

"皇上,臣真没钱了,你别骑大象了,你骑我吧,我不要钱。"龙哥不由分说驮起弟弟,沿着公园小径一路小跑,边跑边学马叫。小皇帝抗议了两下就闭了嘴,在上下颠簸的飞驰中,咯咯笑个不停。

"大马,驾,大马快跑。"

天色渐渐昏暗,小卖店依次亮起招牌,凹凸不平的石板路上,投映着各色温暖。龙哥驮着弟弟气喘吁吁跑在前,我和我哥架着"财尽人亡"的小人精,气喘吁吁跟在后。

"停，大马，停。"

"大马，别停，停了又得花钱！跑！快跑！"

我们三人发现不对，同时惊呼。可龙哥平时脑子就不够使，更别提筋疲力尽的现在了。男孩像拉缰绳一样扯住他头发，两手一使劲，他真就温顺地住了脚。

男孩盯着玩具摊，黑眼珠滴溜溜地转，嘴巴大张，呼呼向外喷着热气。会眨眼的洋娃娃，带遥控的小汽车，能唱歌的毛绒玩具，还有威风凛凛的仿真恐龙。

每样都闪着人民币的光辉，警告着我等穷孩子，有多远滚多远。

"哥哥，我要那个大龙。"

好眼力，一指就指了个最贵的。

龙哥看看标价，看看我们，结结巴巴："其实哥哥——"

"是个穷光蛋。"

四个瘦长的人影从黑暗中浮现，越走越近，在路灯下显出真容。

对面是另一条街上翻版的我们，同样的年轻气盛，同样的不知天高地厚，同样的撒起野来，无法无天。那两个又高又壮的，跟我哥他们同级不同校。那俩瘦小的，跟我和小人精同校不同班。

恩怨始于去年的一场足球赛。刚开始，两队人笑嘻嘻地讲"友谊第一，比赛第二"，可踢着踢着，足球变武术。到了下半场，已经没人管球在哪儿，一心只想把对方脑袋压在屁股底下，确实也算贯彻了比赛第二的原则。

我们从下午混战到傍晚，围观起哄的小屁孩，都看累回家了。夕阳西下，实在是分不清敌我，才依依不舍地撒开手，松开嘴，捡回鞋。

双方放过狠话，以后见一次揍一次。自己打不动了，就让儿子打。儿子打不动了，就让孙子打。子子孙孙打下去，就此拉开愚公移山似的百年约架篇章。

此刻，对方活动筋骨，步步紧逼。我系紧鞋带，我哥拉高裤腰，小人精寻找逃跑机会，大家不约而同地，做着战前准备。

只有龙哥愣在那儿，看了看弟弟，吸了吸鼻涕。

"改天吧。"

对面猛然停住，一个趔趄。

"今天不方便。"龙哥挠挠头，又指指弟弟。

对面的头头是个高个子男孩，发育得比我哥还早。他低头看看龙哥，转身跟同伴小声商量，过了十几秒，才用沙哑的嗓音回道："行，有缘再打。"

大摇大摆的四人，大摇大摆地往回走。

眼见着干戈平息，小人精从我们身后猛蹿出来，一脚踹飞一块石头，虚张声势地叫嚣："有种回来，老子打得你们六亲不认！"

好死不死，石头狠狠砸在头头的后脑勺上。他捂住脑袋，半蹲在地上，发出兽类的嘶鸣："你们使诈！偷袭！"

"护驾！护驾！有刺客！护驾！"

说时迟那时快，小人精抱起小皇帝撒腿就跑，徒留蒙了的我们跟怒气冲冲的敌人三对四决斗。

我哥决定弃我保他，直奔向两个一年级小孩，把我留给熊一样壮的平头男。

可他算盘打错了，对方俩小的蚊子一样左右夹击，揍得他天旋地转，不得要领。好不容易薅住一个，小孩惨兮兮地哀号："欧阳洋洋打小孩，不要脸。"另一个就趁机踹他屁股。我哥困于道德高地,被揍得眼神迷离。

"钢柱,你在哪儿?你哥要被打死了。"

我闻声扔下平头男,加速、起跳,飞扑进欧阳洋洋怀里,我哥则默契地箍紧我腰,抡起我,疯狂转圈:"欧阳兄弟合体!"

最惨的实属龙哥,只有他,自始至终在挨揍。

他被对方头头死死压在身下,一手掐脖,一手挥拳,毫无反击之力。

"让你偷袭,让你偷袭!我生平最恨人偷偷摸摸!"

可怜的龙哥,连自我辩护的机会都没有。

我们混乱成一团,哭爹喊娘,闭眼挥拳,直到小皇帝的哭声炸响。所有人渐渐停了手,小皇帝声嘶力竭地号啕,声音在公园上空打着旋儿飙升。

不知谁扔偏的石头,擦着他手背过去,吓得他号哭不止。

"不是我,我抱着钢柱,根本就没扔石头。"

"也不是我,我忙着揍他,"对面头头冲龙哥点个头,"咱俩可以相互做证。"

"对,也不是我,我忙着挨揍呢。"龙哥抹了把鼻血。

"这时候说这些有什么用,"小人精搋着在他怀里打挺哭的男孩,"快想办法,他回去告状怎么办?"

我们围成一圈,望着打滚儿哭的小孩,抓耳挠腮。

"怎么才能让他闭嘴?"

"办法也不是没有,"小人精灵光一闪,朝玩具摊一努嘴,"看见那个恐龙了吗?你们凑钱买给他,别算我,我可是一分都没有了。"

- 10 -

"妈妈担心死了,你跑哪儿去了?"女人把男孩揽进怀里,仔细检查,"手上怎么有血?疼吧?给妈妈看看,伤哪儿了?"她轻轻搓,慢慢揉,红着眼眶,声音发抖。

龙哥没解释男孩手上的血是自己的,是抱他回来时,不小心沾上去的。他贪婪地看着女人心疼的表情,这是爱子心切的母亲才会有的表情,他从未享受过的表情。

"哥哥带我出去玩,"男孩像颗弹力球一样上下雀跃,因亢奋而变成了大嗓门,"哥哥带我打架。"

"不许打架,坏孩子才打架。"女人愤恨地瞪了他一眼,"老公,你不管?"

龙哥突然收起看戏的心情,一脸惶恐地在屋里寻找。

他先前竟忘记了爸爸的存在,只是毫不在乎地敷衍着被误解的局面,熟稔地收拾着烂摊子。爸爸的加入,让故事的走向有了几分未知。此刻,他畏惧中掺杂着一丝期待,这陌生的紧张感,让他有点儿窒息。

爸爸的脸色是十二月的荒原,阴沉,压抑,静默中孕育着毁灭的残暴。

他一步步踱来,巴掌毫无征兆地扬起。

"啪!"

龙哥跟跄了几步,诧异地感慨成年人的力量居然如此之大。

"你自己怎么浑蛋是你的事,不要拉着弟弟不学好!"

爸爸的手再次扬起之前,奶奶拿着扫帚冲了上来,横在父子之间。

"快跟你爸说知道错了,下次不敢了,快啊。"

龙哥低着头,没有躲闪,也没有求饶。奶奶颤巍巍地抽打,赋予他一种微妙的安全感。

那个他们凑钱高价买回的霸王龙,被遗忘在水泥地上,灰头土脸,早已退去王者风范,退成一个廉价的塑料玩具。

"你真他妈给我丢人,倒了八辈子血霉,怎么生下你这么个丧门星。"爸爸指着他咒骂,眼白也变得通红,"这么爱打架,怎么不被打死在外面,还回来干什么!"

不是,不是我要打,今天我不想打架。龙哥视线四处寻找,弟弟,你替我说句公道话,我真的没主动惹事,我一直在保护你啊。

"妈妈,手痛,吹吹。"男孩背对着他,头缩在母亲怀里,哭得一抖一抖。

"老公,你看咱儿子吓的。"

"你就是个小流氓,早晚被枪毙!"

"龙龙,赶紧认错。"

房间噪声肆虐,各色的声音,参差的嗓门,语言毒箭般穿梭,龙哥却什么都听不见了。

沉入水底一般,耳畔是咕噜咕噜的寂静,只有一句话,在心中无数次循环。

就像五年来的每一天,这句话,不断地审问着他:

"自己认识回家的路吧?"

自己认识回家的路吧?自己认识回家的路吧?自己认识回家的路吧?

我始终记得。

爸爸,是你忘了,回家的路。

龙哥那颗五年都没掉下来的泪珠,一下子断了线。

- 11 -

在成为龙哥之前,男孩还有一个更普通的名字:王金龙。

金光灿灿的金,望子成龙的龙。

"我长大,要成为一名科学家,报效祖国。"

那一年,一年级的王金龙,站在教室前面,理直气壮地,向全班宣布了这个伟大的梦想。老师带头鼓掌,在同学雷鸣般的掌声中,他扭捏起来,羞涩地把脸藏在作文本后面。

原来,不是每个混混,生来只想成为混混。

第七章

屠夫

- 1 -

欧阳福宝被狗咬了。

三天后,带着我前去复仇的欧阳洋洋也被咬了。

我当然没被咬,我没我哥那么蠢。我只不过在逃命过程中左脚绊右脚,摔了个狗啃泥罢了。

但是,面对欧阳家的全军覆灭,我沉默寡言的大爷欧阳建,着急跳了墙。一袋扎啤下肚,他瞪着猩红的醉眼,借着酒劲,吼出那句祸根:

"畜生,早晚宰了它。"

我沉浸在失败的悲痛之中,一时间竟搞不清大爷要宰的畜生,指的是我哥还是那条狗。

应该不是狗吧,毕竟这狗猛如虎。

没人知道这条膘肥体壮的狗是何时来到老街的。

等人们注意到它时,它俨然已成为这里的一霸。

这条姜黄色的土狗暴力驱逐了目光所及的所有同性,并用武力征服了整条街的公狗。生崽后,它的凶残变本加厉,常年龇着尖牙徘徊在各大路口,就连最为吝啬的妇人遇见它,也不得不撕下一条肥美的鸡腿作为贡品,以求平安通过。

人人抱怨，可人人都没有办法。别说接近了，就连跟它对视都会招致杀身之祸。

如果说世间有什么是全然公平的话，那这条疯狗确实算一条，毕竟它是逮着谁咬谁的。

所以酒桌上的每个人都把大爷的怒吼当作一句牛皮，嘻嘻哈哈应和两下也就过去了。

可后面发生的一切却告诉我们，这不是一句大话，这是战书。

- 2 -

与小人精同时跑过来的，还有那桩惨无人道的丑闻。

"我对天发誓，亲眼看见，哎哟妈呀。"

他亢奋地奔走相告，手舞足蹈地四处炫耀，逢人就说，每说必演。

慢慢地，故事越来越长，细节越来越多，每个传话人都身临其境，亲眼见证了这场虐杀。

我的大爷欧阳建在不同的嘴里有了不同的形象，伴随着每一次演绎，他的声名越发狼藉。

一位拾荒老头的加入将这场声讨推至高潮。

那天，老头像往常一样翻着垃圾箱，希望捡几个瓶子、纸壳卖点儿小钱。

垃圾箱底一个放得板板正正的旧纸盒吸引了他的注意力。

缝隙拿胶带封得严严实实，放在手里沉甸甸的，这神秘的盒子勾起了老头的好奇心，他放下手里的蛇皮口袋，就地一坐，专心致志地抠起了胶带。

俄罗斯套娃一般，大盒套小盒，在层层揭秘的过程中，他浮想联翩，甚至做起了天降横财的美梦。那天的风格外喧嚣，老头打开了最后一个盒子，也亲手打开了一个终生都抹不去的噩梦。

盒子里的东西震碎了他的发财梦，也终结了他的拾荒生涯。恶臭扑面而来，这贫苦了大半辈子的善良老头哪受过这种刺激，当场就"哇"的一声，吐了。吐完之后又瞥了一眼，"嗷"的一声，昏了。

事发的垃圾箱前人头攒动，水泄不通。有热心人自告奋勇上前，瞟了一眼，立即咬定这就是那只家喻户晓的恶犬。

人赃并获，一切传闻板上钉钉。

那一天，我大爷欧阳建终于脱下人皮，显露出阴郁暴躁的怪物本性。

人人开始回忆与他相处的点滴，一点点挖掘他的罪证，一滴滴拼凑他的动机，一桩桩一件件，往昔的一切如今都被挖出来反复品鉴。

终于，有人回忆起酒桌上的那声怒吼。

闻言，有人惊讶，有人感慨，有人叹息，但更多的人是后怕。他们个个拍着胸脯，仿佛刚与死神擦肩而过。打那以后，没人再敢跟欧阳建多说一句，生怕他随时会从兜里掏出板砖。

那天起，我大爷不再是我大爷，他变成了屠夫。

◂ 3 ▸

我家的战火是欧阳洋洋单方面挑起的。

在那个铅灰色的傍晚，他并没有按时回家。他暗恋的女孩子笑盈盈地说，没见到他。龙哥不耐烦地摆摆手说，没注意他。门卫汪大爷皱着眉头回忆了半天说，早就走啦。直到晚饭凉透，人高马大的欧阳洋洋终于出现在门口。

我从没见过他如此狼狈。衣衫凌乱，遍身尘土。校裤膝盖磕破了，露出里面红色的秋裤。运动鞋也跑掉了一只，脚拇指从脏乎乎的袜子尖顶出来。最惨不忍睹的是那颗湿漉漉的大头，蔫了吧唧的头发紧贴着脑门。我知道他经常打架，但我不知道他居然也会输。

我哥杀气腾腾地冲进门，目光对上大爷的那一刻，眼泪却突然夺眶而出。

"都赖你都赖你，全都赖你！"粗哑的哭腔。自从那次他不小心用铅球砸中区教委的脑袋之后，这还是我第一次见他哭。他抽噎的样子让我这个旁观者有些难为情，尴尬得脚趾都蜷了起来。

"你干吗跟狗过不去，你知不知道现在我多惨？"

他把书包甩向大爷，本子、课本、铅笔盒"哗啦"散了一地，饭桌上一片死寂。

按大爷的火暴脾气，欧阳洋洋这行为纯属作死。爷爷放下筷子，我妈往后撤了撤腿，大娘则抬起屁股，随时准备冲上去拉架。这是暴风雨前的回光返照，人人屏息等待着那一触即发的大战。

炽光灯下，我们才真正看清欧阳洋洋的伤。校服背面一个鲜明的大脚印子，本子上有横七竖八的字：屠夫的儿子、替天行道、畜生终结者、怪物……不同的字体，一致的恶意。

我看见了，大爷必然也看见了。他举起的拳头无力地垂下，嘴唇紧抿，脸色涨红，脖子上青筋跳动，半天却只憋出一句："闭嘴吃饭，不吃就滚。"

欧阳洋洋愣住了。他的委屈没换来安慰，愤怒没换来怒斥，精心准备的一切情绪都摔向了虚空,没有任何回应。

反应了半晌,他挂着鼻涕,爆发出绝望的破音:"不吃不吃不吃!我不和屠夫一块儿吃!我没你这个爸!"

他冲进茫茫夜色。大娘慌了手脚,大爷欧阳建没有起身,他只是坐在桌边落寞地吃着冷饭。头压得很低,看不清表情。

我有些难过。这些日子我一直在等待,等待大爷的爆发,等待大爷夹杂着脏话怒斥那些人的胡说八道,等待大爷用确凿的事实还自己一个清白。可想象中的转折始终没有出现。他沉默地面对这一切,沉默得就像他真的做了。

他果然杀死了那条狗。

那天凉透的不仅是饭菜,还有几个人的心。

- 4 -

也许我爸欧阳设是我们家唯一兴高采烈的人。

"哎,你看见了吗?当时他那个表情,脸'呱嗒'一下子就青了,肯定是被说中了。"他抿抿被角,靠在床头饶有兴趣地吧唧嘴,"看不出来,这个大老粗还真有股狠劲,要不说没读过书的人就是粗野,这事放我身上,我绝对做不出来。"

我妈拧着眉头沉默着,忽地坐起身来,对我爸发出义正词严的警告:"你以后没事别惹你哥,他打死个疯狗都那么容易,何况是你呢。"

"你什么意思?"

"你连个尖牙都没有,"我妈的语气半同情半轻蔑,"你还不如条狗。"这后半句,可是实打实的蔑视了。

我爸听罢收起笑容，脸色铁青。

我跟欧阳洋洋之间的较劲，其实是上一代恩怨的延续。

虽然只差三岁，但我大爷欧阳建和我爸欧阳设无论是身材还是性格，都差了十万八千里。

大爷身材挺拔，力大如牛，从小便承担起家中所有的体力劳动。他像一株植物般长大，沉默是他的养料。当他长成一株巨树的那一天，所有抬头仰望他的人，无不从粗壮的枝丫间，感受到一股压抑的杀气。

而我爸显然走向另一条进化之路。矮小精瘦，市井圆滑，叽叽喳喳得像只蚊子，在你耳边三百六十度无死角循环播放他的碎嘴子。不致命，但诛心。

人人都笑称爷爷在生大爷时用力过猛，透支了精气，到我爸时明显后劲不足，凑合一生敷衍了事。

大爷替我爸长尽了肌肉，我爸替大爷说尽了废话。

在欧阳建眼里，欧阳设就是个没毛的猴，背地里小算计，没什么大出息。而在欧阳设眼中，欧阳建就是个没文化的大老粗，空有一身傻力气，没什么大出路。

二人虽三观不同，但对彼此的评价却出奇地一致：不是个玩意儿。

高中上到二年级的时候，欧阳建就跟不上了。他的大块头在数学题面前毫无用武之地，当第四次考到5分的时候，他用砂锅大的拳头愤怒地捶打课桌。老旧的桌面留下一处凹陷，而他则彻底消失在校园。

辍学后，爷爷托关系给他认了个师傅，跟着学开长途车。师傅架子大，脾气差，并不愿多说，只是在欧阳建犯错的时候兜头给他一巴掌。沉默的师徒二人以武会友，慢慢地竟也有了独特的交流方式。

日积月累，师傅一巴掌一巴掌地把欧阳建扇成了大都最出色的司机。

等师傅退休以后，欧阳建也有了自己的徒弟。他谨记恩师教诲，有样学样，可时运不佳，他第一巴掌就扇在了站长儿子的脸上。这力拔山兮的一巴掌，扇蒙了围观教学的站长，也扇丢了欧阳建的工作。打那以后，我原本不苟言笑的大爷越发消沉。

直到顶替奶奶名额，去服装厂上了班，事情才慢慢有了转机。

那是一个全新的世界，活泼爱笑的女工，五光十色的布料，不用跟人沟通，大部分时间只消盯着跳动的针尖。欧阳建快活地踏着踏板，重新寻回脚踩油门的激情，他手指灵光地转动着布料，一如当年潇洒地转动方向盘。就这样，他放下了怨念，与命运达成了和解。长途汽车曾替他找到人生的航线，如今缝纫机嘀嘀嗒嗒的声响也替他说出了心里的话。

我爸欧阳设之所以自诩知识分子，是他比大爷多上了一年学。

直到高三他才终于意识到自己不是读书的料。但用他自己的话说，他比欧阳建多读了一年圣贤书，多吸收了一年精华，人生自然不是一个档次。再说了，他现在上班的地方也有文化有底蕴多了，我爸就就职于日报社门口——他在日报社当门卫。欧阳设终于如愿以偿，过上喝茶、看报、每天衣冠楚楚、遇人点头微笑的儒雅人生。

他笃定自己将跟着散发着油墨香气的铅字近朱者赤，而我大爷则只能跟着车间轰鸣的机器近墨者黑。

我却不这么认为。

我眼里的大爷手粗心细，铁汉柔情。

在那个物质匮乏的年代，臭美的我们没有钱，但我们有大爷欧阳建。

大爷是我们欧阳家的时尚顾问，是大杂院最神秘的魔术师。他用铁齿咬断线头，用布满老茧的大手抚平光滑的绸缎。温柔的眼神出现在那张凶神恶煞的脸上，给予小小年纪的我，无与伦比的灵魂震颤。

无论你看好哪个明星的造型，向往什么款式的衣服，只要你给出图片，大爷总能变着花样从厂里搞到下脚料，依葫芦画瓢给你做一件八九不离十的。他用了整整三年时间，从各个饭店搜集小手绢，愣是艺高人胆大地给我们欧阳家三个孩子每人拼出了一身队服。

欧阳洋洋胸口上印着"欢迎品尝"，我欧阳钢柱屁股后面是"谢谢光临"。

按说欧阳福宝也有一件"好再来"的，只是姑姑不让她穿罢了。

- 5 -

杀狗事件并没有如我家人所愿渐渐被遗忘，相反，却愈演愈烈。

慢慢地，另一种传言甚嚣尘上，如同墙角砖缝里的青苔，不起眼却迅速蔓延：丧尽天良的欧阳建把母狗生下的那窝幼崽，一只只送到饭店做成了下酒菜。他把一肚子积怨，转向了那窝刚断奶的小狗。

不止一个人见过，甚至我也亲眼看见。我永远不会忘记那个黑色星期五，小人精张永超兴奋地向我狂奔而来，隔着三百米就扯着嗓子大喊:"走,带你看个好东西,快快快,不然来不及了。"

紧接着,我就看见了我这辈子都想抹去的那一幕。铁塔般的欧阳建把瑟瑟发抖的小土狗硬塞进烧烤店老板怀里,老板无可奈何地摇摇头,抓着挣扎的奶狗的后颈,提进了厨房。

在小狗崽停止哀嚎后不久,一盘烤肉端上了桌。

欧阳建一口烤肉一口酒,猩红的脸上,是心满意足的神情。

- 6 -

我哥和大爷之间的冷战仍在持续。

虽然大爷在每次碰钉子之后都会对着我哥的屁股补上一脚以示尊严,可谁都看得出来,在这场战役中他处于弱势地位,求和的意图溢于言表,甚至可以说是迫在眉睫。

我记得早在半年之前,我哥看完外国电影后,觍着脸表示生日那天想吃西餐,而我大爷不耐烦地咂了咂嘴,用一个优雅的问句给出了明确答复:

"你要是看完《西游记》,是不是也想跟着上西天?"

可真正到了我哥生日这天,我大爷一大早就蹬着那辆破自行车赶去了早市,一番讨价还价外加武力威胁之后,他斥重金割回一块上好的牛肉。借着厨房昏黄的灯泡,皱着眉头,攥紧菜谱,大爷有样学样地煎出一块黑乎乎的炭。

当这块散发着肉味的黑炭上桌的时候,我一度怀疑大爷是不是想以毒杀的方式来终结这场令人难堪的冷战。

"这黑不溜秋的,叫花鸡姊妹菜叫花牛吗?"大娘没有理会我爸的碎嘴子,她一脸讨好地拿出礼物,"洋洋,你不是想要喇叭裤么,你爸给你做了一条。"

我对天发誓欧阳洋洋刚才忍不住笑了,可下一秒,青春期的执拗强迫他拉下脸来,装模作样地把东西推到一边。

大娘献宝似的打开那个红色的塑料袋,里面是一条叠得板板正正的裤子。

欧阳洋洋只瞥了一眼就绷不住了,一把抓起裤子,拉近又拉远,疑惑地眨巴着眼。

流行的板型,合适的尺寸,只是颜色有点儿问题:荧光绿。

"你爸在厂里没找着合适的料子……不过都差不多,你快穿上试试,你爸熬了好几个晚上……"

"土死了,穿上也让人笑话。"欧阳洋洋嫌弃地扔回袋子,别过头去。

我看见大爷眼中的光迅速暗淡,缩小成瞳仁深处的一滴泪。他把嘴里的失落嚼了嚼,最终只憋出一句恶狠狠的"别给脸不要脸"。

"吃饭吧,"大娘慌忙把牛肉推到我哥眼前,"你爸一大早去早市排队买的呢。"她吃力地切开焦黑的牛肉,中间没熟,血水从切口渗到盘底。

黔驴技穷,我大爷已经无计可施。

死去的牛不会难堪,难堪的是活着的我们。

"这个挺难的,国外只有顶级大厨才能做出这种外表焦黑、中间渗血的状态——"

我爸难得为大爷说句话,可在这种场合听上去更像嘲讽。

"真挺难做的,一般人做不出来——"他不甘心地又喃喃了两句,最终也只得闭上了嘴。

一家七口就那么盯着桌上那块漆黑的失败,任由晦暗的天光,一口口吞噬他们脸上的表情。

"你真杀了那条狗吗?"

如果要打破沉默,这显然不是最好的话题。

"杀没杀?"欧阳洋洋继续追问。

"我就杀了那畜生了,怎么了?还得偿命吗?"

爆炸在一瞬间发生,有人掀桌,有人惊呼,有人叹息,有人劝架,有人躲藏。等我回过神来,昏暗的房间里只剩下我和呆若木鸡的他。

大爷孤零零的样子可怜极了。

那块被掀翻在桌上的牛肉也可怜极了。

我夹起一块,吃力地咀嚼。苦涩的煳渣,腥气的血水,我憋出了眼泪,冒着窒息的风险,舍命吞了下去。

"好吃。"

闪烁的烛光中,大爷感激地抬起头,含着泪,把剩下的牛排全都夹给了我。

- 7 -

最后一只了,这场噩梦很快就会了结。

欧阳建揣手蹲在深夜的冷风中,神情复杂地盯着眼前这只狼吞虎咽的狗。这是最小的一只,体弱又瘸腿,大概没人愿意养吧。他吸了吸鼻涕,又从怀里变出一根红皮香肠。

"今天最后一根了,悠着点吃,别噎着。"

脏兮兮的小狗激动地哼唧,尾巴飞速晃动。

前面几只狗崽子是他好不容易觍着老脸强送出去的,专拣生意红火的老店,就图没娘的小崽子们能过上不愁吃的日子。

可这只怎么办呢?

总不能一直偷摸养着吧。

吃饱喝足的小狗崽蹭着他的裤腿,撒欢地翻着肚皮。欧阳建愣了愣,皲裂的大手不自觉摸了上去。肋骨下一颗小心脏在努力地跳动,生命体特有的温热突然让他心生敬畏。

活着本身就是一场神迹,无论是拯救生命还是夺走生命,都需要非凡的勇气。

他是否具有这种勇气,他不知道,就像他至今不知道自己那天的行为,究竟是对是错。

那一日,他循声赶去的时候,只看见急速远去的车尾灯。它瘫软在路中央,身下缓慢地流出一条黑色的河。每个活着的躯体里,都藏着一条奔腾的河,当河水流远以后,灵魂也就跟着去了。

欧阳建撇下自行车,小心翼翼地靠近。

很快他便发现这一行为毫无必要:它的肚子贴在路面,抽搐的后腿旁,是一块从垃圾箱翻捡出来的烂肉。

它还在喘息,清醒地喘着粗气。

欧阳建想起在三流杂志上读到的酷刑,据说腰斩的人不会立即死去,他们会眼睁睁地看着自己折成两截,看着自己一点点儿死去,那种死亡痛苦而绵长。

它瞪着乌溜溜的大眼睛,哀求地望向他。他救不了它,伤成这样,华佗再世也救不了它。他能做的,只有帮它解脱。痛痛快快,一了百了。

在他拿着砖头回来的时候,它似乎明白了什么,不再哀嚎,只是久久望着他的身后。它爆发出最后的力量,冲着不知名的黑暗响亮地叫了三声,而后便乖巧地垂下脑袋,把头贴在地上。

刚出生时，它是不是也不谙世事，喜欢黏着每一个过往的行人？是不是也以为自己会有个遮风避雨的家？是不是也曾梦想有个疼爱自己的主人？是不是也想过要做一条看家护院的好狗？它是否甘愿如此狼狈地离开这个世界？

一切都不重要了。

欧阳建闭紧双眼，奋力举起砖头，他当然没看见它眼角滑落的泪。

欧阳建摇摇头，试图甩开那些清晰可怖的细节，脚边的小狗正用尖细的牙齿，轻咬着他手背玩耍。

原本想让它走得体面隐秘些，所以大盒套小盒地包了好几层，可谁承想竟闹出这么大风波，早知道还不如直接埋到西山上。不过真那样做了，大概也会被传成抛尸荒野吧。

欧阳建想过要反驳，想过要说出真相，可真相又确确实实是他杀了那条狗。

他杀了它，就得背负屠夫的重担，甭管出于什么理由。真假参半的故事最难辩解。人们要的只是一个刺激的故事，没人在乎这背后的前因后果。

欧阳建抽完最后一根烟，起身去推自行车，小狗屁颠屁颠地跟在后面。"别跟着啦，"他用脚踢了踢，"天冷了，自己机灵点儿，找个暖和地方趴好。"

他飞身上车，狗崽在身后哼哼唧唧，一瘸一拐地跟着。

他脚下使劲，头也不回地飞速往前蹬。他能够预想，体力不支的小狗最终会放弃，只得立在街灯底下，哭着看他越走越远。

道路两侧住家户的灯，一盏盏暗下去。他茫然地向前骑，身边不时驶过一两辆飞驰的车。

它是否也曾想安稳过一生？

他叹了口气,掉头往回骑。

- 8 -

我们永远无法知晓全部的真相。

就像大爷把小瘸腿狗抱回家的那天,我哥以为是他凭借自己的力量,让父亲改邪归正,激动得一宿没睡,在我头顶翻来覆去笑了一夜。

就像我爸看见我吃光了一整盘牛排,误以为我就爱吃大爷做的这种黑炭,苦苦模仿了半个月却终究不得章法,难过得一宿没睡,在被窝里翻来覆去抹了一夜的泪。

第八章

女 神

- 1 -

大爷带回家的小土狗在我俩之间飞速甩着脑袋。烧焦般漆黑的小毛脸里，藏着两颗更为漆黑的圆珠子，挂着鼻涕的鼻头，闪烁着湿漉漉的天真无邪。

我跟我哥欧阳洋洋剑拔弩张地立于桌子两端，中间是最后一块外国点心。

我们约定，狗走向谁，点心就属于谁。

"钢柱，"我哥拍着巴掌，"钢柱你来，我给你肉吃。"

"呸，别听他的，洋洋，你过来，咱俩平分点心。"

小狗只是蹲坐着，傻乎乎地吸鼻涕，钢鞭似的小短尾巴"啪啪啪"地抽打地面。

爷爷欧阳常青提着鸟笼子悠闲地路过，舌头一咂："啧啧。"

小狗雀跃着小胖腿，一蹦一跳蹿过去。

"人家有自个儿名的，"爷爷得意地拍拍狗头，"得好好叫名字才有反应。"

"啧啧算什么名字？"欧阳洋洋显然不服气。

"那是小名，大名叫欧阳金来。"爷爷一指趴在门框上打瞌睡的老狗，"那是欧阳喜臻，小名旺旺。"

爷爷给家里动物起名总是连名带姓，就像他给养的麻雀取名欧阳青鸾一样。

他说进了门就是欧阳家一分子了，众生平等，哪有什么高低贵贱。事实上，显然狗的名字听起来比我们高级得多。

爷爷乐呵呵地抓起最后一块点心："这是我的战利品，那我就笑纳啦。"

"别纳，别纳，你是大人，怎么能跟我们抢吃的？"

"就是，我们是小孩，爷爷你得爱幼。"

"好好好，不要了。"爷爷恋恋不舍地放下，忽然起身，指着我们身后大喝一声，趁我俩回头，他抓起点心扭头就窜，后面跟着小狗。

老头和狗就这么跑远了，空留我和我哥面面相觑。

"剩下的渣子是我的。"

我哥率先发起攻击。

"我的。"

我毫不示弱地扑上去护食。

"住口！"我哥掰开我嘴，甩动着把右手抽出来。

"这样吧，公平起见，平分。"

他边往我手里倒着点心渣，边漫不经心地问："哎，你最近听说了吗？那谁家有点儿问题。"

我知道他说的是谁家。是我暗恋的那个姐姐家。

"他们说——"他支支吾吾，"他们说她是卖的。"

"卖什么？"我真诚地发问。我从没见她摆摊卖过什么，准确地说，我根本就没见过她上班。

"婊子懂么？她是个妓。"

我眨巴眨巴眼，咀嚼着点心，也咀嚼着他的话。寻常的骂人话，此刻作为笃定的描述，让人一时拿不定该做出怎样的回应。

大脑发出指令之前，嘴巴已先一步做了了断。

"放狗屁！"

一口混着点心渣的唾沫，挂在欧阳洋洋脸上。

- 2 -

我第一次意识到自己是男孩，是从我妈拒绝带我去女澡堂那一刻开始的。

在很长一段时间里，我脑海中的天堂，就是女澡堂的场景。

氤氲的雾气中，一具具纯白或小麦色的胴体穿梭其间，妙曼的曲线若隐若现。温热的水柱滑下漆黑的发，在仙女们光滑的背脊上，化身一条柔软扭动的河。绵密的白色泡沫，触手可及的香气，清甜快活的调笑声，水珠四溅，娇羞着袒露。这一切都让站在塑料盆里的我目瞪口呆。

"转身，扭过去。"我妈也不似平日般凶狠。

头顶微弱的灯让她原本就精致的五官更加深邃，橙色的光映着她胳膊上的小水珠，繁星一样闪耀。她左手抓着我胳膊，右手套着粉色的搓澡巾，轻轻揉搓着我的背。

红彤彤的我站在红彤彤的盆中，右脚闲不住地搅动着水花。

"哎呀！"对面被我水花击中的少女嗔怒着回头，可一看见某一部分的我，白皙的脸上立马升起红晕，慌忙遮掩着别过身去。

三岁的我闭着眼睛，想象着身上的灰似雪花般飘落，我独立于苍茫的天地间，是开天辟地的第一人。我是被上帝选中的亚当，在乐园中尽情地搓泥。

可小亚当很快就失去了乐园。

那天在前台领了澡牌后，我妈没像往常一样牵起我的手，而是转头把我推向了我爸。我装模作样地哼哼唧唧，可我妈没有回头，只有我嬉皮笑脸的爸抱起我，走向另一个完全陌生的方向。

与天堂相反的方向，我知道那是什么鬼地方。

这一次，我真的哭了。

我不喜欢男澡堂，一点儿也不。

一个个过了保鲜期的大老爷们，活像一根根腌黄瓜，皱巴巴，臭烘烘，拿着条起毛边的破手巾，擦完脑袋再擦脚，临了再抹一把脸。

我爸背靠浅蓝色马克砖，在屋中间的大池子里瘫得像只心愿已了的牛蛙，安详地闭着眼。而我则像具新死的尸体一样，拘谨地瑟缩在福尔马林池中，生怕冒犯了哪位先死的前辈。

对面几位重量级大哥"扑通"一声下水，跟欢声笑语同时漂来的，还有数根随着水波晃晃悠悠的泥条。我下意识躲闪，不料身后的水开始"咕嘟咕嘟"冒泡。

"水开了！"

我爸一把拉住仓皇而逃的我，羞涩地抬了抬屁股，狡黠一笑。

- 3 -

我妈说，男人到了某个年纪会突然开始发臭。每每想起这句话，我都会赶紧四下闻闻自己的味道，好在还是一股奶香。不过下一秒我又会陷入忧郁：这说明我还不是个男人。

机智的我顺势发现女孩和女人之间的标准刚好相反：小女孩

总是臭乎乎的,等哪一天她突然开始变得香喷喷了,就说明她已经长成一个女人了。

的确是这样。

我妈每天照完镜子后周身香喷喷,大娘除去常年不散的油烟味,手上也若隐若现地散着雪花膏的香,姑姑头上有着洗发水的味道,这么想来,家里不香的只有挂着鼻涕的小福宝。

两年前她连屁股都不会自己擦呢,当然算不上女人。

我像发现新大陆一样按照标准严格审视班里的女同学,目光冷峻,神情严肃,皱着鼻子嗅着体育课后她们的汗酸气息,不禁在心中轻蔑一笑:哼,你们都不是女人!

可我始终搞不明白,女人和男人之间该如何区分呢?

幼儿园的小孩子可以一起上厕所,夏天热了一块儿光膀子,冬天冷了钻同一个被窝,一切再自然不过,可为什么男人和女人一块儿干这些就是耍流氓呢?

为了避免被动成为流氓,我发誓要弄清这条神秘的界限。

"怎么看是男是女?"

大年初一,当着来拜年的远房亲戚的面,我声如洪钟地虚心请教。

想象中长辈们谆谆教诲的场景没有出现,也没有谁蹦出来夸我勤奋好学,他们只是飞速掏出红包,干笑着塞进我口袋。

"都长这么大了,这一转眼真是,咱也老了。"顺势话题又回到了"时光飞逝,青春小鸟一去无影踪"的家常拉呱上。

"怎么看是男人还是女人?"

我又问了一遍。

"从生理上讲,在出生时——"

"你长大自然就知道了!"我妈一把拦住姑姑的话头,敞开一条小缝的知识宝库又"咔嗒"一声关上了。

这是什么秘而不传的宝藏吗?为什么长大自己就知道了?什么时候才算长大?等我变臭了?我得长多大才能知道?万一在长大之前我先长成流氓了呢?

欧阳洋洋在一旁笑而不语,一脸"我知道,但我不说"的欠揍表情,这让我觉得我妈说的可能是真的。就像十二月过完是一月,暑假过完是寒假一样自然,可能在未来的某一天,我睁开双眼,脑海中会突然闪现出答案。

欧阳洋洋有没有长到那个年纪呢?我不知道,但我确定他看见的世界肯定比我要宽广,毕竟他见识过"文学名著",而我还不懂得为什么要偷着看这种书,就像我不明白他为什么要偷着看天瑶一样。

跟她哑巴爹大口啃饼子的爱好不一样,天瑶每天早上都用小奶锅煮鲜奶,然后翘着兰花指一勺一勺地咽下去。上学路上,她背着印有Hello Kitty的粉书包,遇见谁都和和气气地笑。要是你叫她的名字,她会轻快地一甩头,蝴蝶结下的柔软马尾,轻轻扫过纤细的后颈。

作为舞蹈队的队长,她的下巴和胸脯总是骄傲地朝向天空,随时准备接受观众的赞扬。在《还珠格格》热播的时候,她披着白床单在院子里学香妃跳舞。最后蝴蝶引没引来不知道,欧阳洋洋、龙哥这些半大小子倒是招来不少。

一个熟悉的声音打断了我的胡思乱想。

"这是谁家丢的小朋友啊?这么可爱我可捡回家啦。"

被我妈轰到院子里的我,一抬头正撞上一张盈盈笑脸,楼上的姐姐。

"没,没什么……没什么可爱的——"不知道为什么,一跟她说话我就自动化身结巴。一想到自己现在的蠢样，我脸上的毛细血管全部炸裂自杀，整个头烧得沸腾，大脑蒸发，只剩嘴巴自顾自地傻笑。

她裹在蓬松的黑色羽绒服里，一手提澡筐，一手抄在口袋里，趿着一双棉拖，黑色长发吹得半干，发尾湿漉漉地滴着水。

"戴帽子啊，不然会感冒。"

一只手拂过，一阵香飘来，视线瞬间被羽绒服帽子遮去大半。我抬头，看不见她的眼，只看到下巴旁的一缕长发，水珠慢镜头般滴落。

一滴、两滴，滴进她洁白的脖颈深处，也滴进我身体的某个深处。

"小大人似的，一天天不知道脑袋瓜里装的什么。"薄嘴唇弯成一个可爱的弧度，我的心在上面擦着滑梯，上下起伏。

我仰头目送她上楼，光滑柔软的脚跟，暴露在寒冬的黄昏，白中透粉。

肃杀世界里仅有的温暖，晦暗天色中唯一的粉白。

一股异样突然自小腹升起。我不甚明白，但又觉得我懂了。

- 4 -

楼上的姐姐跟其他人不一样，但具体怎么个不一样，我又说不清楚。

大概她是我见过的，为数不多又时髦又温和的大人吧。

大杂院的冬天全凭煤球炉子和一口仙气吊着，所有人被迫打开低能耗运营模式，除吃喝拉撒外其他活动能免则免。

就在其他人为保命秋衣套背心、背心套毛衣、毛衣套面包服臃肿敷衍地活着的时候，楼上的姐姐依然甜美，丝袜、短裙加微笑，似乎春天就藏在她的出租屋里，给她独一份的温暖。

她的黑长发干净柔软，永远恰到好处地披散在裸露的肩头，就像她的右眼永远恰到好处地隐藏其中，向人投来恰到好处的羞涩和恰到好处的诱惑。

楼上的姐姐从不骂人，仔细想想，我好像从来没听到她起过高腔。

她的声音纤细易断，你要贴近她唇边，才能捕捉那只对你诉说的秘密。

人人都知道她不是大都人，大都的口音实在是太有特色了，抑扬顿挫，诙谐幽默，一顿寒暄愣是能吼出骂街的气势。

楼上的姐姐总是说着不标准的普通话，这让她在大杂院里显出一种格格不入的文明。但她的普通话夹带着不合时宜的鼻音和嗲气。背井离乡后，她大概渐渐忘记了家乡的形状。我虽不知她搬来大都多久了，但我相信大都的粗粝和豪迈足以冲刷掉任何细密柔弱的过往。

太过温柔的，在大都是活不下去的。

每到阖家团圆的时候，我总是忧心忡忡地望着二楼那扇橙黄色的窗。印象中那个举目无亲的女孩，抱着双膝瑟缩在冰凉的棉被里，一边看着电视里的喜气洋洋，一边吃着小卖部买来的临期方便面。家乡的花早已枯萎衰败，在它们的尸首之上，生长出一片无垠的草原。

这么想着，我便湿润了双眼，从家宴上偷几块上好的牛肉、半个鸡翅，加几片我最爱的炸虾片，再大逆不道地从奶奶供桌上顺一个苹果，把所有的心意装进塑料袋，裹进面包服，在我妈发现之前，偷摸开启自己的献爱心之旅。

可眼前的景象让我诧异。

一屋子的热气腾腾，甚至比三世同堂的我家还要喜庆热闹。男男女女脸上贴着纸条，大力摔着扑克，有人对着电视唱卡拉OK，有人配合着夸张地扭动，她倚靠在陌生男子怀里，举着易拉罐，看三个老乡隔着沙发互掷橙子，笑得满脸通红。

桌上火锅"咕嘟咕嘟"沸着，一罐罐空掉的啤酒罐东倒西歪，精美的巧克力滑落到地上，没人去捡，他们懒得去捡。

我隔着窗，站在天寒地冻的腊月，皲裂的手攥着塑料袋。

忽然有人越过沙发对她喊了句方言，她扭过头去，用同样的语调大声回应。陌生的口音，拗口的用词，湍急的语速夹杂着翻飞的语气词。

那是我没见过的眉飞色舞，那是她原本的生龙活虎。

那一刻我意识到，大都永远征服不了她的温柔。

她不属于大都，今后也不会属于大都。

我有些欣喜，又有点儿难过。

- 5 -

其实我早该知道，楼上的姐姐并不孤单。毕竟她人缘极好，有许许多多的朋友，多到几乎不重样的男性。

是啊，有谁不喜欢香喷喷又笑嘻嘻的她呢？

夏夜的傍晚，躺在院中间凉席上的我们，时常能看见她牵引着朋友往家走。有时依偎在那人怀里，有时害羞地拉着手，有时则干脆像个撒泼的小姑娘，噘着嘴拧着眉，半嗔半笑地推着犹豫不决的男人向前。

她的居所像是童话里的糖果屋，藏匿着世间的美好与惊喜。那扇小小的暗红色木门后，总是传来愉悦的嬉笑，跌跌撞撞的声响过后，则是一阵我从未听过的神秘吟唱，像夜猫的哭泣，又像母亲的安抚，引得我们这些熊孩子想要一探究竟。

可我妈总是警告我和我爸，离她远一点儿。

"为什么呢？"我天真地发问。

我妈的脸色并不是很好，咬着牙唾出嚼碎了的三个字："她有病！"

"什么病？"我的好奇变为担忧，原来夜晚的哼唧是疾病所致。

"一种让你长不高的病！"正在切肉的我妈猛地回身，菜刀对着我头顶的空气横着一劈，"她碰到你，你就再也不长个了，永远这么大点儿！"

像是不解气似的，她剁了两下又扭头盯着我。

"永远长不高，永远站在第一排！"

这可准确插中我死穴，整个酸到心坎里了。

看着我灰白的脸色，我爸欧阳设在一边偷笑。他是大人，长不高病毒自然对他没有影响，我妈的话对他没有任何震慑作用。我妈显然意识到了这一点，她紧抿嘴角，狠劈着刀，菜板震得碎肉翻飞。

"欧阳设我告诉你，你要是敢去找她，我剁掉你的头！"

我知道我妈在骗我，姐姐才不是传播病毒的瘟神，她明明是救死扶伤的活神仙。

你看，每一个从门后走出来的朋友都是一身轻松、满面春风，哪有什么生病的样子。

我猜她家一定藏有一只神兽，以人们的烦闷为食，去她家待一会儿，保证消愁解忧。

我顺带着发现了一个奇怪的现象：男的年纪越大越喜欢她，而女的恰恰相反，在我认识的人里，只有少不更事的福宝说喜欢她。

每次去澡堂洗澡，小小的福宝都暗自祈祷可以遇见姐姐。

姑姑欧阳梅很少管福宝，就算在公共浴池，她的职责也只是为福宝买一张半价票，让她合法地进入。

滚烫的蒸汽中，她背过身去仔细清洗，徒留福宝小手上套着大两圈的搓澡巾，东一下西一下，笨拙地在肚皮上画着圈。

大娘李春霞经常看不下去，主动请缨以后跟福宝配套洗澡。

可这矮胖女人毕竟在肉铺劈了半辈子猪，遍布硬茧的大手一搓澡巾下去，小福宝瞬间被抓了半拉皮。

每当看见把自己浑身搓得红彤彤的大娘喜气洋洋地走过来，福宝都像猪圈待宰的猪一样哼哼唧唧地原地哆嗦。

那天大娘洗到一半晕了堂子，被几个热心肠的大姨呼朋唤友合力抬了出去。福宝孤零零地站在热水柱里，灼热的水烫得她背部皮肤发痒。她一动不敢动，毕竟大娘在晕过去的前一瞬，抓着她肩膀孱弱地嘱托："占住……水龙……头……"

周末时间，水龙头一头难求，往往要排个两三号，耗上个把小时，最终还是逃不过跟陌生人共挤一头的命运。大娘为了抢占先机，来不及吃早饭就抓着福宝奔赴战场，没承想刚冲进热水里就被抬了出去。

福宝独自守着大妈的战果，晃晃悠悠，牙关紧咬，任凭水柱兜头浇下，愣是不敢抹一把脸。

"这儿有人吗？"一个女子左手拿马扎和澡盆，右手牵着一个比福宝略高一头的女孩。

"有！"福宝点头如捣蒜。

女人环顾一圈，视线又落回矮小的福宝身上。

"你俩挤挤吧。"不由分说，她把女孩推到水龙头底下，放下马扎，把福宝和大娘的澡筐推一旁，自顾自地把洗漱用品摆到正中间。

年长的女孩使劲把福宝往外挤，福宝退一步，她妈就进一步，不一会儿娘俩就有说有笑地共淋一柱了。福宝站在旁边，被进进出出的身体推来揉去。泪珠要滴下去的那一瞬间，她忽然听见一个熟悉的声音。

"小福宝，这儿，来这儿啊。"

朦胧雾气中，她听见有谁温柔地呼唤自己的名字。

事后据福宝描述，伴随着空灵的音乐，乳白色的雾气渐隐，露出姐姐温润的笑脸，她在远处缓缓招手，一股清香飘来，宛若仙子现身。听得我一阵羡慕，恨自己早生了几年，赶不上仙女发的这班车。

福宝说，姐姐让出水柱，让她赶紧进去暖暖身子。福宝还说，姐姐给她披了条厚毛巾，说这样既温暖又不会烫伤。姐姐还把搓澡巾打湿，蹲在地上小心翼翼地帮她搓澡，细致又温和，浑身上下每一处都清洗得干干净净。那时福宝才知道，搓澡巾不是刑具，也可以是飞向天堂的翅膀。

"软软的，一点儿不疼。"回家后，福宝兴奋地跟大娘分享。

"哼，专门伺候人的，可是弄得舒服呢。"大娘阴阳怪气，寻求应和一般向我妈一努嘴，"你说是不是这个理？"

我妈这次没有捧哏，她想着自己的心事，大娘说什么，她一个字都没听进去。

点心从外国寄来的那一刻，把我妈的心病也一起寄来了。

尽管大娘变着花样追问，谁送的，男的女的，关系远还是近，可我妈认定她是卖布的不带尺子——存心不良（量），所以任凭她跟在屁股后面喋喋不休，愣是一个字没透露。

就李春霞那个大嘴巴，王晓不敢透露，这一透露轻则家门不幸，重则家破人亡。

人言可畏，这点她比谁都清楚。

第九章

爱呀哎呀

- 1 -

我大爷欧阳建和大娘李春霞的婚姻是自然而然的。

两人打小对门,知根知底,上学还做了六七年的同桌,就连辍学也只差了两个星期。

欧阳建高壮,李春霞矮胖,两人站一起就像是高尔夫球杆和球,不协调,可大家又都知道他们必须是一对。

欧阳建沉稳踏实,所有的废话都化成了生风的疾步,李春霞则是典型的大都姑娘性格,豪迈泼辣,一张利嘴得理不饶人。欧阳建的笑声是静音的,而李春霞笑起来呼哧呼哧活像煤气罐泄漏。

谁要是敢欺负欧阳建,李春霞搬个马扎就能堵在人家门口,唾沫横飞地骂上个三天三夜;一样的理,谁要是惹哭了李春霞,欧阳建一声不吭能把人捶得三天三夜坐不下。

李春霞宰的第一头猪,大部分肉送来了欧阳家;欧阳建裁的第一条连衣裙,连夜就给李春霞送了过去。

到了谈婚论嫁的年纪,两人顺水推舟就在一起了。

欧阳建不娶李春霞,还能娶谁呢?

李春霞除了欧阳建,也找不到第二个般配的人。

他们的婚礼也极其简单,两家人凑一起吃了顿饭,当晚李春霞就从李家门住进了欧阳家。没有人不习惯,毕竟过去二十多年里,她也一直在这里。

对比之下,我爸欧阳设和我妈王晓的结合,简直是人类文明史上的未解之谜。

几乎所有人,包括我爷爷欧阳常青和我爸本人,都觉得我妈嫁给我爸是瞎了眼,只有我奶奶乐颠颠地忙里忙外,四处还愿,感谢菩萨恩典。

跟我爸的不学无术不同,我妈出身书香世家,往上数几辈据说还出过秀才。

虽然见得不多,但印象中在大学教书的姥姥和姥爷,即使在夏天也会把衣扣紧扣到最上面一个,腰板挺得笔直,灰白的头发用摩丝抹得板板正正。说到什么有趣的话题,两人同步推一下金丝眼镜,相视一笑,克制端庄,点到为止。

我妈是家里老小,上面还有两个哥和一个姐姐。跟家中恬静儒雅的整体氛围不同,她不爱看书,只爱骂人。背书背半天一个字不记,听路人骂街倒是一学就会。

在相继培养出一个教授、一个律师和一位提琴家之后,姥姥、姥爷引以为傲的教育生涯在我妈这儿戛然画上了句点。

眼见着小女儿在名门淑女的道路上反向狂奔,眼瞅着就要成为中华脏话宝典,两位老教育家愁得食不下咽,四处托人打点关系,给她搞了张大专文凭,又寻摸了一个门当户对的有为青年,想着两家凑点儿钱把人送到法国去镀个金,能留在海外是最好不过的。

可就在出发的前一晚,我妈失踪了,这一消失就是整整两天。等她再回来时,男方早已登上去往法国的飞机,两人的恋爱关系自然也告吹了。

姥姥和姥爷气得捶胸顿足，可无论怎么盘问，我妈誓死不说那两天一夜到底去了哪里。

她每天在家该吃吃，该喝喝，抓把果脯往沙发上一躺，电视剧还没演完，她已经四仰八叉地打起了瞌睡。对象没了她丝毫不担心，怕什么，追她的人那么多，从后备队里再提一个就是了。

平心而论，王晓确是个实打实的美人。

尖下巴，大眼睛，高挺的鼻梁，忽闪忽闪的长睫毛。个子也高，走哪儿都挺胸抬头，优雅得像只白孔雀。

从小她就沾足了漂亮的光，开始是几句夸奖，后来是更多的零食，青春期之后，班里男生热辣辣的眼神拱得她飘飘然，异性的殷勤和同性的嫉妒共同铸造了她骄傲的王冠。外表的红利让她的青春时代顺风顺水，也让她误以为可以一直这样顺遂下去。

在拥有智慧之前先拥有美貌，有时反而是场灾难。

出众的外表让她忽略了内在的修炼，不读书不看报，撒泼吵架是爱好。不张嘴，她确实美如一幅画，可但凡开了口，这画就必得打折出售。年纪增长，王晓的审美却并未下调，眼见着适龄的优质青年纷纷抱上了娃，王晓还在家跷着二郎腿嗑瓜子，两位老教育家急得再次捶胸顿足。

另外，一个恶毒的传言不胫而走：王晓消失的两天是跟野男人私奔去了，白睡之后让人给踹了，只得灰溜溜地回家。

从背后的窃窃私语到指名道姓地嘲讽，只发酵了一周的时间。

周天下午，刚看完外国电影的王晓心情大好，走进家属院的时候，她哼着曲，扭着胯，学女主角的样子，把新做的连衣裙转成一朵绽放的花。

"还骚呢，都成破鞋了还不知道检点。"

"就是，换我早一头撞死了。"

王晓猛地回头，杏眼怒睁。

"你祖宗八辈子都死绝了姑奶奶也不死！"

等看清说话者是院里另外两个青年后，她不由得冷哼一声："我当是谁在这儿嚼舌根子呢，原来是你俩这对八百年前立的旗杆——老光棍你憋疯了吧！对着你亲娘开始乱咬了？"

"我说的是真是假你心里最清楚不过。"

"我就是问心无愧，才见不得你满嘴喷粪！"

"你装也没有用，反正周边都传开了，王晓耍流氓，排队随便睡！"

王晓一愣，随即满脸通红："你是三伏天卖不掉的肉——臭货一个！二十一天不出鸡——正宗坏蛋！你是老太婆喝稀饭——无耻（齿）下流！"

"别在这儿牙尖嘴利，有本事你说，那两天干吗去了？"

"就是啊，说开了误会不就解了？"

"我坐车去——"王晓猛地收住话头，茫然环顾着周围看热闹的人群，笑着的，闹着的，捂着嘴小声嘀咕的，新娶的，丧偶的，抱娃的，拄拐的，提着礼品来串门的……

"你们一个个谁啊？管得着我吗？"

小小的风波并未让传闻戛然而止，反而更像是坐实了。

有人说凌晨的时候看见王晓跟个男子在街头拉拉扯扯，有人说自己朋友在长途站卖票，眼瞅着王晓大闹车站被门卫按倒在地，还有人放出了爆炸性的消息："其实她相好的不止一个，"迎着听众眼里放射的光，女人慢慢伸开五指，炫耀着丈夫新给买的大金戒指，"五个。"

一夜之间，树倒猢狲散。王晓曾经的爱慕者们纷纷倒戈，偶有几个遗留下的歪瓜裂枣也摆出颐指气使的态度："以前的事过往不究，以后你可得守住妇道。"

只有欧阳设是个例外。

这个矮小干巴的男人每晚定点来王晓窗外念诗。

夏天喷着花露水，冬天打着手电筒，雨天撑着破雨伞，每晚七点，雷打不动，从不缺席，童叟无欺。从最初的好奇到后来的无视，家属院里的住户已经习惯了这个念诗不带感情的黑脸小伙，只要看见他夹着书来了，就知道该放《新闻联播》了。

从泰戈尔到食指，从艾青到张九龄，欧阳设在选书方面自成一派，来者不拒。

王晓看着他，不由得想起高中语文老师。她想破头也搞不明白，眼前这人到底是要谈对象还是来强制提升她的文学素养。

一场台风搅乱命运的轨迹，两条平行线就此相交。

那个夏日黄昏，天地无光，狂风翻动大地，瘦削的欧阳设勉强站定，断断续续念得不成个，王晓缩在闷热的卧室，听得也是心烦意乱。

熟悉的读书声戛然而止，可这次《新闻联播》的结尾曲并未响起。王晓懒洋洋地抬起头，看见一个寒酸的背影跟跟跄跄，狼狈追着被席卷上天的书。

一滴雨落下，一个想法萌芽。

"别追啦，吃饭去，走不走？"

密布彤云下，黑脸的小伙，红了脸。

两人撑着把破雨伞走遍大半个市区才找到一家还在营业的小饭店。风扇吱吱呀呀，电视的信号时断时续，老板娘在柜台后面打着哈欠，王晓和欧阳设面对面，一声不吭。

当啃完最后一只鸡爪子，扭捏着的男青年终于哼哼唧唧地开了腔。

"那个……有个……有个……事吧……我得……问一下——"

得,该来的到底还是来了。

这种开场王晓已经熟得不能再熟,客客气气地铺垫,接下来就该问,那个谣言到底是真是假。好不容易不带脑子地吃顿饭,到底还是要败坏兴致。

"说吧。"她无所谓地摆弄着牙签,为接下来的争吵蓄力。

"我……我的钱可能……不够付……能,能……借我点儿吗?"

她猛地抬头,迎上对面愧疚的目光,欧阳设立马别开脑袋,手在桌子下搓着开线的裤兜。

"我没想到……咱今天能一块儿吃饭……光带了坐小公共的钱——"

"除了这,还有呢?"

"下次见面我一准还你!"他站起来发誓。

几个月来,王晓第一次笑了出来。

"你喜欢我?"

他没说话,哆嗦着点头。

"那你听说关于我的事了吗?"

他迟疑了一下,又缓缓地点了一下头。

"你就不想知道,两天一夜我去了哪儿?"

"那是你的事,不愿意提就不提,不妨碍我喜欢你。"

他第一次正视她的目光,依然红着脸,坚定坦然。

那个人,终于来到眼前。那一刻,一切都有了答案。

"以后能不能别念诗了,我烦气。"她小心地试探。

"我也是。"他如释重负。

二人相视而笑,几个月来的阴郁、紧张、崩溃、怀疑全都融在这一笑之中，笑声盘旋在静寂的小店，惊醒了瞌睡的老板娘。

终于到了两家见面定亲的日子。

爷爷欧阳常青当年好歹也是地主家的儿子，是上过私塾的，可他伪装的儒雅被大娘李春霞轻易揭穿。大娘临进门那一口老痰吐出了楚河汉界，也劝退了老夫妻最后一丝幻想。

酒过三巡，爷爷循环背诵着大脑里残存的诗歌，奶奶打起了瞌睡，大娘掏出备好的塑料袋开始打包剩菜。大爷非要拉着姥爷拜把子，我爸则醉醺醺地拍着姥爷肩膀："以后你就是我大大哥了，我要是欺负你闺女，我砍死我自己！"

"婚姻不是儿戏，你想好了？"姥姥环视一圈，目光落定在小女儿脸上。

"这不是你们想要的，但是我想要的。"

"那好吧，祝福你们。"姥姥含着泪，微笑着举杯。

谁都知道，祝福是假的，眼泪是真的。

结婚之后，我妈拒绝了姥姥的好意，自食其力当起了售货员，凭着一张利嘴，每个月业绩也不错。她习惯了每天早上起来排队等公厕，习惯了晒在院里的白菜总是少一棵，习惯了下午五六点各家各户溢出的油烟，习惯了爷爷在鱼缸里种大葱，习惯了大娘每周两次的找碴儿，习惯了姑姑一边嫌弃一边帮着收拾，习惯了我爸的邋遢与絮叨。

她渐渐忘记了曾经的高脚杯，忘记了留声机里的钢琴声，也忘记了那个远在异国的前男友。

可点心一寄来，她以为忘记的，全都想起来了。

我紧张地立在门外，攥着寒假作业和编的一肚子瞎话。

吞了口口水，我叩响斑驳的木门。

"当当当。"

我安静地倾听，没有任何回应。

"当当当。"

我加重了敲门的力度，心慌到快要呕吐。

"啪啪！"

我又拍了两下，屋内依然寂静。我失望地转身，刚迈出两步，身后的门敞开一条缝，露出她苍白疲惫的脸。

"姐姐不好意思打扰了我家人突然全都不见了我又没带钥匙只带了寒假作业你看我穿得这么少马上就要冻感冒我能去你家暖和暖和写作业吗？"

我盯着自己鞋尖上的一块污渍，一口气背出全部台词，等着她宣判。

她迟疑了几秒，露出我熟悉的微笑。

这是我第一次真正进入乐园。

她弯腰收拾茶几的空当，我好奇地东张西望。

房间不大，十几平方米的空间用粉色布帘隔成客厅和卧室。

我敲门的时候她应该正在睡觉，衣服东一件西一件地散落，凌乱的被窝，散发着暖烘烘的微弱香气。一件奶白色内衣扔在枕头上，吓得我连忙把目光转弯，向墙上转移。

床头贴了很多海报，可这些电影没一部是我看过的。各式各样光溜着的人紧紧缠在一起，有的叠罗汉，有的做体操，正当我研究那一男一女俩洋人是不是在玩骑大马的时候，她慌忙拉上帘子，阻断了我的漫游。

"在这儿写吧，我给你生炉子。"

我窝在沙发上，一边吃橘子，一边装模作样地写算术题。她在我背后掏着煤灰，灰白色的粉尘在清晨的光中浮动，她吸着鼻子，不时咳嗽两声。

原本想嘚瑟一下，可谁知第二题就卡壳了，我啃着铅笔头，紧张得脚趾回勾。

"不会了？"她撑在我脑袋上方，纤细的发丝，扫着我后脖子。

"这题可难做啦，现在的小学生也不容易——"

"很简单啊，"她接过我手里的笔，在验算纸上"唰唰"写起来，"你先这样，得出的数再跟——"

我专注地望着她侧脸，浓密的睫毛扇动，脸颊还留有枕巾的压痕。

"看我干吗，看题啊，你学会了没？"

"你……好像我数学老师啊……不过你比她讲得好……还比她好看。"

"我小时候还是数学课代表呢，班里同学不会做的，老师老点我上黑板做示范，她还说我kiao。"她一屁股坐在我旁边，眉飞色舞地比画着。

"说你什么？"

她愣了一下，"咯咯咯"笑起来："一激动说起方言啦，就是夸我聪明。"

"那你上过大学吗？"

她眼中的光暗淡下去，抠着睡裤上一个烟灰烫的小洞。

"初中读到一年级就没读啦，家里说za mo gin a读那么多书也没用，认字就行。"她望着我茫然的脸，继续笑着解释，"za mo gina就是女孩的意思，相当于你们这儿的……嫚儿？哈哈哈。"

她说着不标准的大都话，把自己逗得笑个不停，我被她感染得也不禁嘿嘿笑着。

她突然抬起手，抚摸着我头顶，摩挲得我浑身一僵。

"我家里还有个弟弟，现在应该跟你一样高了吧，不知道他功课怎么样。"她轻轻叹了口气，"希望他争气啊，不然怎么对得起我——"

房间陷入了静寂。

一朵云飘过，遮住了光，她的脸在那一刻突然看起来有些落寞，我也跟着心头一紧。我想让她重新笑起来，就像她平时一样。

欧阳钢柱做点儿什么啊！赶紧说点儿什么让她开心的事！

那句没头没脑的蠢话就这么脱口而出了。

"我以后要娶你！"

"啊？"

"我一定会娶你！我们拉钩！"

她没有回应我伸出的手，坐直了身子，歪着头："你说说为什么要娶我？"

"你好看，聪明，好心眼，"我突然想起她那惊人的洗澡频率，赶忙加上一句，"对了，你还干净！"

她的笑蓦然收住，纤细的眉蹙着："长大你就不这么想了。"

"为什么？我认真的，咱们拉钩啊！"我气愤地站起来，怎么能质疑我的真心呢！我欧阳钢柱可是说一不二的真男人！

她轻轻点了下我的脑门："等你长大，自然就明白了。"

长大长大又是长大！

我到底什么时候才能长大！

- 3 -

我俩围坐饭桌，中间是一大捧红得刺眼的玫瑰。

我跟我爸谁都没说话，静静咀嚼着各自的心事。

我觉得欧阳洋洋在骗我。

"长大的标志就是，"他不怀好意地上下打量我，又鬼鬼祟祟地扫视周围，再三确认没人之后，才在我耳边小声说，"长毛。"

"啥？长毛那不是烂了么！"

"不是水果那种长毛，就是你身上的某一部分，开始长出毛发。"

我抬头望了望我爸的地中海，陷入了沉思。

这傻子记错了吧，男人长大成熟的标志不是脱发吗？

而此刻，我爸的内心正进行着不亚于我的激烈斗争：强劲的情敌回来了，这一回来就是一个下马威。玫瑰和请帖直接送到家，这哪是要聚餐，这是鸿门宴啊！还有这玫瑰哪里红艳艳，分明是我头顶的绿油油啊！这小子什么意思？不就是回来耀武扬威么！不就是炫耀混得比我好，带着老婆回来想让王晓后悔吗？等等，万一这小子没结婚呢？万一他回来是想吃回头草呢？

暮霭渐浓，在没开灯的房间，寒风透过窗缝溜进来，在两人的背后吹起一股寒战。

二人盯着桌上的玫瑰，各自叹一口气，同时下定了决心。

- 4 -

一到饭店门口，欧阳设就后悔了。

他推着自行车在大门外等了将近二十分钟，冻得鼻涕稀里哗啦，头顶残存的一圈发丝在空中张牙舞爪，愣是没有等到人。只有衣着光鲜的男女进进出出，不时向他投来或鄙夷或惊讶的目光。

"老设，咱回去吧，又不差他这顿饭。"王晓紧了紧人造貂的衣领，金耳环迎着下坠的残阳，暗红地燃烧。

"要不说这人人品不行，"欧阳设用手抹了把鼻涕，"一点儿时间观念都没有，老祖宗的教育全忘了。要不，咱俩就回去？"

话音刚落，漆黑的轿车停在眼前。

"王晓？"男人下车快步向前，"王晓是你吧？怎么还这么漂亮啊，该不会你是王晓的女儿吧，哈哈哈哈。"

他自然地拥抱，王晓僵硬地在他后背拍了两下，脸上掠过一丝红晕。

"这位是你先生吧？你好。"男人捉住欧阳设缩回的手，"不好意思刚把客户送走，来晚了。"

欧阳设不得不回握，把手心的鼻涕在男人手上蹭匀。他的目光落在男人手腕的大金表上，撤退时又落回自己洗得松松垮垮的袖口，两根鸭毛顶破外层，露出头来。

这不是一个好的开端，可欧阳设后悔已经来不及了。

富丽堂皇的大堂温暖如春，他裹着笨重的羽绒服，在衣着轻薄的客人间，热得满头大汗。

他不能脱下外套，毕竟这是他最体面的一件冬装，一旦脱掉，别人就会看见他里面那件开了线的毛衣。他只能扭捏地坐在皮质座椅上，任明晃晃的吊灯照耀着他的秃头顶和羽绒服袖子上的油花。

面对眼前明晃晃的刀叉他有点儿愣神，拼命回忆着报纸上说的到底是左手拿叉还是右手拿叉。

他一口闷了杯子里的红酒,放下酒杯才发现别人都只是抿了一小口。他才知道沙拉里的菜都是生的,嘴里咀嚼的时候不能说话,别人在你旁边拉完小提琴是要给钱的。

一直以大城市文化人自居的他第一次感觉自己是个啥都不懂的土老帽。直到牛排上桌,他想起欧阳建做的一分熟牛排,终于抓住了最后一次反扑的机会。

"服务员!"他昂着头骄傲地大喊,"你家牛排不正宗啊,怎么一刀下去都没有血!把经理给我喊过来,糊弄谁呢!"

他得意扬扬地看着妻子,谁知妻子脸色涨红,在桌子底下狠命拧了他一把。

他隐隐觉得,自己又搞砸了。

后半场,欧阳设一言不发,闷头吃着服务员换上来的三分熟牛排。

这他娘的都不熟,血渍呼啦的怎么吃啊?老外真他娘的野。他一边想着,一边皱着眉头往下硬吞。

男人在那里谈笑风生,王晓的回忆也渐渐复苏,他们聊着过去的老邻居,聊着当时追过的歌星,聊着一起看过的外国电影,欧阳设一句话也插不进去。

"那个明星还演过什么来着?"王晓敲着太阳穴,"就在嘴边怎么就想不起来了呢?"

"我在国外这几年没怎么看国内电视剧,真还无法解答。"

欸?我知道啊!你爱看的电视剧我都是一遍遍地陪你看的啊!

欧阳设急于抢过话头,没嚼烂的牛肉囫囵就咽了。结果两大块肉被筋连着,正好卡在喉头,他憋得难以呼吸,捶打着桌子向后倒去。

他听见周围一片惊呼,感觉自己踹翻了几张椅子,他看见王晓哭着求助，可他顾不上那些了。他紧紧攥着脖子，徒劳地想把肉块挤上来。

时间变慢了，他眼前的一切渐渐发黑，不时有几颗小金星闪烁。

他知道，今天自己要搁在这儿了。以最不体面的方式，为了一块肉，卡死在众目睽睽之下。

忽然，一双强有力的手从腋下环抱住他，突然用力收紧，猛烈挤压他的上腹部。一下，一下，又一下。他感觉一股气流从下腹涌出，"哇"的一声，把肉块呕在了地毯中央。

周围的人为急救者鼓掌，而他只是四肢着地，跪趴在地上猛烈咳嗽。咳到口水喷溅，咳到眼泪横流，咳到腹部酸痛也不敢停下。

他不知道在咳嗽停止之后，自己要怎样面对眼下的处境。

他输了，输得彻彻底底。今天的饭局就是他的现形记，全面立体三百六十度环绕地向王晓展示他的一文不值。

即使她要走，他也无话可说了。

一切归于平静，隔壁桌时不时地仍会投来好奇的目光。饭桌上谁都没了聊天的心情，男人又心不在焉地寒暄了几句，王晓也嗯嗯哼哼地敷衍了几下，心照不宣中，三人匆匆结束了饭局。

欧阳设始终沉默着，直到结账的时候才嘶哑地说："我来吧。"

男人一愣："怎么能让你来呢，明明今天是我强行把你俩拽来的。"

"我来吧。"

"别别大哥，你千万别跟我客气。"

"我来吧。"欧阳设不由分说地挤上前。

这是我最后的一丝尊严。我跟她从一场饭开始，也让我们用一场饭结束吧。

"哎呀,都说我来了,别抢啊。"男人一拉,欧阳设帽子上的人造毛"刺啦"一声被扯下来。欧阳设苦笑一下,从男人手上拿回毛领,平静地揣进口袋,又转向服务员,平静地问:"多少钱?"

"先生,您的消费一共是六百八十一元。"

欧阳设颤抖着拉开开线的人造革小钱包,抽出四张崭新的一百块,又从夹层里展开两张皱巴巴的十块,然后是两块、五角、一角……在众人的注视中,他把钱包掏空,零的整的铺了满满一桌。

"先生,还差一百九十三元。"

他缓缓地弓下腰,慢慢地脱掉右脚的皮鞋,露出露脚趾的尼龙袜子。他拖出绣着"出入平安"的红鞋垫子,从底下抽出最后的一百块。

他递出这最后的一百,绝望地闭上眼。

"要我借你点儿钱吗?"

耳边响起那个听了十多年的声音,一只热乎乎的手轻轻握住他冰冷的手。

他回头,望见她的笑。眼眶红红的,眼角已有了皱纹,那个少女早已长成了妇人。

可她一笑,他的心就定了。

- 5 -

我心乱如麻,顶着欧阳洋洋给我画的络腮胡,攥着别人送给我妈的红玫瑰，被眼前的景象吓哭了。

附近的邻居里三层外三层地围在院子里，中间是脸色阴沉的房东，还有破口大骂的姜小白他爸。

"不要脸，臭婊子，还不赶紧滚！"

他跳着脚怒骂，不时踹一脚旁边的行李袋。

她的东西散落在院子中间，之前我见过的那几个老乡，正帮她向外搬着。

"我的房子不允许干那种脏事，"房东大姐叉着腰，硕大的胸脯和肚腩上下起伏，"之前看你小姑娘白白净净的，要是知道你这么自甘堕落，我不会搭理你的。"

"就是，我他妈就瞧不起你这种自轻自贱的！"

"幸亏姜大哥及时通知我，不然我的房子还得脏下去。现在立刻给我搬出去，不然我就报警。"

"依亿①，讲点儿道理好不好，我们这不正搬着吗？"

"还犟嘴啊，我报警，你们全得抓进去改造！"

她默默拉开冲上去的老乡，低着头整理被扔得七零八落的塑料盆。

我推开看热闹的人群，硬挤到最里面。玫瑰的刺扎进手指，眼泪却先一步流了下来。

她抬头看见了我，也看见了我手里的花。她朝我招招手："花是给我的吗？快给我吧，以后可没机会了。"

我没出息地嗷嗷哭着，把花哆哆嗦嗦地塞给她。

"别哭啦，男子汉对不对？"她轻轻拭去我的眼泪，"你要好好学习，好好长大。"她凑在我耳边轻轻说，"还记得我们的约定

---

① 方言，福建地区对与母亲年纪相仿的女性的称呼。

吗?我还等你以后有出息了来娶我呢。"

我哭着哭着笑了,"扑哧"笑出一个鼻涕泡。迎着别人的白眼和窃窃私语,我走上去帮她把小物件搬向一辆破旧的面包车。

我才不管她是什么身份,我知道她是个好人。

她的家当不多,不一会儿就搬空了。

"走啦走啦,别依依不舍啦。"一个黄毛在驾驶座冲她喊道。

"好啦,该说再见啦。"她弯下腰捏捏我的脸,"一定要努力读书哦。"

"名字?"我对着她的背影突然大喊,"你的名字叫什么?"

"你叫她露露就好啦。"

黄毛笑笑,顺手弹出一个烟蒂。

她厌恶地甩甩头,转过脸认真地对我说:"我叫陈盼娣。"

- 6 -

他在前面蹬着自行车,她在后座紧紧抱着他。

冬日的深夜,海边街道上没什么行人,只有路灯陪伴着他们的归途。二人静默着,行走在一个橙红色的旧梦里。

他先开了口:"嫁给我以后,你后悔过吗?"

她没有回答,只是反问:"在别人传我闲话的时候,你怀疑过我吗?我的答案跟你一样。"

二人沉默了一会儿,同时发出释怀的笑声。

与此同时,相隔五千米的家里,我趴在被子上痛哭流涕。

"哎,别哭啦,古人说了婊子无情,你别——"

"我不许你这么说她!"我一拳打掉了欧阳洋洋装模作样的

安抚。

"少年不知愁滋味,好心当成驴肝肺!看我不打得你重新做人!"

我哭得越发歇斯底里,不知道是因为肉疼,还是因为心痛。我的哭声穿越墙壁,飘入大杂院其他人的夜晚。

爷爷戴着老花镜,在昏黄的灯光下,一次次地摩挲那张黑白照片。

大娘试穿大爷新做的旗袍,在镜子前快乐地转圈,像个小姑娘一样红了脸。

姑姑欧阳梅恨恨地瞪着福宝,一把夺走她手里的饭碗。

小人精张永超剪下精心护理的花苗,小心放在爷爷的照片前。

龙哥站在门边看奶奶跟爸爸通话,希望一会儿也能跟爸爸说上两句。

姜小白端着药跪在床边,无助地看着妈妈疼得说不出话。

天瑶轻轻给爸爸盖好被,蹑手蹑脚地端走洗脚水。

陈盼娣迎着海风愣神,被一辆破面包车载入未知的未来。

故事的最后,我依然不知道爱究竟是什么。

可我见过深陷爱中的人。

爱让贫瘠的慷慨,让柔弱的刚强,让污浊的纯洁,让粗鲁的羞赧,让泼辣的温柔。

爱也让儒雅的疯狂,让善良的残忍,让无私的狭隘,让智慧的盲目,让勇敢的懦弱。

也许长大之后我会懂得更多的道理,可眼下我明白了一件事情,这是一件只有小孩子懂得,长大之后反倒会渐渐忘记的事情。

爱,没有标准,没有对错,没有规则。爱无关职业,无关年龄,无关身份。

在爱中，只有一个条件，就是我爱着你的时候，你也恰好爱着我。

爱，就是爱。

爱，只关乎爱。

第十章　疯

- 1 -

我哥疯了。

虽然在我眼里,他一直是个神经病,但不得不说,他最近的反常之举更符合世人对疯的定义。

白天,他穿衣、吃饭、上课、揍我,跟平时没啥两样,可一到夜深人静的时候,他的哀号突如其来,又戛然而止,让旁人在心惊肉跳中辗转反侧。

上门告状的邻居踏碎了门槛,大娘骂哑了嗓子,大爷踹掉了鞋底,我哥依旧准点扰民,没有任何好转的迹象。

天天如此,夜夜循环。

他的癫狂,泾渭分明,像准点打卡上下班的上班族。

大杂院里的人什么世面没见过,就是没见过疯得如此自律、自制、自成一派的。

一时间众说纷纭,茶余饭后要是没就此聊上几句,这顿饭就算是白吃了。

小人精的奶奶说,这是因为我大娘不孝敬婆婆,遭了报应殃及后代——鉴于她老人家常年被儿媳欺负的心酸史,众人一致认定这一说法纯属私人泄愤,不足为信。

我哥到底因何而疯,真相只有我知道。他突如其来的疯癫总是伴着那夜半的琴声。琴声越响,他癫得越狠,琴声一停,欧阳洋洋便也即刻收声。

他的疯,势必与姜小白有关。

- 2 -

住我家上面的姜小白,人如其名:晓得礼貌,人也白净。他是老街家长的理想,孩子的噩梦。重点中学学生,还弹得一手好钢琴,福宝六一节目的伴奏带就是他给录的,这么说来我们还欠他个人情。

其实姜小白疯在我哥之前。

他的琴声跟着人一起变了,从柔和到狂躁,逐渐失控,歇斯底里,彻夜不停,仿佛弹奏者的灵魂正忍受着针扎火烤的折磨。

忍受折磨的远不止他一人,住在这个大杂院里的人,谁又没点儿抓肝挠心的小秘密呢?

吃饭的时候,妻子和母亲又犯起来了,吵到最后饭桌都掀了。一边是媳妇一边是亲妈,手心手背都是惹不起的厉害主,小人精的爸爸夹板张只能忍气吞声地当和事佬。可是凭什么呢?明明养家糊口的是他啊!在学校那么受学生尊重,怎么一回家就没人待见了呢?说起学校又是一肚子火,凭什么比自己晚来的小年轻都评上职称了,到他这就这么多沟沟坎坎呢?校长那句话又是什么意思呢?

孙子已经睡熟了,龙哥奶奶挪着小脚进屋把风扇关了。唉,这小年轻就是不知道节约,电费不花钱吗?看着熟睡中的孙子,她不由得一阵心疼。当年他生下来的时候，一家人是多么欢气啊，他爷爷给起那么个名字也是希望他成龙，可怎么一步步地就走到今天这个田地了？唉，人的命天注定，要是有个好爹好妈，他也会是个上进的好孩子，说不定使使劲还能评个什么三好学生……唉，她这把老骨头还不知道能撑到什么时候，要是她也没了，这孩子可咋活？她边想边摸索着墙上的开关。这孩子以后会变成啥样啊？"叭"的一声，屋里一片漆黑，只有她的叹息沉重落地。

欧阳常青晚上胸闷得厉害，倚墙斜躺才勉强上得来气。他知道自己身体有病，可哪个老年人不是一身的病？就算去了医院也是被当成机器似的拆开，这个零件修修，那个零件补补，谁也挡不住黑白无常索命不是？当然，这个想法不能被小女儿知道，不然又是一顿教育。自从她妈走了之后，这闺女就对他一肚子意见。其实那件事他也在心里反复煎熬，煎鱼似的来回翻面，有时候他觉得自己做得对，可有时候又觉得自己是个万恶的罪人，到底怎么样，应该只有那个小老太太知道吧？小老太太又不会说，她永远是笑呵呵的，走的时候也是笑着的，那应该是满意的吧？可为什么这么多年连场梦也没托给他呢？说到底还是怨恨他吧。

大傻杨来城里投奔表哥已经快俩月了，嫂子的脸色是一天比一天难看，盛饭的时候都开始摔摔打打，自己要是再找不到份像样的工作，只能滚回老家种地了。出来的时候已经跟家里闹翻了，这回回去怕是没那么容易……

住在大杂院里的勤劳勇敢的劳动人民，在忍辱负重辛勤劳作了一天之后，在历经柴米油盐鸡毛蒜皮的琐碎之后，在拼命压抑住一肚子的不甘与郁闷、带着一身臭汗准备一睡解千愁之际，那狗娘养的阴郁琴声却不合时宜地在耳边炸响，这是什么混账道理!

愤怒的失眠人死命捶打姜小白家老旧的木门,污浊的玻璃窗被震得扬起贫穷的灰尘。姜小白体弱多病的母亲一次次弯腰道歉,苍白色的瘦弱女子几近要流下同样苍白色的泪水。邻人见此也只好强压下怒火,骂骂咧咧地离开。

可消停不了几天,那阴魂不散的琴声又会不合时宜地响起。

跟欧阳洋洋不同,众人对姜小白的疯癫几乎达成了一致意见,人人都说,他那命不久矣的母亲,在用儿子给自己续命。

- 3 -

上天是公平的,在给姜小白横溢才华的同时,也附赠给他一个平庸甚至是累赘的家庭。

除了穷困,世间似乎没有什么能束缚他父亲姜大潮浪荡的脚步。

什么责任,什么担当,什么顶梁柱,这些词语跟他统统没有关系。他四处游走,握着放大镜仔细搜寻一切能占小便宜的好机会。他永远醉醺醺,带着一身令人作呕的烟酒臭不定时地出现。他总是怒气冲冲,泛着白浆的干裂嘴唇弹射病毒式地爆发出脏话。

他咒骂时代,埋怨社会,诅咒一切混得比他好并嘲笑一切混得不如他的人。每当听闻哪个旧相识如今的意气风发,他准会冷哼一声,带着十足的刻薄无情揭发那人当年的龃龉与狼狈。

他对这个世界充满了敌意与愤慨,恶毒地怨恨着万事万物,唯独大度地原谅了自己的颓废,仿佛他今日彻底的失败是受了命运的陷害。

他年轻时是个眉清目秀的男孩，年轻貌美成全了他的自傲，他无须聪颖，无须智慧，无须上进，更无须学会自省。浅笑时露出的酒窝便是他无罪的证明，仲夏傍晚的海风吹起他的白衬衫，任何见过这一幕的女人都会无条件接受他的喜怒无常与歇斯底里。

然而，青春本身是指尖握不住的阳光，上天将它随机地赐予，从来没人能永久占有。时光流去，浓密的头发稀疏了，流畅的线条下垂了，细腻的皮肤变得黝黑粗糙，肌肉松弛，啤酒肚突出，多情的眼睛如今麻木中透着猥琐，酗酒让他连自己的双手都掌控不好。

美好的肉体让他成为包装精美的便宜货，如今岁月拆去了青春这层遮羞布，他也只剩下廉价的灵魂。太阳升起，他生命中的一切美好都像露珠般消失不见，白花花的阳光下，只有愚钝被照得一清二楚。

在喝酒之外，他还有一大爱好：去洗头房。小小年纪的我怎么都想不明白，世间为什么会有这么懒的人，头发脏了为什么不能自己洗呢？再说他也没几根头发啊，天天这么洗不会洗秃噜皮吗？

姜小白的母亲站在他父亲的另一个极端。

她身上总是流露着一股怯意，像是做错了什么，尽管她什么都没做错，却总是羞愧难当。她总是垂着头，仿佛下巴粘在了脖子上，跟谁都摆出一副低人一等的姿态，纤细的脖子发出同样纤细微弱的声音，生怕激怒对方。

她像是上辈子毁灭了地球的罪人，处在永恒的恐惧中，永远战战兢兢，永远小心翼翼，随时准备无条件接受从天而降的惩罚。

这个女人一生中唯一一次战胜丈夫，就是让儿子学了钢琴。

我仍记得钢琴被抬进大杂院那一天的情景。

那是春末夏初的时节，大杂院老旧的墙在明媚阳光下，泛着鹅黄色的温柔。

虽是台被人淘汰下来的二手旧钢琴，但邻居们还是沸腾了，他们从门框向外探出半个身子，把脸紧贴在玻璃窗上，在公厕蹲坑的来不及擦干净屁股就攥着半拉卫生纸冲出来。妇人们抱着孩子前来围观，男人们手舞足蹈地品评，说来说去只有"真好啊，真洋气"这几句话。就像是发现了蜂蜜的蚁群，人头兴奋地涌动，可谁都不好意思上前去摸一摸。

那天的她真漂亮啊，苍白的脸上浮现出红晕，就连尚无男女意识的我也不由得感叹她的美丽。

工人在向楼梯上搬钢琴的时候遇到了难题，她望向人群，霎时间，三五个壮汉冲了上来，她涨红的脸庞更加炽热。那些男人亢奋地喊着号子，粗糙的手却不敢使足力气，生怕手指上的茧子在钢琴上留下划痕。即使钢琴早已千疮百孔，但在他们眼里仍圣洁得无以复加，像是维纳斯的胴体，代表着艺术的诱惑与尊严。那一天是他们这辈子最接近艺术神殿的时刻，从此也有了酒后吹嘘的资本。

"别看老子这双手这么糙，当年那也是摸过钢琴的！"

留着鼻涕的我缩在我妈身后，望着二楼同样缩在门后的姜小白。我妈的乌黑瞳仁深处，有什么东西在燃烧，她一把薅住我的肩膀，几乎是恶狠狠地指向姜小白。

"你要像他一样，听见了吗？以后你要跟他一样。"

一年以后，姜小白母亲所在的工厂倒闭了，这个原本就潦倒的家庭失去了唯一的生计来源。

为了儿子的学费，也为了一家人的温饱，她放下胆怯与害羞，开始沿街叫卖煎饼馃子。

滴水成冰的三九天，她摸黑起床给儿子备好早饭，便顶着清冷的月亮出摊。单衣下的热汗被北风一吹凝成了冰，刺痛着她脊背上的每个毛孔。烈日炎炎的盛夏，天地万物被炙烤得昏昏欲睡，她搬着小马扎坐在并不阴凉的树荫底下，生怕错过一单生意。她并不叫卖，怕纤细的吆喝声扰了谁的午休，她只是那么愣愣地坐着，期盼着哪个没赶上午饭的人，能顶着大太阳来这个热气烘烘的小推车前买个一块五的煎饼馃子。

慢慢地，她在市场拥有了自己的摊位；慢慢地，她的生意渐渐红火，有了自己的回头客；再慢慢地，流言也就传了起来。

我不知道是谁第一个造的谣，可能是另一条街卖煎饼馃子的大姐，可能是隔壁摊位卖烧饼的大哥，可能是某个眼红她生意的同行，也可能是某个跟她无冤无仇甚至算不上熟人的坏心眼。他们说她得了肝病，吃了她的煎饼馃子，也会得肝病。

"没有，我没有病，"眼泪在眼眶里打着转，"我真的没有，我检查过。"她喃喃地重复，微弱无力的声音很快便淹没在人声鼎沸的菜市场，并没有谁听到。

不久之后，她真的病倒了。除了去医院，她几乎不怎么出门。我一度以为她失声变成了哑巴，因为打那之后我没再听她开口说过话。

然而，在某些个夜深人静的夜晚，如果你足够细心，足够勇敢，你便会捕捉到那些从她卧室窗口传出的微弱哭喊。凄惨，无力，隐忍，绝望，每一声哀号都滴着泪水，饱含血红色的痛楚。

仿佛她深陷一场永远都醒不过来的噩梦。

跟姜小白家的失常相比，眼下更需要救治的是欧阳洋洋。

眼见他一天比一天形容枯槁，一秒比一秒精神萎靡，现在面对我的挑衅，他虚弱到拳头都挥不动，教科书式的命不久矣。身为弟弟，我不允许他就这么死去，毕竟他要是死了，一定会想方设法让我去做伴。

我决定尽我所能，救他狗命。

第二天下午，我瞅准姜小白陪他妈去医院的空当，提着塑料袋奔赴战场，临走时还不忘去厨房抓了一大捧小米。前脚刚走，后脚我妈的怒吼就炸开了："欧阳钢柱你是不是背着我养鸡了！说了多少遍咱家只能养一个畜生！鸡和你，自己选一个！"

站在姜家那扇油漆斑驳的木门前，我做贼心虚，左顾右盼，见四下无人，快速从门口花盆底下摸出备用钥匙。这在大杂院是个公开的秘密，大家会在某个地方藏一把备用钥匙。有时是门框上，有时是擦脚垫底下，有时是寄放在某个亲近的邻居家里。

"咔嗒"一声，门开了。

姜家比想象中阴暗、逼仄，老物件上泛着一股死亡的霉气。

反锁门后，我深吸一口气，蹲在地上把塑料袋里的宝贝一件件往外掏。老桃树枝子、黄色纸钱、一瓶白酒、十字架、大蒜、粗盐、小米，还有一把刚开刃的菜刀。这些都是我从旧报纸上、故事里，以及院里老奶奶们的嘴里提炼出来的驱鬼神器，我不知道作祟的是哪国鬼，是男是女，是老是少，所以干脆一网打尽，中西合璧，期望效果也能加倍。

我用白酒浇出一个半圆，把纸钱放在当中点燃，跪在旁边念念有词："各位好鬼，您有冤报冤有仇报仇，不要伤害无辜，拿着这些钱,从哪儿来回哪儿去吧。"言毕,拿着桃树枝四处抽打,驱赶着并不存在的邪魅。

"慢点儿,小心台阶。"

门外传来熟悉的声音,姜小白母子俩回来得比预计要早。脚步声逐渐逼近,我赶紧划拉起一地宝贝,原路返回是不可能了,我闪身躲进狭小的厨房。

一重一轻的脚步声先后停止,门"咔嗒"关上,我的心也紧张得同步停跳,寂静的空气里只剩"呼哧呼哧"的喘息。

"妈,手术得做。"

"没事,别听医生夸张,没事的。"

"手术一定得做。"

"神婆给算过了,说没大事,休养几天就恢复了,那个神婆可灵了,她之前——"

"这次比赛我会赢,到时候咱拿着钱去北京把手术做了。"

"儿子,答应妈,这钱留着以后上大学用,只要你好好的,我也就没什么遗憾了,其实我现在没什么眷恋,就是放心不下你。"

"我话搁这儿,你要是就这么没了,我就自杀,咱一起走。"

"你不要胡说八道,你还有你爸呢,咱俩都走了你爸怎么办?"

"他是死是活跟我没关系。"

"你怎么这么说话,他毕竟是你爸。"

"除了生我,他还干了什么?家不管,我不管,你病了他去过几回医院?一天天灌完马尿就知道骂你,打你,问你要钱,我倒要问问老天爷,为什么得病的不是他?"

接下来,是一阵令人难堪的沉默。躲在门后的我此刻非常煎熬。

每个人都有深藏心底的阴暗，每个人都有不愿被触碰的伤痛，突然之间，一个家庭最肮脏、最龌龊的秘密被迫向我这个最无关紧要的外人坦露，我有些惶恐，不知道这场闹剧到底该如何收场。

"这屋里，怎么有股酒味？你爸回来了？"

霎时间，我的心提到了嗓子眼，长时间保持一个姿势，脚已经开始发麻，像是有上千只蚂蚁在密密麻麻地往上爬。

出来吧，道个歉，通情达理的姜小白和他善良的母亲会原谅你的，哪怕震惊，哪怕愤怒，他们也不会对你说一句重话，现在是认错的最好时机，在事情真正失控之前，及时止损。

刚往外迈出一步，无形的压迫感按住了我，我没由来地觉得压抑、焦虑、不安，以及恐惧。

"哐哐哐！"砸门声在下一秒炸裂。

"黑灯瞎火的也不开灯。"

橙黄色的灯光从门缝底下流入，与此同时，浓烈的烟酒臭直冲进鼻腔。

"饭呢？妈的，回来连口热饭都没有，我两个星期没吃口荤腥了，上辈子造了什么孽找了你这么个丧门星！"

"吃饭找你相好的去。"姜小白的声音。

"嘣"的一下，谁摔了什么。"你再说一遍！信不信我抽死你！"

"道歉，"她虚弱的声音透着哭腔，"小白快给你爸道歉，我这就去做饭，我知道错了，我这就去做饭……"

"以后没闲钱让你喝酒了，妈做手术需要钱。"

"不行！我说不准就不准！切了还叫女人？切了就是个残废

了，我要个残废有什么用？出去人家谁不笑话我？我不可能让人笑话我！"

"你的面子比我妈的命更重要？"

"不准切！我说不准就不准！她就是死也得给我完完整整地死！"

"我不做我不做，你别生气了，我不去做手术。我这就去做饭，别吵，别吵，让邻居听见再笑话……"

"钱我出，一等奖有奖学金，我拿这钱给我妈治病，用不着你一毛钱。"

"你是不是听不懂人话？我说不准切！不准！"

"凭什么听你的？"

"别吵，别吵……别让人笑话……"

"就凭我是你爸！我让你们干吗你们就得干吗！我让你死你也得死！"

"小白，快道歉。你别生气，孩子不是那个意思，都是我不好，我不该生病，我该死。"

"你再瞪我！你再瞪一下试试！"

屋外炸成一团，有谁扭打在一起，有谁在哀求，有东西摔碎了，有人受伤了，有人尖叫着。一门之隔，我茫然地听着一切发生，就像旁观着电影里的生离死别，难过却又无能为力。

"我他妈今天砍死你个不孝子！"

厨房的门被谁猛地推开，一切混乱戛然而止。

他们望着我，我也望着他们。

那是我经历过的最为漫长也最为玄幻的静寂。我想尽力表现得礼貌一些，以此弥补下形象。

"叔叔阿姨晚上好，你们……吃饭没呢？"

"哐当"一声,我怀里的菜刀掉落在地,刚开的刀刃,闪着寒光。

- 5 -

"要不是看你是个孩子,我早揍死你了。"

"姜大哥,对不起对不起,你拿着钱喝点儿酒消消气。"

"这孩子真得好好管教管教——"

"说得是说得是,家里刚割的新鲜猪肉,拿回去让嫂子炒炒,可香呢。"

在他拐带着猪肉和酒钱走了之后,我经受了人生中最为惨烈的一次暴揍。我妈揍得有理有据,有条不紊。

"你个王八蛋孩子,我以为你撑死背着我在外面养个鸡,没想到你还会溜门撬锁了!说,以后还敢不敢了?"

我那看热闹不嫌事大的大娘倚着门框,嚼着半拉苹果不急不慢地说:"钢柱,这就是你不懂事了,你妈当个服务员天天在外面伺候人多累啊,你就不能让她省省心?"

我妈杏眼一瞪,反手又给我一巴掌。

"你说你学谁不好,非学欧阳洋洋!他发疯你也跟着发疯?"

"欸?你什么意思?"

"就那个意思呗,我这乖儿子是被人拐带坏了。"

两个女人你一言我一语地吵了起来,可她们说了什么,我一句都没听进去。

哭喊、怒火、酒气、喘息、摔打、忍耐、琴声、哀求、绝症、希望,不是发疯是恐惧,比赛是此生唯一的机会,一场赌局两条人命……

"这、这、这是怎么了?"下班回家的我爸茫然地望着眼前的一切,"虽然还没搞清楚,但肯定是因为你。"

我爸那一脚踹上来的时候,我突然哭了,不是因为屁股上火辣辣的疼痛。

可那又是因为什么呢?

- 6 -

接下来的几个夜晚,我的耳朵变得格外敏感,我强撑着困意,试图在漆黑的夜晚里捕捉更多的信息。时不时地,我仍能听到那扇窗里传来的哭喊,有时是哀号,有时是抽泣,有几次伴随着沉闷的撞击,刺入我耳膜的是某个疯女人凄厉的尖叫。

我早已离开那间房间,我的身体却还记得那种恐惧。

为什么从来没有人去敲门制止呢?人们听得到琴声,听得到歌声,为什么单单就听不到哭喊声?

一个星期之后,我实在是忍不住了。

"妈,你知道姜小白他爸打人吗?"

我妈低头择着菜,并没有停下手上的动作,甚至连速度都没有减慢。

"妈,你听见没?他爸打他妈,老是打。"

她依旧没有抬头。

"我上次去的时候……"

"关你什么事?"她望着我,"跟你有关系吗?操这个闲心不如赶紧把作业写完。"

她不耐烦的表情比姜小白他爸的拳头更让我不寒而栗。

原来他们听得见，一直以来都听得见。只是因为琴声和歌声干扰他们入睡，而拳头没捣在他们的鼻梁上，皮鞋没踹在他们的肚子上，扫把没抽在他们的小腿肚子上，酒臭没冲入他们的鼻孔，盛怒没威胁他们的性命，他们不在乎。

他们总说家事家事，可是这明明是犯罪。

疯的人究竟是谁？到底是谁有病？

- 7 -

那天傍晚，他找上了我。

"你也看见了？"蹲在我旁边的欧阳洋洋一脸疲惫。

我低头不语。

"我撞见过一回，在大门洞里一脚一脚照头踹。"

我仍旧没搭腔。

"我打听到了，钢琴比赛第一名能获得一大笔钱，姜小白没日没夜练琴为的就是这个。人家有钱人家的孩子有名师有家教有好琴，姜小白有个屁！对别人来说这就是个荣誉，对他来说，这是他妈的命！"说到这，欧阳洋洋顿了顿，"我没骂人，是真的是他妈的命。"

我慢慢抬起头，望着他凹陷的侧脸。这段时间他就没睡过囫囵觉，加上三天两头遭受大爷的暴打，还时不时地被大娘强行灌下安神养心的民间偏方，他着实瘦了不少。

"可他跟别人说得着吗？他总不能挨家挨户去跟人说，帮帮忙，为了我妈我得练琴，你们行行好晚上少睡会儿，能有人答应吗?"

我盯着他,突然醍醐灌顶。

"所以、所以……为了分散大家对姜小白的愤怒,他一练琴你就号叫?"

这下轮到我哥发蒙了,他眨巴眨巴眼,抬手给了我一下子。"狗屁号叫,我是在唱歌好不好?反正吧,我寻思只要我闹的动静比他大,邻居就盯着我顾不上他了,毕竟我能做的,也只有这么多了。"

那一刻,欧阳洋洋在我心中的形象猛然高大起来,我不由得肃然起敬,就连那方正的国字脸都镶嵌着金边般的尊贵,一股冲动的英雄主义在我心头燃烧。

"哥,你老挨揍也不行,这样吧,咱俩轮流来,以后你唱三天,我唱四天。"

他略显吃惊,随后捏了捏我的细胳膊细腿,嫌弃地撇嘴:"不行,你不抗揍,我比你皮糙肉厚点儿,我四天,你三天!"

我感动得热泪盈眶,用力握住他的手摇晃起来。

这有预谋、有计划、有组织的发疯是我们的秘密,也是我们的道义。

- 8 -

当天晚上就出了意外。

朦朦胧胧间我被琴声吵醒,等了半天,却没等到欧阳洋洋的号叫。

今晚约好是他的班,人呢?难道体力不支昏过去了?

我刚要往吊铺爬，就听见屋外我爸愤怒起身的声响。

"有困难找警察，我就不信了，人民警察还治不了你？"

报警？这完全是计划之外，如果警察真来了，那姜小白以后怎么练琴？那他妈拿什么看病？不行，千里之堤不能溃于我爸，谁能来阻止一下，谁都好……情急之下，我瞄见床边满满当当的痰盂。一瞬间，一股"大义灭爹"的残忍在心头升起。

"1……1——"

"哗啦"一声，我撞开门，一鼓作气将痰盂泼了个底朝天。等我回过神来，我爸已然成为一个有味道的男人。

"你疯啦！"全院都听得见我爸的怒吼。

那晚，我爸完全忘记了报警这茬儿。

那晚，他跟我妈揍了我整整一宿。

整整一宿。

- 9 -

接下来的日子，没人再去在意那夜半的琴声，人们热火朝天地讨论着一个全新的话题。

"欧阳钢柱疯啦！尿泼亲爹！"

我那好心的同桌四处奔走，逢人就说，恨不得拿这事往电视台投稿。我并不理会别人的指指点点，因为我知道，他们知道个屁。可放学路上，当他带着一群女生嘲笑我的时候，我心里多少还是有点儿受伤。

有人拍了拍我的肩膀，我回头，望见瘦到脱相的欧阳洋洋。

他一脸倦容，眼神却无比坚定。我捡起一块石头扔向同桌，回给他一个同样坚定的眼神。

"欧阳家的疯子兄弟合体啦!都来看啊,疯子兄弟!疯子兄弟!"

他们在身后嘲笑,我们大步向前,并没有回头。

疯一阵子又如何,毕竟我们能做的,只有这么多了。

第十一章

次要人生

- 1 -

每年的残疾人日,是哑巴丁最快乐的一天。

在这一天,居委会派人上门慰问。老街区的街坊们格外友善,大老远地提着废纸壳和玻璃瓶来光顾他的生意,不讨价还价,甚至还搭上一袋子矿泉水瓶。

哑巴丁喜欢热闹,可他的家里极少热闹。在很长一段时间里,孤独是他唯一的家人。

原谅我叫他哑巴丁,没人知道他到底叫什么。太久没人唤过他名字了,久到他自己都不记得了。

哑巴丁住在大杂院一楼的角落里,这狭小昏暗的空间,原本属于一个孤老太太。

老太太活得凄苦,常在垃圾箱里翻找生活。有时是只腥臭的酒瓶子,有时是几个脏乎乎的旧纸盒,运气好的时候,还能翻到一件不算破烂的棉衣。老人不愿接受他人的怜悯,也不愿给国家添麻烦,坚持用双手喂饱自己,尽管她老迈的双手,只触得到垃圾箱。

老太太不太识字,算数倒是一把好手,毕竟多一块钱,她就能在菜市场多买一把处理菜,也就能跟着多活一天。

收废品的人里，只有哑巴丁从不坑她，还老多给她钱。

慢慢地，老太太走不到废品站了，哑巴丁就拿着秤和破本子，上门来收。

慢慢地，老太太走不到垃圾箱了，哑巴丁就每天在她门口搁几张皱巴巴的纸币。有时是五块，有时是两块，偶尔十块，再压一块砖。逢年过节的时候，就送一块不大的肉。

再慢慢地，老太太连门口都走不到了。哑巴丁插空来送饭，顺带手把前一天的饭盒捎回去。

元月十五的晚上，老太太悄无声息地走了，只留下几个平方米，给了哑巴丁。那是一个飘着雪星的黄昏，他背着一个破行李包，牵着一个小女孩，走进了我们的视野。

大杂院的人对他知之甚少，所有的信息，都来自一个个的听说。

听说他妈为了一个白面馒头把他换给了一个唱曲的。听说他在学艺的第二年，生了一场重病，师傅抓来了一服偏方药让他喝。听说他再醒过来，嗓子就哑了。听说他在门口跪了一宿，师傅还是把他打发走了。

再后面的，就没人知道了。毕竟他不会说话，认识的字也不多。

其实我也严重怀疑前面那段的真实性，老街的人们都这么传，可你要问他们听谁说的，他们多半挠挠头，反问你一句："我到底听谁说的来着？"

但每个故事总要有个开头。这个灰漆漆的引子，正适合哑巴丁破破烂烂的人生。传的人越来越多，信的人也越来越多，慢慢地，哑巴丁自己也信了。

没人见过哑巴丁的媳妇。这么多年来，也没在他家看见过女人。这或许跟他的长相有关系。那张脸与其说丑，不如说是狰狞。五官是熔化后又凝固的蜡，大大小小的肉瘤遍布，一直蔓延到坑坑洼洼的后脑勺。他没有头发，也没有眉毛，整个脑袋就像一颗煮烂了的牛肉丸子。

在他刚搬进来的那几天，大杂院的邻居闹到了居委会，抗议着要把他撵出去。居委会杨大姐戴着红袖章来劝了无数回，什么团结友爱，什么和睦生财，道理讲了一大堆，可仍无法打消根深蒂固的敌意。

哑巴丁卑微地讨好着每一个人。他把湿漉漉的衣服晾在狭窄的家里，每天晚上把收回的废品码得整整齐齐，再把大院里里外外扫一遍。他不再去招惹聊天的人群，也不再到处给小孩子塞零食。即使是暴雨寒雪天，他也在街头游荡，他知道比起自己的笑脸，人们更希望看见那扇紧闭的门。

第一个向哑巴丁示好的，是我大爷欧阳建。

在滴水成冰的清晨，他夹着烟从公厕出来，正撞见裹着脏兮兮军大衣的哑巴丁，艰难地把一摞废纸壳往三轮车上搬。

第二天，我沉默寡言的大爷提着一包厂里处理的冬衣，敲开了哑巴丁的门。

他沉默地递过去，对方沉默地接过来，安静的霞光中，不时传来远处几声鸟叫。

那一年，哑巴丁默默包揽了欧阳家所有的苦力活。

在欧阳家的示范下，大杂院的街坊发现原来哑巴丁并不吃人。再仔细看看，他除了长得寒碜点儿，好像也没什么大的缺点。就这样，哑巴丁和邻居间的窗户纸慢慢被捅破，透过那微小的孔洞，一缕光第一次照进哑巴丁的家。

当然，这些都是我后来听我妈她们闲扯才知道的，毕竟哑巴丁搬来的时候,我还是个穿开裆裤的傻小子。

"反正大家心眼都挺好的,以后也没再说要赶走他。"

"那你住进来的时候,他们也要赶走你吗?"

我妈停下手里的钩针,脸色愠怒:"他们凭什么赶我?"

"那他们凭什么赶哑巴丁?他本来就应该住下来。"

"他长得那么——"她忍住已经到嘴边的话,思忖了半天,挤出两个字,"吓人。"

"他自己也不想长那样啊。"

"欸?你哪那么些屁话,又不是我带头赶他走的,冲我耍什么威风呢!你作业写完了么你!"我妈一脚蹬在我屁股上,气势十足。

就因为跟别人不一样,就要付出额外的善意才能获得本应获得的尊重和接纳。

这是什么狗屁道理!

- 2 -

我在班里最好的朋友,叫李飞。

他个子不高,又瘦又小,一双大眼珠子滴溜溜地转,看上去就机灵极了。他数学特别好,总是拿一百分,手工课也不赖,拿饮料瓶做的小花篮被老师作为样品挨个班传阅。其实他门门功课都不错,也就体育差点儿,每次运动会只能坐在看台上给大家加油,但这小子加油也特能带动气氛。

他特别幽默,总是有说不完的笑话和故事,逗得班里女孩前仰后合。他记忆力还特别好,动画片看一遍就记得住内容,就连台词也记得八九不离十，如果你错过昨晚的《圣斗士星矢》，去找他打听剧情准没错，他绘声绘色讲得比原来还要精彩。

说起这个好朋友我还有一肚子话要讲，比如他是多么勇敢，又是多么正义，他简直是我心中光芒万丈的偶像。

对了，还有不怎么重要的一点，他只有一条腿。

他叫李飞，飞快的飞，飞驰的飞，飞翔的飞。但反讽的是，他只能架着木拐，在地上一点儿一点儿歪歪扭扭地挪。他给自己取了个炫酷的外号，叫"铁拐李"，并且强迫我们也那么叫他。

"可你这是木头拐棍啊，"小人精张永超一针见血地指出，"还是根破木头。"

"我爸说今年给我换金属的，"他低头抠着木头上一根木刺，"换最好最贵的那种金属，说不定跟屠龙刀一个材料，威风极了。"他抬起头，目光闪烁。

在一场跟隔壁小学的混战中，李飞一战成名。

那个血色黄昏，我们被揍得东倒西歪，关键时刻，匍匐在地上的李飞，昂首怒吼，一把甩飞了自己的拐杖，正中对方"首领"脑门。对面那十一岁的小胖墩哪里料到我们还有远程攻击的技术，吓得捂着头呜呜哭着跑回家。就这样，李飞用自己的赫赫战功，赢来了"铁拐李"的尊号。

我们有多喜欢他，我们就有多讨厌他妈。

李飞他妈是个苦大仇深的女人，穿着不合身的旧衣服，佝偻着腰，走起路来还有点跛。听说她小时候得过小儿麻痹，虽保住了一条命，但也落下了点儿后遗症。这个头发蓬乱的女人没怎么读过书，话也不多，总是恶狠狠地瞪着去她家的我们，生怕我们顺手牵走了什么。

我们讨厌她，并不是因为这些，而是因为她总是虐待李飞。

虽然他藏着掖着，但我们还是能看见他衣袖下面的瘀青。我们向老师报告，老师也去家访过，可第二天李飞瘸得更加严重，脸上还多了几道月牙形的痂。

"嘿嘿，我自己不小心摔的。"

我们都明白，就连贱兮兮的小人精，这次也没有拆穿。

坏女人不是李飞的亲妈。

李飞的亲妈因为一场车祸没了。

李飞也不是天生残疾。

他的右腿也因为那场车祸没了。

肇事司机跑了，让这个原本贫寒的家庭更加艰难。

李飞说他当时还小，才三四岁，所以他并不记得拥有两条腿时的感觉，也不记得被亲妈搂在怀里的甜蜜，所以他并没觉得眼下的日子多么难熬。

人怎么会因为失去不曾拥有的东西而痛苦呢？

可我想不通，李飞他爸怎么会娶这样一个女人进门？

我更想不通的是，他爸怎么能容忍这女人欺负自己的儿子而闷声不管呢？

就在自己的眼皮底下，这男人难道瞎了吗？

说起他爸我也是一肚子气，这男人从来不管李飞的学习，家长会也不参加，永远是那个哭丧脸的烂女人坐在那里，看都不看一眼，像折垃圾一样把那几张满分卷子团巴团巴塞进课桌洞。

但是谢天谢地，糟糕的原生家庭并没有影响李飞乐观的天性，他像讲笑话一样叙述着自己的悲伤，他去买鞋的时候，总是一脸真诚地咨询店主："阿姨，我就买一只，能便宜点儿吗？"

我时常忘记他是个残疾人。去年冬天，我愣是要拉着他去学校后面医院的大喷泉里滑冰。他抓着喷泉的石沿，小心翼翼地用拐杖试探着冰的厚度。

"来吧来吧,"我撒欢地在冰面上狂跺,"结实得很,出事了我保护你。"

结果那天,我率先落水,英勇救我的李飞紧随其后,一个冰窟窿愣是掉进去俩人。幸亏我们选在了医院喷泉,闻声赶来的门卫大爷捞上我们,快跑两步就直接送进了急诊室。

连惊吓带发烧,我俩在医院躺了一宿。

我妈和大娘一边喂我饭,一边轮番数落我不懂事。大爷给我带来了半拉烧鸡,而欧阳洋洋帮我带来了作业。晚饭过后,笑嘻嘻的爷爷抱着哭唧唧的福宝也来探病了,我拉着福宝的小手反复安抚她没有事,可她豆大的泪珠子就是掉个不停。直到疲惫的姑姑下班赶来,福宝才乖乖收住眼泪。我聒噪的爸则每隔半小时就冲到护士站一回,心急火燎地变着花样地询问我会不会因为发烧变傻,不胜其扰的护士哭笑不得,只得说如果我爸再去干扰他们工作,就给他扎一针镇静剂。

同屋李飞的病床旁却冷冷清清。坏女人送来一碗面条就走了,只剩他孤零零地躺着,紧紧闭着眼。

我试着透过人墙呼唤他,可他并没有回答。

他只是安安静静地躺着,不知道是不是睡着了。

- 3 -

李飞的生日很特别,12月3日,国际残疾人日。得知这个巧合后,班里同学炸开了锅,大家七嘴八舌地提着建议。李飞过得实在太苦了,谁都想借着这个日子的由头,给他创造一点儿快乐。

班长提议大家凑钱给他买个蛋糕,去他家举行生日聚会,给他个惊喜。

"用不用提前问问,万一他不喜欢呢?"

我的疑惑显然不合时宜,话刚出口就收获了班长的白眼。

"说了就不叫惊喜了,再说,哪有人不喜欢别人给自己过生日的。"

文娱委员觉得光送蛋糕不足以表现意义,提议我们还应该准备个像样点儿的节目。

"又不是庙会,你干吗跑人家里去折腾?"

我的抱怨再一次招致白眼。

"要弄就弄个感人的节目。"

"对,让李飞知道班集体都爱护他。"

"咱不如买点儿玩具送他,搞这些没用。"

"欧阳钢柱你怎么回事?因为你是他好朋友,我们才特许你这个小队长参加这次中队委核心秘密会议的,你再泼冷水,我们就把你踢出去。"

"好好好,我闭嘴。"

"我有个主意,"文娱委员发话了,"咱搞一个配乐诗朗诵,我去少年宫找关于残疾人的献词。"

"这个好,我们要鼓励李飞像海伦·凯勒那样坚强。"

"咱可以边献词边演,快分工,谁演瘸腿,谁演瞎子,谁演傻子,主动报名。"

他们围绕在班长身边,无数个脑袋紧凑在一起,一边拟定参演名单,一边快活地叽叽喳喳。

"你演什么?"

我接过班长带印花的笔记本,上面工整地罗列着至少六种残疾。

"脑残不好表现,"学习委员推了推眼镜,"要不换个别的?"

"这样就行,"体育委员眼歪嘴斜地做着鬼脸,扭着身体向前移动,引得大家哄堂大笑。

"钢柱你赶紧的,别磨磨叽叽!"

"啧,要不还是买点儿好吃的吧……"

"好吃的能跟这份心意比吗?"

"就是,你是不是怕麻烦?"

"欧阳钢柱你怎么就想着自己,真自私。"

是我自私冷血了?

被他们驱逐出会议后,我一直在思考这个问题。

可一进大院,我的注意力立即就被眼前的人群吸引了。收衣服的、去买菜的、接孩子的、没事干的……哑巴丁家的门前,里里外外围了一大圈人。他们一边踮着脚往里瞅,一边交头接耳,窃窃私语。

"说不是亲生的,人家亲爸妈来抢啦。"人高马大的李阿姨向后传递着第一手消息。

"要不说,养人家孩子种人家地,到老也指不上。"龙哥奶奶捏着买菜的布兜,气得直摇头。

"人夫妻俩多体面,一看就是有钱人,跟着走肯定吃香喝辣啊。"

院里的时髦精上下打量着屋里人的穿着,羡慕地捅了捅旁边的小辣椒。

"我也希望有个有钱的爸妈来找我,也跟着吃山珍海味。"

小辣椒咯咯笑,手里的污水桶溅出几滴腥臭的脏水,旁边抱孩子的小媳妇赶紧躲开两步。

"你这辈子没那命了,好好伺候你那'皇太后'婆婆吧,哈哈哈哈。"

我使劲掰开前面俩人的屁股,用力把头伸进去。

丁天瑶坐在昏暗的角落里,低垂着脑袋,一言不发。

这就是好命人的表情吗?我想不通。

- 4 -

大杂院对哑巴丁的接受一半缘于他的憨厚善良,一半缘于对丁天瑶的喜爱,大家不愿意因为哑巴丁而失去这位天使。这个姑娘真的太可爱了。

当然,这句话只是对客观事实的表述,绝对没有半分背叛楼上姐姐的意思,我的心依旧属于她。

丁天瑶不仅继承了哑巴丁的和善,更继承了不知从何而来的美丽。她是一缕柔软的光,是可触碰的太阳,是娃娃型的无尽夏。

初来大杂院时,她总是怯怯地躲在哑巴丁腿后,仰着粉嘟嘟的小圆脸软糯地叫着叔叔阿姨。慢慢地,她变得更大胆更活泼了,会走上街跟其他女孩一起跳皮筋,泛着黄的头绳在头顶跟着一晃一晃的。走过路过的街坊总是嘱咐她天黑赶紧回家,晒太阳的老太太们一边稀里糊涂地拉着家常,一边时不时地搜寻着她快乐的背影,生怕她被人贩子抱走。

再长大一些,她不仅能歌善舞,更是能说会道,哑巴丁说不出的感激,她甜甜笑着帮着表达出十二分。哑巴丁把所有的金钱、营养、美好和期待都输送给了这个女儿,丁天瑶也不负众望，出落得亭亭玉立，就连我妈都不由得感慨，说这姑娘有她少女时代的风采。

那个总是笑盈盈的丁天瑶，此刻却闷不吭声地木头一样杵在那儿。

哑巴丁打开了家里所有的灯泡，逼仄的房间依旧昏黄。在屋外众人的注视下，这个原本寒酸的地方更加破烂贫寒。

丁天瑶坐在床边，紧紧攥着床沿，她对面是一对中年夫妇，弓腰猫在两个不合身份的马扎上。

女的稀里哗啦讲了一堆，一边说，一边哭。男的看起来十分紧张，一直尴尬地环视房间，不时神经质地清一清嗓子。

哑巴丁站在中间殷勤地忙活，找出四个不成对的破杯子，一杯杯往里添热水。其实这完全没必要，那对夫妻打进门起碰都没碰过他递过去的杯子。

"闺女，妈知道对不住你，爸妈都错了，你不知道我们中间吃了多少苦，掉了多少泪。"

女人捂住脸，哭得上气不接下气。男人搂着女人肩膀。

"第二天一早我们就后悔了，再回去找已经找不到了，感谢好心人救了你。"

男人突然转身握住哑巴丁的手，把正发呆的哑巴丁吓得一哆嗦，缓过神来又激动地张大嘴巴，吱哇乱号了一通。

"跟爸妈回家吧，求你了，再给爸妈一个机会。"

"闺女，咱回家吧。"

两人说着就上来抱住了天瑶，伏在她肩膀上呜呜直哭。门外的观众们也跟着抹起了眼泪。

"回家吧。"

"咱回家团圆吧，家里条件现在可好了，爸妈会努力弥补这几年的亏欠。"

三双手紧紧攥在一起。

哑巴丁着急了，可他什么都说不出，无论是动听的话还是挽留的话，就连再见两个字，他也说不出。他慌乱地抓起纸笔，却难过地想起自己认识的字也不多。他急得直抓裤子，"啊啊"哼着，只有浑浊的泪"吧嗒吧嗒"往下掉。

丁天瑶脸色涨红，声音嘶哑："我没被偷，也没被抢，是你们自己不要的。"

"爸妈知道错了，这些年一直后悔。"

"你们找过我吗？怎么现在又想起我了？"

"因果报应啊，你走了没多久，弟弟就出生了，可弟弟一生下来就有病——"

"现在只有你能救弟弟了，你健康地长大，这也是老天爷给的机会。"

"你们来找我，只是因为我能救他？"

"不不，我们只想接你回家，旁的都不在意。"

"当初为什么不要我？"

"这——"

"为什么？"

"家里当时条件不好——"

"生了儿子条件就好了？"

铅灰色的沉默灌满房间，楼上谁家响起了炸鱼的"刺啦"声，更远处的街道上，一条流浪狗追着飞驰的汽车狂吠不止。没人回答丁天瑶的问题，只有女人不时发出一两声抽噎。

丁天瑶猛然起身，抡起扫帚就打。

"滚！滚出去！"她奋力挣脱哑巴丁的阻拦，"从我家里滚出去!"

- 5 -

直到吃晚饭时,我还在回味那对夫妻的落荒而逃。

与此同时,一个我从未思考过的问题涌上心间:会不会我以为的爸妈也不是我爸妈?在明天或后天,会不会也有一个陌生的男人,擎着我最爱的变形金刚,说他对不起我,说只要我还认他,以后要什么给什么?

"又上什么神①呢?"我爸利落地夹起最大的一块肉,"凉了就不好吃了。"

我慢慢扭过去:"爸,你说会不会你不是我爸啊?"

我爸筷子一哆嗦,到嘴的鱼肉,"吧嗒"一声,掉到了桌上。

"这可得问你妈啦,哈哈哈。"大娘的玩笑一出口,一家人不约而同地停下了手上的动作。

"你又在这儿和尚打架掐辫子——瞎扯什么呢,小心话说多了吃饭噎死。"

我妈吼我,眼神却瞟向大娘。

"钢柱,你是不是听说什么了?"大娘凑上来,"是不是上次送点心的……"

"因为瑶瑶姐的事。"

话一出口,饭桌上又是一阵令人别扭的沉默。

---

① 方言,上神在山东地区表示专注思考而忘记做其他事情,上什么神表示又在想什么、琢磨什么呢。

刚才停下的筷子一瞬间又活跃起来,我知道他们只是在假装吃饭。大爷连着夹了两块姜,爷爷的米饭早就吃完了,正端着个空碗嚼空气。

我希望他们跟我说点儿什么,随便说点儿什么,起码让我知道自己心里的判断是对是错。最近发生的事情太多太乱了,我很怕自己不知不觉间长歪,长成同学嘴里冷血又自私的浑蛋。

过了半晌,我妈不冷不热来了一句:"看你没出息的德行,绝对亲生的。"

"不是亲生的你妈早揍死你了,"大娘少见地附和,"世上哪有不疼孩子的父母。"

"姜小白他爸就不疼他。"

"那是个别,"我爸从恐惧中解放出来,不服输地又夹起一块鱼肉,"不爱自己孩子的是畜生,是禽兽,是败类。"

姑姑扔下饭碗,旁边的小福宝吓得一哆嗦,我爸也吓得不轻,夹起的鱼肉再次滑落。

"欸,我没说你,你那不是特殊情况么……"

姑姑脸色铁青,抓起外套扭头就走。

"我真没说你,欧阳梅你回来,这饭吃了一半不浪费了吗?"

姑姑早已头也不回地迈出门去。

"她这脾气随谁?说也说不得,训也训不得的,我哪里有点儿做哥哥的威严?"

"快吃你的吧,饭都堵不住你的嘴。"我妈夹起一大块鱼肉,摔进我爸碗里。

"姑姑对福宝一点儿都不好,"我哥瞅着门,咬牙切齿,"我怀疑福宝不是她亲生的。"

"胡说八道!"爷爷的怒喝突如其来,吼得我们一愣,"她叫欧阳福宝,是咱家亲血脉,以后谁都不许胡咧咧。"

我哥赶紧点头如捣蒜。

"你呢?别人要是问你叫什么,怎么说?"

"欧阳福宝!"小福宝奶声奶气地回答,不小心喷出一粒米饭。

"对喽。"

爷孙俩互瞅着,"嘿嘿"乐个不停,双双露出缺一颗牙的牙花子。

- 6 -

那对夫妻被撵出去后,就再也没上过门。听说后来他们去校门口堵了好几次,但丁天瑶始终避而不见,再往后的事,我们也就不知道了。

不过哑巴丁这几天心情倒是很不错,又是买书又是买芭比娃娃的,他家伙食也连着上了好几个档次,用木板隔出的厨房里,经常飘出一股子肉香。

那件事之后,人们对哑巴丁又有了新的认识。收养弃婴,这种只在电视剧里出现的剧情发生在自己身边,着实让大杂院里的人兴奋了好几天,他们逢人便讲当时的情景,作为戏剧性一幕的见证者,他们也觉得与有荣焉。栩栩如生也好,添油加醋也罢,总之那几天哑巴丁成了老街区的明星,甚至还有不少慕名者提着废品跨区来看他。

然而,另外一种说法也如浓雾般散开。

"你们说他为什么不让小闺女走?"

"养了那么多年肯定有感情啊,养条狗这么长时间也通人性了。"

"我看没那么简单，"蒋老太撇撇嘴，神秘兮兮地招呼大家围上来，"一个老光棍，一个出落得这么白净的黄花大闺女，依我看早晚得出事。啧啧，弄不好啊，已经出事了。"

"这一说还真是，"李大姐放下洗衣盆往前拱了两步，"家里拢共就那么点儿地方，洗澡、睡觉的都搁一屋里，也不避讳。"

"我也寻思来着，以前没好意思说。"新嫁来的小媳妇眼珠子滴溜溜转，来回捕捉着其他人脸上的表情，"丁天瑶越长越大，都开始发育了，哑巴丁这老光棍天天抬头不见低头见的，万一哪天——"她跟水果张的媳妇飞快地交换了个眼神，"又不是亲生的，又没什么约束的……"

"哑巴丁老实巴交的……"

"你们别看他老实，咬人的狗才不露牙呢。"蒋老太摇摇头，"要我说肯定有坏心眼，不然怎么这么多年都不再娶呢？说不定就等着小闺女长大呢。"

"不能吧，年纪差那么大，当孙女还差不多。"

蒋老太一咂嘴："这你们就不懂喽，男人就那么点儿小心思，十多岁的时候喜欢小姑娘，三十多岁了喜欢小姑娘，到了七八十岁你们猜怎么着？"她伸长脖子，像老母鸡巡视鸡崽子一样骄傲地昂着头，"还是喜欢小姑娘。"

"奶奶，奶奶。"众人的哄笑声中，蒋老太眯着眼睛四处寻找，好不容易才看清趴在二楼栏杆上的福宝。"奶奶，"福宝伸出冻僵的小脏手，指着她背后的一块空地，"奶奶，你最近没再捡别人家东西吧？"

一星期后，丁天瑶在全市舞蹈比赛里得了一等奖。她笑着告诉哑巴丁，作为获奖者的家长，他可以参加汇报演出，座位还在第二排的正中间。

十多年来，哑巴丁第一次没出去拉活。

尽管是晚会，可天刚亮他就一骨碌爬起来了，揣着条破手巾，拿着块得其利是肥皂就出了门。他蹲在门口台阶上等了好长时间，直到太阳唤醒了整条街道，才等到大众浴池睡眼惺忪的小伙计，趿拉着破拖鞋，打着哈欠卷起老旧的卷帘门。

哑巴丁攥着生锈的刀片，对着半拉破镜子，生疏地刮起胡子，就算刮破皮出点儿血也毫不在意，揪块卫生纸糊上去就算了事。

他甚至跑到我家比画着跟大爷借了套西服，不过衣服穿在他身上整整大了一圈，手腕缩在袖筒里，裤管也拖在地上，诙谐大于庄重。

大爷拧着眉头，在惯常的沉默中又沉默了两三秒，最终拿起皮尺，按照哑巴丁的身材改制了起来，这套他不常穿的老西装，也算是份贺礼了。

这份心意当然又一次震撼了哑巴丁，两个"哑巴"无声地拉扯了半天，直到哑巴丁连鞠了六个躬才算完。

夜幕终于降临，傍晚时分，大杂院的男女老少通通把脑袋挤到窗前，一齐目送这颗兴奋的"牛肉丸"光鲜亮丽地出发。

后面发生的一切，我也是听说，我真庆幸自己只是听说。

丁天瑶的民族舞美得如梦如幻，在雷动的掌声中，她优雅地鞠躬谢幕。在她转身的那一刻，快步上台的主持人突然叫住了她。

"每个优秀的孩子背后都有一对辛勤栽培的父母，在丁天瑶同学优美的舞姿背后，也有一个感人肺腑的故事……"

煽情音乐起，那对夫妻突然出现在舞台中央。

"这是一段跨越十多年的血脉追寻，丁天瑶同学的父母找到我们，真诚地求助……"

有谁在动情哭诉，有谁在跟着抹泪，有谁在台下带头鼓掌。丁天瑶不知道，她愣在原地，什么都不知道。她心慌得发抖，感觉有些头晕恶心，她试图在黑压压的观众席里寻找那张熟悉的脸，可舞台上方的追光灯晃得她什么都看不见。

"可怜天下父母心，这么多年来他们始终没有放弃希望，今天他们也想借这个平台再次向丁天瑶同学表达亲情的呼唤。没有什么困难是血缘跨不过去的，让我们用热烈的掌声为这家人加加油！"主持人唾沫横飞，台下也有人跟着哽咽起来。

掌声越来越响，台下的观众陆续站起来，有人欢呼，有人加油，大家都在为这难得一见的亲子团圆大戏贡献自己的一份力量。

丁天瑶感觉有谁推了自己一把，又有谁强行把她的手按在另外一双手中，但她只是愣在那里，任人摆布。

哑巴同样愣在那里。他猛地站起身，扯皱了西服，挣疼了脸上的刀口，他奋力抬起胳膊，指着舞台张大嘴巴，难过地咿咿呀呀。

可他的反驳，被四周排山倒海般的掌声，吞噬得一干二净。

- 7 -

我站在队伍最后，看班长"啪啪啪"拍着李飞家老旧的门。

屋内响起细碎的声响，间或夹杂几声女人的怒骂。伴随着一阵腥臭飘出，蓝漆剥落的木门，"吱呀"开了一道缝。

"你们来干吗？"

昏黄的灯下，他脸色蜡黄。李飞警觉地扫了我们一眼，紧攥住门把手，下意识拉窄门缝。

"我们来给你过生日啊。"班长笑盈盈地递上生日礼物,"生日快乐!"

"谁啊?"屋里响起陌生的男声。

"爸,我同学来了,说给我……过生日……"李飞的声音越来越小,就好像堵在门口的是一群要账的债主。

"你快让人进来啊,外面那么冷,正好一起吃饭。"声音听上去倒是意外的和气。

"哦。"李飞磨叽了一会儿,垂着脑袋嘟囔,"谢谢你们。"

他家比想象中的还要阴暗、破败,一家四口挤在十几平方米的小屋里,四处可见堆积的纸盒和杂物,屋里最值钱的,大概也就是那个布满粘贴痕迹和划痕的大衣橱了。板床上散乱着脏污的被褥,铺在中间的小褥子上,有一块疑似尿渍的显眼污渍。

李飞在前面引路,经过时偷偷把痰盂往床底下推了推。

我们来的时候,一家人正坐在马扎上,趴在低矮的饭桌上吃饭。一盘炒咸菜,一碟蒸咸鱼,几碗小米粥,几个形状各异的干巴馒头。

"怎么没蛋糕啊?"

"是啊,没蛋糕算什么过生日。"

同学们有些骚动,坏女人则毫不掩饰自己的不悦:"能吃饱就不错了,还吃蛋糕哩,洋气死了。"

她膝盖上坐着一个同样脏兮兮的小女孩,正把拳头塞进嘴里,痴痴地望着我们,涎水从皱了的嘴角拉成一条丝。

"坐呀,你们都坐。"

他爸客气着,手却诡异地伸向另一个方向。

打进门起我就觉得他爸不对劲,笑容可掬,眼神却浑浊毫无生气,现在我终于明白为什么他爸要后娶这么一个女人了,也终于明白他爸为何会对李飞身上的瘀青视而不见。

他爸是盲人。

李飞的脑袋垂得更低了:"爸,来了八个人,坐不开。"

"坐床上,没关系,你们上床上坐。"

小女孩伸长胳膊,拼命去够班长怀里的礼物,坏女人一巴掌打下来:"自己往上贴,贱不贱哪!"女孩打着滚尖叫,吓得文艺委员倒退一步。坏女人又是一巴掌,扭头狠狠咬一大口馒头,嚼碎了硬抹进小孩嘴里。

"吃,不吃今晚就饿着。"

小女孩抽噎着,鼻涕、眼泪混着饭渣一起咽下。

"我们家情况不太好,这么多年都靠你阿姨一个人扛,也是很辛苦。"他爸继续对着虚空微笑,"我听李飞说了,你们对他都很好,也很照顾他,谢谢你们啊。"

"这是我们应该做的。"班长的话里早已没了拍门时的底气。

"别客气,一块儿吃点儿,跟自己家一样。"

没人动。

"我们还准备了节目,"班长把礼物塞给李飞,"为李飞同学特意排练的。"

当着盲人、瘸腿和小儿麻痹患者的面,我肢体健全的同学们开始了自己的"想象派"表演。七个人在狭小的房间里慌作一团,你推我,我踩你,还有谁一紧张背串了词,引得周围人哧哧发笑。

我站在阴影里,望着李飞滚烫涨红的脸。他像木头一样坐得挺直,脸上挂着微笑,木雕一样完美却了无生气的喜悦。

终于熬到他们歪歪扭扭地摆出结束造型,我知道这场受难式的演出终于结束。

"好，"李飞拍着巴掌，"好！"

班长气喘吁吁："光个好字就完事了？我们排练了好几天呢。"

"你反应太冷淡了，多伤我们心啊。"

李飞脸上的笑容消失了："你们……你们只瘸一天，瞎一天，呆一天，明天太阳一出又活蹦乱跳，能吃能喝，我呢？我这辈子都这么个德行了。"

"你太敏感了，我们也是为你好……就想劝你坚强些，没别的意思。"

"为我好？坚强？那你跟我换啊，你肯不肯换？咱俩换个样。"

"李飞，你发什么疯！"他爸摸起拐杖，精准地抡在他背上。

李飞趴在地上，哭了。

- 8 -

煽情的音乐还在会场里回荡，丁天瑶回过神，一把抽出了手。胸腔因激动而剧烈起伏，她抓起麦克风，现场发出一声刺耳的"吱"。

"我、我爸……就坐在第二排。"她指着哑巴丁，声音颤抖干涩，"别人嫌他是捡破烂的，嫌他脏，可我从小到大的衣服都是他洗的。别人嫌他穷，可我没缺过一口吃的，没少上过一天学。还有人嫌他丑，我告诉你们，他烧伤是因为我，我打翻热水的时候护在我前面的是他，不是你们！"她挣脱扑上来的夫妻二人，瞪着主持人，"你们一个个都谁啊？你们替我做什么了？凭什么在这儿替我假大方？"

主持人试图抢回话筒，丁天瑶一把将她推回去。

"哭？你们有什么资格哭？你们是什么——"

灯光突然暗了，有谁掐断了话筒，丁天瑶的后半句，消失在嘈杂的黑暗中。

与此同时，回家路上我们一行八人走得无精打采。

我依然走在队伍的末尾，手里提着最后都没送出去的礼物。

"简直是神经病，咱好心给他庆祝生日，还轰我们出来。"

"你看他家菜了吗？吃的那叫什么啊，恶心死了。"

"我家狗吃的都比这好。"

"要我说咱平时根本用不着对他好，人家不领情。"

"我妈说了，身体有残疾的，心理慢慢也就变态了。"

"一家子都不是正常人，不变态才怪。"

我实在听不下去了，一股无名火冲上心头，管他男的女的，抡起礼物闭着眼揍了一圈。

"欧阳钢柱你疯啦？"

"李飞有病也传染你了！"

"明天我告老师！"

一听这话我更来气了，瞅准了说话人，铆足劲儿又抡了好几下。

- 9 -

第二天太阳照进教室的时候，李飞依然活泼开朗，只是他的笑容遇见我的目光，有了一两秒的僵硬。小孩子的脑袋是属金鱼的，那晚的事情没人再提，日光明媚，风平浪静，只有我被罚承包班里一周的值日工作。

是的,他们忘记了那晚的一切,只记得我打了人。

这样也好,不用跟他们一起放学,还可以避开那些风言风语。

扫完地跟门卫汪大爷道了别,我甩着钥匙,哼着《灌篮高手》主题曲,快活地走在回家路上。拐过街角的时候,迎面撞上一条长长的队伍,说是居委会给残疾人发福利。

队伍里有很多熟面孔。

隔壁院的"国际宝宝",看见我拼命地挥胳膊,露出一个扭曲的笑,我也咬牙回了一个。

排在后面的是另一条街的一个阿姨。她长得可漂亮了,就是小时候得小儿麻痹落下了病根,现在手抖得厉害,她从来不在人前喝汤。

再往后是住在市场边上的王叔叔,推着他的脑瘫儿子。

我还在队伍里看见了哑巴丁,正跟另一个没见过的大姨,咿咿呀呀地比画。

原来生活中有这么多残疾人,可平时他们都藏在哪儿呢?在我们看不见的时候,他们又过着什么样的日子?世上有几个海伦·凯勒,又有几个能站出来振臂高呼命运的不公,大多数人,不过是沉默地活着罢了。

沉默,才是活着的真相。

远一点儿的地方,两个大姨凑在一起,低头数着塑料袋里的鸡蛋。

"就前面送的,不拿白不拿。"

"不用点名签字?"

"你过去装瘸腿就行了,他们看你可怜就给了,没那么严格。"

"亲姐哟,真有你的。"

"还说咪,我演得腿都要抽筋了,差点儿真瘸了。"

"哈哈哈,瘸了多好,还有救济金不是?政府养着你。"

我冲过去,抢过鸡蛋狠狠摔在地上,蛋壳粉碎,黏稠的蛋液顺着地砖缝隙,缓慢蔓延。

"小王八蛋你有病?"

"这谁家的小杂种!"

我捂着脸撒腿就跑,直到把俩大姨的怒骂远远抛在身后,才放缓脚步。我大口喘着粗气,想起她俩气急败坏的样子,靠着墙嘿嘿直乐。

笑着笑着,忽然想起去年生日时,李飞许的愿。那天傍晚,我俩躲在小公园假山上,我给他擎着蜡烛,他对着小浣熊干脆面,一脸虔诚地祈祷。

"我希望有一天能跑得快,跑得跟钢柱一样快。"

"你这算哪门子愿望啊!你不要个变形金刚?"

他摇摇头,黑暗中眼睛闪闪发亮。

"亲爱的神仙,我不要变形金刚,我只希望有一天,能活得跟别人一样。"

第十二章
俩小天鹅

- 1 -

噼里啪啦的鞭炮声在闹钟之前,把我从梦中惊醒。我搓掉眼角的眼屎,望向坐在床边的欧阳洋洋,有些迟疑。

"过年了?"

"你终于醒了!你都昏迷半年了!"他捧着我脑袋来回甩动,"妈,钢柱醒了!妈,你快来看啊!钢柱醒了!"

"欧阳洋洋你再折腾你弟,信不信我进去抽你。"外屋传来大娘摆放碗筷的声音,"钢柱你也别睡了,快起来吃饭,一会儿上学要迟到了。"

她擤了把鼻涕,听声音像是抹在了围裙上。

"顺带脚,把你妈叫回来,跑出去看半天热闹了。也是巧,刚做饭爆仗就响了,爆仗一响你妈就蹿出去了——"

我妈站在狭长的过道尽头,远远望着院子里欢喜的人群,脸色忽明忽暗。

氤氲的白雾中,姜小白他爸咧着嘴,一地红纸屑被他踏在脚下。

"谁家结婚,谁家结婚?"我爸攥着腰带从公厕蹿出来,"喜糖呢,在哪儿领喜糖?"

"我们家喜事。"姜大潮昂着下巴,乜斜着看热闹的人群。

"老师刚打来电话说了,我们家小白钢琴比赛第一名!不是全校,不是全市,是全国第一!"

"哎哟,这个厉害了。"大傻杨配合得一个惊呼,姜大潮赶忙把脸扭向他:"全国你们知道有多少人吗?"没等夹板张回答,他自己就说出了答案,"成千上万,我儿子是人上人!"

夹板张摇摇头,提着尼龙绸袋子走了。他刚空出来的位子,被海鲜贩子小王顶了上去:"得有奖品吧?啥啊?奖状?"

"嘿,何止是奖状,还有一大笔奖金呢,我跟你们说,奖金比我一年挣的都多。"

"你都不上班,可不比你挣的多么,哈哈哈。"

我爸的脑袋连带着那几根残留的头发,一起不知死活地乐得前仰后合。在姜大潮的拳头挥上来之前,我妈一个箭步,率先拖走了我爸。

- 2 -

"挑一个。"

我妈把三张单页拍在我面前,小提琴、萨克斯、黑管。

"选一个你喜欢的,明天我就给你去报名。"

"我选弹弓。"

铁砂掌从天而降,我妈面庞依旧温和。

"好好挑。"

我泪眼婆娑,想起小燕子出宫那天,老佛爷也是客客气气地把匕首、白绫和鹤顶红摆在含香面前,让她自己挑一个。我把三张单页都攥出指甲印来了,也没下定决心到底要把童年断送在哪一条不归路上。

"干吗难为孩子啊,这辈子吃哪碗饭老天爷早就定下了。"大娘用舌头剔着上牙缝里的碎肉,"抓周时候抓的油条不是?以后能是个手艺人。"

"那还不是洋洋拿着油条故意在旁边逗他?"

"当时洋洋才多大点儿,能有什么坏心眼?王晓我跟你讲,这一步步的都是命。"

"妈,那我当时抓的什么?"

欧阳洋洋,特长落井下石。

大娘脸色铁青,答案在嘴里嚼了半天,才不情不愿地吐出来:"尼龙袜。"

"什么玩意儿?"

"尼龙袜尼龙袜,谁知道那么双破袜子怎么就突然出现在抓周桌上了。"

"嫂子,我好心帮你收袜子,你怎么还埋怨我收的不是地方呢?照你说的,这阴错阳差的也都是命。"

她们撕打的时候,我趁乱把单页揉成一团塞进裤兜,爷爷则趁乱把最后一碗甜沫舀进碗里。我爸眼睛盯着电视机,心不在焉地劝着架。

"别打别打,王晓你别、别站着,挡着屏幕了。"

当二人对决变为三人混战的时候,大爷欧阳建不急不慢地咽下最后一口饭,定定地望着我。

"男孩家,学武吧。"

"这个好,"我妈把我爸的头发在指尖又绺了两道,面色微红,"就学舞吧,高雅,学芭蕾舞,更高雅,一会儿我就去少年宫给你报名。"

天旋地转中，我看见欧阳洋洋的嘴，咧成嘲笑的弯刀。

▸ 3 ◂

欧阳洋洋笑不出来了。

他呆呆地站在镜子前，冷眼看着镜子里面穿紧身裤的自己。

就因为一句"一块儿报名，第二个半价"，大娘和我妈化敌为友，把我和我哥哥像祭祀的羔羊一样，双双送上艺术的圣殿。

女孩们纤细挺拔的躯干裹在光滑的练功服里，踩着音符，柔软地折叠自己，每一步都轻盈又坚定，大概也只有我俩能把舞蹈跳出行军拳的感觉。

欧阳洋洋此地无银地护着裆，而我就洒脱多了，毕竟在穿上白色高弹裤的那一刻，我的红裤衩已跟目光所及的每个人打过招呼。

四十五分钟的课程是一场灵魂凌迟，回家路上我俩谁都没有开口，沉浸在"鸡立鹤群"的羞辱之中。

他突然出现在拐弯的街角，冲我勾动手指。

"大艺术家，来，来。"

小人精的出现让麻木的羞耻感重新觉醒。

"大艺术家，草民有事相求，斗胆请您过来一下。"

同班的女孩三两走过，不时有人嘀咕几句，随即爆发出笑声。为了让小人精闭上他的狗嘴，我不情愿地撇着瘸腿，丧着脸挪过去。

"有话快说，有屁快放。"

"那事成了吗？"

滴溜圆的黑眼睛隔着镜片冲我滴溜溜地转，听语气仿佛我们之间有什么不能言说的秘密，我们本应默契到一个眼神就心知肚明。可事实上我完全不知道他指的是什么，只得煞风景地跟上一句："什么事？"

"就是……就是那——"他瞥了眼在旁边揉腔的欧阳洋洋，把我往旁边扯了几步，"信你送了？"

一时间电光石火，爷爷那句"变成海鸥飞走了"重新萦绕耳边，再次唤起我被毒蘑菇支配的恐惧。对，当时我们说好了的，他帮我引开我妈，我答应他一个条件。

他开出的条件是帮他送情书。

"你不会忘了给吧？"

"哪能啊，信已经送过去了，早就送了。"慌乱中，我瞥见我哥的神情，看样子他的记忆也在被唤醒，"跟他的战书一起送的，两人正好住一条街上，顺道都给了。"

在小人精塞给我情书的同一天，欧阳洋洋塞给我一封战书。

"为什么不自己给？"

"多害羞。"小人精这么说。

"多没面子。"欧阳洋洋是这么说的。

我确实没有撒谎，两封信确实是同一天送走的，我只是真话没有说全而已。

信，我是让福宝帮忙送的。

我一天天那么忙，哪有空替人跑腿啊。

"这封粉色的，给西院花大姐；这封黄的，给东院的马建军。"

"粉红花大姐，黄色马建军。"

福宝的小脏手攥着两封信，皱着眉头一字一句地重复。

"对咯，花大姐认识吧？就是三年级那个老爱穿鲜艳裙子的姐姐，给你棒棒糖吃那个。"

她抽了抽鼻涕，笑了。

"马建军就是那个人高马大的平头胖子，骗你粘纸那个。"

她舒展的眉头又重新紧皱。

"你再重复一遍。"

"粉红姐姐，黄色骗子。"

"嗯，去吧。"我摇了摇手里的上好佳鲜虾片，"等你回来一块儿吃。"

没问题吧？

看着福宝一扭一扭的背影，我心里也犯起了嘀咕。虽然她不识字，但是颜色总分得清的，没问题没问题。

捋清楚后，我舒展地躺在床上，一天天的都找我跑腿，我哪有那么多时间，我也忙得很的好吗？《圣斗士》重播要开始了，我一骨碌爬起来，摁开了电视机。

我千算万算，忘记算我爷爷这个大变量。小福宝刚拐出门洞，就撞上了遛弯儿回来的爷爷。他大手一横，拦住了福宝的去路。

"嗒，来者何人？"

"嗯……耐（来）者欧阳福宝。"

"可有通关口令？"

福宝跺着小脚，小嘴也跟着嘟嘟囔囔。

"爷爷我要赶着送东西，回耐（来）吃上好佳。"

"你快说口令，口令是粉凤凰，黄凤凰，黄粉凤凰花凤凰。"

"粉凤凰……黄凤凰……黄粉——"

"黄粉凤凰花凤凰。"

"粉黄……黄粉……花凤凰。"

"勉强通过,请吧。"爷爷躬身让出去路,"不过完整的是粉凤凰,黄凤凰,黄粉凤凰花凤凰,送东西路上自己多念叨念叨。"

"粉凤凰,黄凤凰,黄粉粉黄花凤凰。"

听话的福宝反复念叨了一路,我的嘱托轻而易举就被爷爷的绕口令挤出福宝大脑。直到花大姐应声开了门,她才意识到问题的严重性,然而此时,她满脑子只剩下黄色花凤凰。

"小豆芽,找我有什么事吗?"

思虑再三,福宝坚定地递上黄色信封:"姐姐,给你的。"

- 4 -

"你说你什么毛病?约会干吗非拽着我?"

"哎呀,什么约会,"他扭捏地揪着袖口线头,"还不一定能答应呢,你跟我一块儿壮个胆子,我害怕。"

风中悬浮着槐花香气,我听着小人精的心跳声,望着花大姐的身影,一点儿一点儿,从下坡升起。一颗心也跟着紧张起来,可紧张之余,总隐隐感觉不对劲。

"她什么时候蹿这么高了?"

"我就喜欢个儿高的怎么了?"他定睛一看,"也不对啊,昨天还不这样,这得有一米八了吧?"

小人精张永超没等来花大姐,倒是等来了花大姐她爸。一脸络腮胡的男人攥着木棍,居高临下地扫视着我俩。

"欧阳家的是哪一个?"

小人精吞了口唾沫,一把把我推出去:"他,是他。"

"听说你要跟我女儿战个你死我活?就是你小子要撅断我女

儿的腿,打爆她的头?"

一瞬间,我明白了前因后果。喉头的求饶变成"完犊子"三个大字,在眼前循环播放。大叔把我提溜起来的时候,我的大脑一片空白,眼睁睁看着小人精尖叫着逃跑。

我担心自己,但我更担心那一边。

当太阳融化在海面的时候,欧阳洋洋终于等来了马建军。

"准备好了?"欧阳洋洋活动着手腕、脚腕,还浮夸地压了压腿,一步步逼上前。

马建军惊慌失措,倒退了几步。

"我觉得不好,咱不能——"

"有什么能不能的,咱又不是第一回了,别跟我装好学生。"

"你可别乱说啊,"他的脸融在暮色中,鲜红滚烫,"这事我不会随便做的。"

"不是,信你不是看了吗?不同意你来干吗?"

"嗯……我就是来跟你说清楚的,"他颤抖着掏出一团皱巴巴的信纸,"这种信,别再写了,我们之间不可能。"

"啊?"

马建军刹住脚步,犹豫再三扭回头来,直直瞪着欧阳洋洋。

"还有……别再叫我花仙子了,再叫……我真揍你。"

- 5 -

奖金下来的那一天,姜小白他爸请了客。

全大杂院都闻见了香气,先是葱爆羊肉,再是油泼鲤鱼,还有红烧肉、炸肉和海蛎子,当然最终所有的香味都会被冲鼻的酒气盖住。

我带着福宝和屁股上的脚印，站在院子里仰着脖，对着姜小白家的厨房窗户痴痴流着口水，等着大娘一会儿喊我们回家吃挂面。

那天晚上，我硬撑着眼皮，侧起耳朵倾听，还好，今晚没有女人的哭泣。

希望以后，再也没有深夜的哭声。

一夜之间，姜小白成了天道酬勤的楷模。

采访的有，讨经验的有，拜师的有，甚至还有赶来定娃娃亲的。

姜小白他爸摇着尾巴飞上了天，每天去不完的饭局，吹不完的牛。脾气倒是越来越差，前一步还得意扬扬，后脚落地转身就骂，骂头顶晾衣绳的衣服滴水，骂厕所的臭气熏天，骂大杂院的人脑子不好使——这才几天他们就忘记姜小白夺冠的事了，不再前簇后拥地围着他恭喜。

"过两天老子就去新城区买房，让你们找都找不着。"

其实最后一点他真的误会了大家，哪里会忘记呢，这种事情分明值得在每个辗转反侧的夜晚拿出来反复咀嚼。

大家对自己说，虽不曾创造历史，但怎么也是历史的见证者，光凭这一点就甩隔壁大院好几个档次。

大杂院里那些曾被琴声骚扰、曾发狠怨恨咒骂过的人纷纷更新了记忆，每每路过姜小白家的窗口，便不由得欣慰一笑，感慨自己的忍让和理解也为姜小白的康庄大道铺了一块砖。

居委会当然不会放弃这个好机会，连番几次上门邀请姜小白在社区礼堂登台表演。当李大姨带着"五好文明家庭"的牌子出现在门口时，姜小白实在不好再拒绝。姜小白的成功让大叔大妈们反观起在人生路上走偏了的自己，好像如果当年顶住了压力，克服了惰性，现如今也不至于在人海中寂寂无名。

整个老街区掀起了一股"文艺复兴"浪潮，有人从抽屉摸出生锈的口琴，有人拿起挚爱的快板，有人对着奔腾的海浪吊嗓，有人约着好姊妹一起去公园练舞。练书法的、画油画的、唱京戏的，谁要是会个正儿八经的乐器那简直是根红苗正的艺术家，是的，现如今谁没点儿特长爱好出去买菜都不好意思杀价。像我爸这样大半辈子奉献给看门和电视剧的，只得在家苦练口哨。

在我爸那儿丢出去的人，我那争强好胜的妈，势必要我夺回来。所以当李大姨问我们家小孩有没有节目可以上晚会的时候，我妈牙一咬，硬生生在报名表上写下电闪雷鸣的三个大字：小天鹅。

"哟，这得是芭蕾舞吧？"李大姨面露春风，上下打量着我，"我原来寻思咱院能出姜小白和何天瑶两个艺术家，没想到钢柱也越来越出息了，出息了，不是以前那个鼻涕小子啦。"

在我妈那儿受到的酸劲，我那争强好胜的大娘，势必要我哥夺回来。

"要不说长孙起到榜样作用呢，这不他哥一学，小钢柱也跟着非要报名。"

"哟？咱家洋洋也会？"

"那可不，学了有一阵子了。"

大娘一把夺走我妈手里的笔，在《小天鹅》之前恶狠狠地补上一个"俩"字。

嗯，刚学了没三节课的我和我哥，眼瞅着就要登台表演《俩小天鹅》。

- 6 -

那天可真热闹,比年底居委会发鸡蛋还要热闹。

我感觉整个老街能动能走的都来了,不能动不能走的也被家人抬着来了,整个礼堂坐得满满登登。

街坊们高声打着招呼,伸长胳膊互递瓜果,那些来晚坐不下的就只得站在过道里,不是抱孩子的挤了搞对象的,就是前排个子高的挡着了后面带马扎的,纷纷攘攘,乌乌泱泱。

我跟我哥从工作人员通道往里进的时候,另一条街的王阿姨正紧搂着狐狸狗跟门口保安争论。

"凭什么我家宝贝不让进?于老九他那瘫痪的爹都让抬进去了,凭什么不让我们家乐乐进?乐乐可通人性了,平时一听歌就跟着拜拜,你看于老九他爹能拜拜吗?"

她喊一句,怀里的狗就跟着叫一声,一人一狗相互打气,一个比一个急,一声比一声尖,搞得年轻小保安毫无还嘴气口。

此刻的大礼堂变成了挪亚方舟,好像登不上这一出艺术大戏,就是个死似的。

我一回头,在人群中看见了姜小白他妈。

那天的她漂亮极了,像一朵纸雕的花,易碎的美。

她倚着靠背微微喘息,纤细的手指不时拢一下耳边的碎发。姜小白他爸在一旁神情激动地唾液横飞。面对别人的赞扬,她只是点头轻笑一下,更多的时间,则是望着舞台上璀璨耀眼的灯出神。

灯光暗了下来,熟悉的琴声响了起来。

我耳边响起凄厉的哭喊,我又看见那个抱头跪在地上拼命求饶的女人,周围是旁观的人群。他们冷眼看着她爬,看着她挣扎翻滚,看着她的躯体因疼痛而扭曲地弯折,他们只是看着。

不不不，苦难已经过去了，她熬过了命运的考验。

快看看现在的姜小白，端坐在舞台上享受着唯一的聚光，灵巧翻飞的手指，闭眼沉醉在千百年前的梦境中。

看看现在的她，嘴角挂着骄傲的微笑，她有多久没笑过了？

眸中闪耀着星光，是新生的渴望，是对坚强的人的褒奖，希望在她体内孕育，希望在一口一口吞噬掉癌细胞，希望在一点点儿修复她身上的伤痕。

真好，你可以活下去了。

你们都可以活下去了。

"别发呆了，马上到咱了。"

我哥的一巴掌把我拉回残忍的现实，姜小白越是出彩，接下来的我们就越是不堪。

这么短的时间别说白天鹅了，丑小鸭怕是都没孵出壳。换上白色高弹裤的我还是有点儿不自在，在舞蹈教室里毕竟大家都是"同道中人"，什么大世面没见过，可一想到马上要穿成这样在聚光灯下表演，我还是有些头皮发麻。

没关系，只要我跳得够快，观众的眼睛就追不上我。

头顶的灯光明晃晃的，汗顺着脖子往下流，弄得我有点儿刺挠。

音乐起了，我俩装模作样地表演着这几节课学会的所有动作。

使劲！使劲！对着台下无数双眼睛，我跟自己暗自较劲。

旋转，跳跃，只听"刺啦"一声，我一抬头，迎上了欧阳洋洋惊恐的眼神——我，在曲子的高潮部分，跳裂了白色高弹裤。

7

我妈停掉了我的芭蕾课，也中断了我短暂的艺术生涯。

现在走马路上遇见的同龄小孩，都毕恭毕敬地称我一声"色情表演艺术家"，不用问就知道，这肯定是小人精造的孽。

那是段晦暗的时光，除了上下学，太阳不下山我都不敢出门。

在那个晚霞绚烂的傍晚，我仍像个壁虎一样贴墙挪步，不时低头躲避着熟人不怀好意的微笑。

"钢柱……欧阳钢柱——"

纤弱的声音没在蝉鸣中。

"钢柱……慢点儿——"

在蝉鸣的间隙，我又捕捉到微弱的呼唤。

我回过头去，看见她穿着条过时的红裙子，迎着晚风，冲我轻轻挥手。

如果我知道接下来会发生什么，我绝对绝对不会过去。

第十三章

寒 蝉

- 1 -

我的愿望实现了,大杂院里从此再也没有响起那个女人的哭泣声。

姜小白他妈跳海了。

推开看热闹的人群,手上并没感到什么阻力,他们烟似的,一推就闪出一条缝隙。

我看着那一张张熟悉的脸在紫蓝色的雾霭中若隐若现,无数张嘴巴开开合合,我什么都听不见。茫然望着这间熟悉的小屋,没有鲜血横流,没有遍地残肢,事实上屋里什么都没有。

屋里能有什么呢?她又不是死在这儿。

房门四敞大开,窘迫地向邻里展现家庭的寒酸。茶几上凝着油花的剩菜,床上揉成一团的汗衫,全家福里的姜小白个子还没我高。破旧的衣橱把手上挂着个粉色塑料衣架,上面搭着条洗得泛黄的白裤衩,我眼前浮现起她面带羞怯的脸,连忙愧疚地收回目光。

"有猫腻,早不死晚不死,好日子马上来了去死,不对劲。是不是被谁谋财害命了?"

"电影看多了吧,都找着遗书了,就是自杀。"

"她走的时候穿着一身大红衣裳,这是要变成厉鬼回来索命。"

我回头看着蒋老太,她递给我一个意味深长的眼神。

"妈,人还在医院抢救呢,你怎么就先给人判了死刑呢?别老不盼人好。"

我没理会蒋老太和儿媳的争论,只是愣愣地望着桌上穿到一半的门帘,两三颗小塑料珠子散落在桌边。没法卖煎饼馃子之后,姜小白他妈靠接零碎手工活过活,有时是穿门帘,有时是穿挂件,别人装点生活的摆件是她维持性命的生计。

我看见那个瘦弱枯槁的女人生挨过一个一个疼痛的夜晚,临着窗,哆哆嗦嗦,一颗珠子一颗珠子地拼凑起儿子的未来。

我想起那个黄昏她找到我,对我说……

"吧嗒。"

一颗小珠子滚落,滚进沙发底下黑不见底的缝隙。

后颈汗毛竖了起来,我心底蓦然响起一个声音。

她走了。

- 2 -

三天后,她火化了。那时我才知道,原来她有名字,苏文巧。

该庆幸吗?苏文巧终于获得了她渴望的安宁。从此以后,她再也不用担心挨揍,再也不用害怕癌症,不必去考虑晚上做什么饭,也不必再没日没夜地穿珠子。

从此以后,她除了那个小木头盒,哪里也去不了了。

姜小白弹了一宿的琴,没再说一句话。

整个白天,他都坐在床边上抱着母亲的相片流泪。

吊唁的人进进出出，他始终低垂着脑袋，抬都不抬一下。众人说干了嘴，站酸了腿，最后也只得肃立一旁，默默看着他把豆大的眼泪，一颗一颗砸在她躲在玻璃后的脸上。母亲生前穿了多少颗珠子，儿子就要流多少颗泪来还。

我妈受了触动，非把我从爷爷屋接回去住，说是要重新培养下母子感情。

其实那阵子，我心里也不好受，还偷偷跟着哭过几回，可《神雕侠侣》开播之后，我的眼泪也就不再为她而流了。

太阳一日日升起，大杂院的人们被饥饿与贫困催赶着向前，渐渐地，也就把姜家的不幸抛在了脑后。就在人们嘴里的话头从苏文巧的死重新转回柴米油盐的那个晚上，我又看见她了。

"滴答、滴答。"我被深夜的水滴声吵醒。

顺着地上的水渍，我找到了立在墙角的她。

红裙，长发，背对着我，浑身湿漉漉的，往下滴着水。

我晃动身边的爸妈，他们只是紧闭着双眼。哪里有些不对劲，今晚安静得诡异，就连我爸都停止了打鼾，整间屋子里只有"滴答、滴答"的水滴声，水滴顺着裙裾，在她赤裸的脚边汇成一小摊。

我闭上眼，紧贴着我爸体如筛糠，黑暗中，耳边的"滴答滴答"，越来越近。

第二天，我尿床了。

我跟我妈讲了这个梦，她沉默了一会儿，只说是我受了惊吓，赶明儿找个神婆给我叫叫魂。

在我第三次跟她提起这个梦时，她突然生气了。

"行了行了，尿床就算了，怎么还编这种瞎话？"

打那以后，我再也没跟别人提过。

慢慢地，我习惯了苏文巧出现在我梦中，就像习惯了从校门口出发拐个弯就到家一样，当梦中的星矢转过头来露出她的脸，我也不再惊讶。

也许，我是她生前最后一个说话的人，是她对人生最后的告别。一想到这里，我对她的幽灵有了种微妙的感情。在现实中我没有挽留她，在梦中我不忍心再将她驱逐。

梦里，她有时脸色温和，有时面目青肿，但无论怎样形态的她，都没有伤害过我。她有时静坐在马扎上看《动画城》，有时面带忧愁地拧着裙子里的水，我也梦见过她一边哭一边穿珠子。想到死后她还要遭生前的罪，第二天我难受得早饭都没吃下。

她告诉我，穿红裙子并不是为了化成厉鬼报复谁，这是她结婚时穿的裙子，也是她最体面的衣裳，她想给阎王爷留个好印象。她说她这辈子就抬头挺胸过两回。

第一回是跟娘家闹掰私奔嫁给这个男人，另一回就是走向大海了。

大半辈子都卑微地垂着头，到死她也想昂首挺胸一回。

她说她不想浪费钱治了，花钱还遭罪，奖金就应该给姜小白留着，出国也行，娶媳妇也罢，反正那个男人指望不上，小白今后能照顾好自己，她也就放心了。她说她真的太疼了，她不想让小白看见她一点点儿地疼死，不如给自己个痛快。

这天晚上，她坐在我的床头，眸子在月光中微微发亮。

"我得走了，以后就不来了。"

"上哪儿去？"

"这个不能告诉你。"

"那……要我给你烧纸吗？"

她笑着摇摇头："你记着我嘱咐你的事就行了。"

眼见我半天没答话,她接起了话头:"你要记住,我说——"

"救命!"

我惊坐起,心脏突突撞着腔子,一扭头,我爸妈同样捂着被半坐,瞪着惊恐的眼睛。我们竖着耳朵倾听,窗外万籁俱寂。

"做噩梦了吧。"我爸吧唧吧唧嘴,翻身准备睡回笼觉。

"救命啊!杀人啦!救命啊!"

凄厉的女声响彻大杂院。

声音不来自别处,正来自姜小白家。

我脸色苍白,苏文巧不是死了吗?

▸ 3 ◂

他左手锁喉,右手握刀,刀刃死死抵住姜大潮脖子,渗出细密血珠。床上衣物凌乱,半裸的陌生女人背靠墙角缩成一团,卷曲的发丝被眼泪歪歪扭扭地糊在脸上,让她的脸远远看去,像是一片破碎的粉色陶瓷。

姜小白赤脚站在屋子中央,只穿着一条内裤。那双本应在琴键上翻飞的手,此刻却攥着把锈菜刀,刀连同他的小臂一起抖个不停。我才发现原来他这么瘦弱,腿跟胳膊差不多粗细。

"钱呢?"姜小白声音抖得比腿更厉害,"钱呢?在哪儿?"

"在呢在呢。"姜大潮连声应和,一双手在空中四处乱抓。

"钱在哪儿?在哪儿?"

"这这这,这不都在这儿么——"他哆哆嗦嗦地从裤兜里掏出几张零碎的纸钞。

"还有呢?"

"你你……你快点儿!"姜大潮冲床上的女人咆哮,"快点儿!要不要命了!"

满脸泪痕的女人颤抖着摘下金项链和金镯子,手忙脚乱地扔过来。

"耳环!还有耳环!"他爸一蹬腿,拖鞋正巧摔在女人脑门上。她刚号了一声,抬头撞见姜小白的目光,嘴边的哭声又咽了回去,狠狠把耳环摔在地上。

姜小白他爸讨好地递上:"都在这儿,都在这儿。"

"剩下的呢?就剩这些了?"

"大头在新城租房了……交房租了……你有本事问房东要去。"刀刃陷进皮肉,他吃疼放软了口气,"我真的没了……儿子,快把刀放下吧……"

"放下放下,有事好商量。"

"血浓于水,为了这点儿钱犯不上。"

姜小白抬头看着挤在门口、叠在窗边的一张张脸,就像一面隐形的墙隔离开两个世界,一边是生死,一边是热闹。尽管门窗大敞,但没有人再上前一步。他们站在危险之外,声嘶力竭地喊着话。

"父子一场,别搞得这么难看。"

"对啊,你一直是个听话乖巧的好孩子,别干傻事。"

"你妈也不想看你这样。"

"我妈,"姜小白迟疑了一下,扭头看着床上的年轻女人,"我妈……我妈死了。"他哽咽,"这是我妈的救命钱……这是她续命的钱……要是早点儿有钱……早点儿的话,我妈就不用死了……"

"都是你!"他勒紧姜大潮的脖子,"我妈尸骨未寒你搞女人！你拿着她的救命钱给别人买镯子买耳环，我妈什么都没了，她命都没了！"

等我意识到的时候，已经越过了那道隐形的墙。姜小白直勾勾地盯着我，拖着姜大潮后退几步。

"你妈的。"

"你说什么？"

"不不，你妈给我的。"我摊开手，掌心藏着一个珠子穿成的小马挂件。

他愣在那儿，刀也愣在那儿，屋里只剩姜大潮的哼唧声。

"她给我托梦，要你好好活，好好长，离开这儿，替她吃好吃的，替她看好看的，替她享没享过的福。"

姜小白的泪珠子"吧嗒吧嗒"往下砸："她为什么不来看我？为什么不给我托梦？"

"她怕你想不开要跟她走。"

我余光瞥见大爷往前走了几步，姜小白没注意，他一双眼睛只是盯着我。

"她说这辈子不亏，有你这个好儿子，遭那些罪也值了。你要替她活下去。"

大爷又往前挪了一点儿。

"她说，她不疼了，也不怕了。操劳了一辈子，她终于可以休息了。"

一道黑影飞扑过去，扭住挣扎的姜小白。另有几道人影也随后向前，拼命抢刀。床上的女人放声尖叫，姜大潮则趁乱爬了出去。

被压在地上动弹不得的姜小白号啕大哭，在他撕心裂肺的哭声中，我瘫在地上。

神婆走了之后，欧阳洋洋依然没有说话。直到我妈送客的脚步声完全消失在过道尽头，他才开了腔。

"你小子行啊，什么时候学会通灵了？"

我看着他因兴奋而涨红的脸，又扭头看看站在床边一言不发的福宝，擤了下鼻涕，半天才咕哝道："通个鬼哟，假的。"

他原想给我递杯水，闻言停在空中的杯子，又原封不动地放回桌子。

"你把水给我，昨天号大了嗓子干。"

"你先把话说清楚，"他扒拉开我的手，惨白的国字脸贴过来，"能装那么像？在场的都给你唬住了，你说的那些话——"

"不都是电视剧台词吗？电视里都这么演。"

"那你怎么知道挂件的事？"

"这倒是她自己给我说的。"

我从兜里掏出日夜摩挲的小马挂件，透明的塑料珠子里，夹杂着几颗奶白色的珍珠。

"那天晚上，她叫住我，塞给我这么个玩意儿。她说她把珍珠项链拆了，珠子匀和匀和穿了三个生肖挂件，姜小白一个，我一个，你应该也有一个。"

"是。"

欧阳洋洋摊开手掌，上面是一只小老虎挂件。

"那天下午她也找我来着，非要塞给我，我当时还以为是姜小白得奖了她高兴做着玩呢，现在想来估计是要给留个念想。"

念想，听到这俩字，我一愣，攥紧塑料小马，手掌被珠子硌得生疼。

"可是,她为什么给咱俩啊?"欧阳洋洋看了眼福宝,"为什么不给福宝,不给大龙,不给小人精,单单挑咱俩给?"

"之前每次琴一响,咱俩就唱,她也反应过来了吧,这是感谢。"我眼前又浮现起那个怯懦佝偻的背影,"也可能她到最后也没想明白,她只知道自己走了姜小白没好日子过,这俩挂件就是订金,等姜小白需要的时候,咱俩能念个旧好,帮他一把。"

"你说得有道理,不过我还有一事想不明白。"

"我说了昨晚纯粹瞎掰。"

"不是这,我就想知道,你平时挺尿的一个人,昨晚哪来的胆儿?当时多少人在那儿看热闹,就你命都不要往上蹿。"

我思忖再三,还是跟他讲了梦的事。说完之后,欧阳洋洋好长时间都没说话。再开口,只蹦出干瘪的几个字:"信吗,梦?"

我缓缓摇头:"不信,哪个大人会看《动画城》啊?那些乌七八糟的梦,估计是白天自个儿胡思乱想多了吧。"

"可是为什么连着梦了一个多月?"

"是我自己想要个答案吧。"

说完这句近乎蕴含哲理的话,屋里又陷入了搅拌不动的沉默,我尴尬地抠着鼻子。

"我不愿相信人死如灯灭,也不愿相信恶人死无报应。要是这样,苏文巧真太可怜了。"

- 5 -

我刚走到大门洞,就瞧见了里三层外三层的人群。最前边的熟悉脸庞神情凝重,那些站在外圈的生面孔则一脸兴奋,跳着脚往里挤。

"出命案啦！"

"父子相残，惨哪。"

"吧嗒"，我又听见了塑料珠子落地的声音。

"妈了个巴子，我能让你砍了？！我他妈先干死你！别拦着我，我要砍死这个杂碎！"

像是印证我不祥的预感，人群开始骚动，没一会儿，警察扭住姜大潮打我眼前过去。面目狰狞，一身酒气，汗衫前襟是哩哩啦啦的猩红血迹。

我不敢再看下去了，可我无法忽略他的声音。

谁家的水烧开了？高亢的哨声鼓动我的耳膜。直到医护人员把他抬出来，我才发现疼痛能让人变成开水壶。

断了手的姜小白，变成了鸣着哨音的水壶。

他翻腾挣扎，救护人员把他强行固定。我忽然觉得那些刺耳的尖叫不是从他嘴里发出的，而是从他右手腕的切口喷泻而出。它此生再也无法鸣奏的音乐，在这一瞬喷薄而出，化作令人胆寒的骨音。

他看见了人群中的我。苍白的脸上是什么表情？是恨？是怕？还是向我求救？在我看清之前，救护车的门"啪"一声关上。

也许，他根本就没看见我。

在街头巷尾的热议中，碎片拼凑成一个完整的案发现场。

"死里逃生"的姜大潮一度成为狐朋狗友打趣的对象，没了钱，没了女人，也失去了在哥们儿间的"范儿"。他越想越觉得窝囊，借着酒劲，买了把西瓜刀，一进屋对着姜小白就砍，有一刀，直接砍掉了他的右手。

"你他妈算个什么东西！老子能让你拿住了？"

我离开了故事，没敢再听姜小白是如何挣扎，如何哀求，如何恐惧。

太活灵活现了。

我一直在问自己，是不是错了？我根本就不该插手这一切，就应该让姜小白一刀砍死他爸，这样是不是才是最好的结局？我是不是辜负了苏文巧的信任？

打那以后，我再也没见过姜小白。有人说他被姥姥家领走了，有人说他被慈善组织救助了，还有人说，他欠着医药费，连夜跑路了。

我以为我会梦见姜小白，他会在梦中给我一个答案，可我一次都没梦到他，他彻彻底底消失了，只偶尔在人们的回忆中闪现。与此同时，我无数次陷入与苏文巧的诀别，重复那一个夕阳如血的傍晚。

有时我拦住了她，有时我没拦住，有时我跟着她一起走了。

她最后到底嘱咐我什么了？

时至今日我都没记起来。我只记得她的话断断续续的，像一条纤细的虚线。

"钢柱，你要——"

耳畔炸响蝉鸣，她的后半句消失了，只换来我敷衍的点头。注意力完全被夏虫疯狂的嘶鸣吸引，我寻思没啥大不了，没听清下次遇见她再问就行。

那时我还不知道，夏天就要结束了。

可是，蝉知道。

第十四章

无 间

- 1 -

我无数次幻想过万众瞩目的感觉,人们在街头巷尾谈论我的名字,传颂我的经历,捕捉我,分析我,幻想我。

如今,我的愿望实现了。

我变成了一张网,人群如水,在我面前分离,又在我背后汇聚,波光粼粼,窃窃私语。

他们说我是灾星,是我害了姜小白。

在姜大潮的罪恶被反复咀嚼得索然无味之后,观众们吐出了他。他们开始向更深处思考,用想象力延展事实的边界。

哦,想起来了,那个装神弄鬼的男孩,没有他的强行加戏,也许那一晚姜家父子就和好如初了呢?

"姜小白当时分明动摇了,就赖欧阳家那小子坏事。"

"就是,鬼神这东西哪能胡说八道,这就是遭了天谴了,可惜了姜小白。"

人们全都想起来了,那晚不过是一场寻常的父子争吵,外人根本不需要插手,就像他们从来不插手姜大潮和苏文巧的夫妻矛盾一样。什么都不做的人自然无罪,电视剧结局不好,难道赖得着观众吗?

"欸,我听说苏文巧自杀前看见的最后一个人就是钢柱。"

"啧啧,弄不好她死也是他挑唆的。"

是啊,要不是他,苏文巧好好的怎么会去寻死呢?想起来了,欧阳钢柱的奶奶也是这么在海边没的,会不会撺掇人家自杀,是替他自个儿奶奶找替身呢?

"你们还记得么,之前姜小白晚上练琴,咱都没说什么,可欧阳家俩小子老是捣乱。"

"就是,我听着琴声也烦,但我觉得人家孩子不容易,也没说什么,倒是跟你说的一样,每次欧阳钢柱都扯着嗓子抗议,没家教没良心。"

结案了,这是一场蓄谋已久的报复。谁能想到这不到十岁的小孩这么狠的心肠。嘿,怎么会想不到呢?他爷爷不是也亲手杀了老婆么,要不然怎么现在儿女都不乐意搭理他。

姜小白消失的第十四天,我顺应民意成了"杀人犯"。

"你好啊,小钢柱。"

罪孽深重的我,跟满面春风的夹板张在大门洞不期而遇。

他笑着跟我招招手,像以前一样,皱巴巴的尼龙绸袋随着沾着粉笔末的手腕一起在空中摇晃。佝偻的背影转过拐角,连日来唯一的善意,也跟着消失不见。

- 2 -

当晚,夹板张喝药自杀了。

在蒋老太的号啕炸响之后,我再次成了众矢之的。

这场诡异的意外坐实了我"扫把星"的地位,一时间我成了大杂院的美杜莎,谁跟我相遇,谁就是个死。

其实夹板张自杀并不意外,他能忍气吞声地活那么多年才让人想不通。

夹板张原名叫什么,我还真不知道,在大杂院,一个中年人除非是出事了,不然很少会有人知道或者关心他的名字。

夹板张的外号是爷爷起的,因为这个可怜的男人不管在哪儿都是两头受气。亲妈和媳妇,领导和同事,大街上打架的两派,就是班里的学生撕巴起来,倒霉的也是上去劝架的他。

夹板张脑子聪明,知道很多名人故事,能背出很多诗,字写得也好看,可人人都说他没本事。小时候大人总让我们好好学习,说有了知识以后就有出息,可夹板张知道那么多的事情,人们还是说他没出息,这到底是怎么回事,我就搞不懂了。

虽说小人精眼珠子滴溜溜的一肚子坏水,但他爸夹板张可是一肚子好水。

大杂院里谁家有病有灾的,他总是第一个跑去探望,不给钱不带礼,往床边一坐就开始唠唠叨叨一堆大道理,讲着讲着自己就开始抹眼泪。因此,他也总是第一个被轰出来。

人人都知道夹板张人不坏,只是没用。就是这么没用的夹板张,在结婚纪念日送给小辣椒一条金项链。可没等小辣椒戴出去炫耀,蒋老太就率先翻了脸:就在同一天,她发现自己的金项链不见了。

"日防夜防家贼难防,儿子娶了媳妇就忘了娘!"她一把薅过金项链,"把我的金链子熔了给媳妇打项链,丧良心啦,没天理啦!"

"妈,我没见着你项链。"

"那你说我项链呢?你说你说,好端端的能丢?能自己长腿跑了？"

"这是我攒钱买的。"

"你那点儿工资吃饭都不够，哪有钱买金链子？别撒谎啦！老头子你快带我走吧，这日子没法过啦，儿子学会诳人啦！"

"这真是我买的，我……我把手表卖了，又问朋友借了点儿……妈，妈你可以跟我上商店柜台问问……真的是我买的——"

"行了吧，谁不知道你们做好扣一起来骗我，我老了不中用了，儿子也不拿我当回事了。"蒋老太往门口一坐，"家门不幸，娶妻不贤，我儿子以前多听话多乖啊，都是被人唆使坏啦！"

"欸，你什么意思，在这儿指桑骂槐给谁听呢？"

"给那个挨千刀的狐狸精，黑心肝的王八蛋，谁给我儿子吹风我骂谁。"

新仇旧恨涌上心头，晚饭还没开吃就被摔了个七七八八。夹板张哄这边，那边哭，劝那边，这边骂，夹在中间两头挨揍。

"别吵了，你们再吵我也不活了！"厮打的二人同时停下动作，看了他一眼，又继续回身厮打，直到夹板张摔门而去，都没人再搭理他一下。

所以说，窝囊的夹板张吞药是情理之中的事情，可谁都没想到他会真的吃，毕竟他真的没用。

◂ 3 ▸

"医生您好，麻烦问下，我什么时候可以出院啊？"

躺在病床上的夹板张，依旧维持着作为老师的体面。

"各项指标再观察观察，好好休息，哪里不舒服随时跟我们说。"

"好的好的,您费心。"

小辣椒前脚迈出病房,夹板张后脚就拉住了医生。

"医生,其实我没喝毒药,我特意选了瓶除草剂,就想吓唬吓唬她俩,让她们别闹了。我也没喝多少,就抿了几口,您看胃也洗了,现在精神也挺好,我什么时候能出院啊?班里孩子不能没班主任,这几天也给代课老师添麻烦了——"

医生看了眼仪器上的数字:"你有哪里不适吗?"

"就嘴里有点儿起泡,嗓子有点儿疼,其他没什么,我估计就是上火,回家多喝水就好,您说是不是?嘿嘿。"

"小伙子,你来你来。"

蒋老太面色不悦,站在门口冲医生勾着手指。没等医生站定,她扯着就往走廊走,等走过了四五个门口,她把缴费单塞给医生。

"说吧,得宰多少才肯让我们出院?"

"阿姨,他这个情况比较特殊——"

"胃也洗了,院也住了,让做化验也做了,这钱花得也不老少了,虽说我儿子是老师,能报销,可也经不起这个花法啊。再说了,他又没喝农药,一个除草剂还能要人命?"

"他喝的这个是以肺为靶向目标,会让肺逐渐纤维化,咱现在花钱是在给他续命。"

"可拉倒吧,我过的桥比你走的路都多,别糊弄我了。现在活蹦乱跳的啥事没有,你们就是看我们是老实人,想坑钱!赶紧让我儿子出院,不然我明天就告你领导去。"

蒋老太撇着小脚走远了,年轻的医生还钉在原地,望着病历上"百草枯"三个字,叹了口气。

- 4 -

蒋老太一直盼着儿子能和农村媳妇离婚,可现在她真怕儿子离婚。儿子就像一株入秋的花,以肉眼可见的速度枯萎。

开始,能说能笑,就是没什么胃口,总是乏力犯瞌睡,给孙子辅导不了几道题就喊累。

过了一天,他说嘴里泡烂了,不愿意再吃东西,话越来越少,呼吸日渐急促。

再后来,他浑身蜡黄,一动不动,偶尔睁一下眼,又乏力地闭上。

"我不管,我儿子来的时候活蹦乱跳,就是你们医院给治坏的,他要是有个三长两短……有个三长两短,我也就不活了!"

蒋老太往地上一坐就开始呼天抢地,来往病人带着各自的忧伤从她身旁绕过,就像海浪避开一块年久的礁石。

她等了很久,没有人来哄她,那个每次都会给她找台阶的人此刻正在病床上紧闭着眼睛。

蒋老太渐渐哭累了,抽泣着爬起来,倚着医院走廊冰凉的围墙,木然望着眼前匆忙的脚步。

那一刻她明白,今后得自己哄自己了。

第二天,蒋老太带着一个小包袱来找爷爷。没等爷爷开腔,她自顾自打开,里面是各种首饰,还有几个存折。

"我儿子怕是不行了,"她刻意清了清嗓子,眼睛直愣愣地盯着桌角,"家里值钱的都在这儿了,这是我大半辈子攒下的。我想了想,在这里也没什么亲人,乡亲邻居的也就信得过你家,所以先在你家这儿一存。"

"你儿媳妇能同意吗?"

"那个恶婆娘对我什么样你们都知道,儿子在的时候就给我气受,要等儿子真……真没了——"她搓了把脸,新的眼泪又涌了出来,"她肯定得大闹,卷着家里值钱的就改嫁了。可怜我孤苦伶仃,总得给自己留点儿棺材本。"

"这事我们可不敢干。"我妈不知从哪儿蹿出来,手脚利落地把包袱系好重新塞回蒋老太怀里,"清官都难断家务事,到时候要是少了什么,说都说不清。再说你家媳妇那火暴脾气,谁敢招惹啊,我们家可不敢。"

蒋老太垂着脑袋,老半天没说话。她慢慢抱起包袱,垮着肩膀,一步步往外挪。

"你把东西给我。"

"爸?"刚才还得意扬扬的我妈变了脸色,"你糊涂啦?这事咱不能掺和。"

"有什么事我担着,跟你们没关系。"

"哼,欧阳梅要是知道了得疯,你也不想惹她——"

"我还没死,这个家我说了算。"

爷爷猛拍了一下桌子。

"狗咬吕洞宾,有你们欧阳家哭的时候。"

我妈碎碎念着拐进厨房,客厅只剩下爷爷、蒋老太,还有一个多余的我。

"我列个单子,咱把这包袱里的东西一样样记下来,到时候也有个凭证。"

爷爷摸出老花镜戴上,从我的作业本上撕下来一页,像电视剧里的当铺老板一样,一件件地记录,一反往常的嬉皮笑脸,神情近乎肃穆。

"你们这是干啥?"

小辣椒忽然出现在门口。

她看了眼桌上的财物,一个箭步冲上来,蒋老太近乎同时扑了过去。"给我,你给我!"小辣椒掰开蒋老太的手,用力向外抽着金链子。

"你老头还没死呢你就在这儿争家产,有没有良心!"

小辣椒全然不顾蒋老太的怒吼,更加用力地拧着她胳膊,终于把老太太推到一边。她紧紧攥着项链,笨拙地往脖子上戴。

"这是我男人买给我的,是我的。"她边戴项链边警惕地环视我们,"他还没看我戴过呢,我得让他看看,说不定看见了一高兴,他病就好了。"

小辣椒急躁地扭着两只手,可无论她怎么努力,项链就是戴不上。

"我得留个念想,留个念想——"

她忽然停了。

她蹲在地上,头伏在肘边,无声痛哭。颤动的指尖,仍紧紧攥着那条项链。

两天后,病床上的夹板张睁开了眼,他望着窗外的梧桐树发了会儿呆,转过脸来,艰难一笑:"想……想吃……冰糕。"

想吃东西是好兆头!

蒋老太和小辣椒喜上眉梢,小人精自告奋勇去买。他奔过弯弯绕绕的医院楼梯,穿过车流,推搡着挡在眼前的行人。入秋后的太阳还是毒辣,没一会儿他就汗流浃背。

可他一刻都不敢耽误,擎着冰糕捂着肚子狂奔。

"爸,冰糕——"

他的笑还没绽开,就看见了跪在床边痛哭的妈妈。

黑色的太阳悬在天边,融化的奶油顺着冰糕棍,缓缓下滑。

窝囊了一辈子的夹板张终于做成了一件事,那就是毒死自己。

他留下最后两句话,一是捐角膜,二是"我真的没偷"。

蒋老太无数次扬言儿子要是有个三长两短就烧了医院,可当医生真的把白被单拉过夹板张脸的时候,她却意外的安静。

消息传来的时候,大杂院的人们倒是沸腾了,他们一夜之间想起了夹板张的好。

那个老是佝偻着腰、戴着厚底小眼镜、跟谁打招呼都先哈腰的瘦小男人,也不是一无是处。

院里公共水龙头坏了他去修,院子里的落雪他去扫,在苏文巧挨拳头的时候,他也去劝过,当然,人们不会想起,在他挨了姜大潮的拳头之后,也就没再管过了。

邻居们因着怀念他,顺带着恨起了我。

在他们间兴起了一种新正义,那就是在我走过后,狠力地啐口唾沫。那是对我的憎恶,也是对夹板张的怀念。

是我克死了夹板张,就像我克死了苏文巧一样。

"你看他连滴泪都没有,真是狼心狗肺。"

"他奶奶走的时候他爷爷不也是一滴泪都没有,这白眼狼是遗传的。"

人们因着恨我,顺带着恨起了整个欧阳家。

传言渐渐变了,两家只隔一道墙,是我们欧阳家的恶毒和霉气吞噬了张家的运气,只是可怜蒋老太老来丧子,下半辈子孤苦伶仃。

蒋老太一滴泪都没了。

在把儿子的小木盒锁进那个小格子之后,她的魂也跟着告别了世界。

老头子和儿子隔着一排的距离,她认为那是留给自己的位置,她期盼着团圆的到来。

她干枯着眼眶,看儿媳妇变卖了家里所有值钱的玩意儿。

原本儿子就是家里唯一的收入来源,现在儿子没了,儿媳回乡下另谋生路也是意料之中的。她看着儿媳把存折里的钱提出来,看着她把自己攒了半辈子的项链、耳环收进她自己的旅行包,看着她四处托人想法子变卖这老房子,直到儿媳牵着孙子,大包小包地站在自己面前。

她闭上眼,等着那句借口,等着挨过最终的道别。

"娘,咱走吧。"

蒋老太抬起头,迎面撞上小辣椒递过来的一袋子火烧。

"你捎着这个,别的不用管。"

她把行李扛上肩膀,把几个系在一起的尼龙包塞到小人精怀里,回过头来才发现蒋老太依旧直愣愣地坐在那儿。

"赶紧啊,赶不上车了。"

"去哪儿?"

"回我老家啊,我前些日子都忙活好了,老家那边也打好招呼了,乡下条件不如城里便利,不过有亲戚照应着,咱娘仨活得下去。"

"我儿没了,你不用给我养老。"

"他是我老头,你是我娘。以前是,以后也是,这辈子都是。"

蒋老太第一次发现小辣椒肉乎乎的脸上有一对好看的梨涡,不由得也跟着笑起来,这一笑,眼里憋着的那滴泪,也就滑了下来。

在那个无星无月的夜晚,我们送别了小人精。

在龙哥嘱咐完后,原本轮到我说两句,可还没开口,目光就撞上了他左胳膊上的"孝",耳边回荡起连日来的声音:"扫把星。""倒霉鬼。""夹板张就是他克死的。"

我心虚地垂下头,躲在我哥身后,迟迟不动。

"少装了,跟你有个屁关系。"

他脸上是熟悉的不屑。

"钢柱,我发现你还是愿意给自己加戏,我告诉你,你没那本事,发生的这些事跟你屁关系没有。迷信成这样,你快退出少先队吧你。"

"是啊,你要是有毒,那我不得第一个死翘翘。"始终给我添堵的欧阳洋洋,破天荒地也帮着我说起好话。

"可能你比他还毒,你们家跟养蛊一样,哈哈哈——"龙哥很快意识到这个玩笑的不合时宜,在我哥的拳头上来之前飞速改口,"我这不也好好的嘛,他们都是瞎嚼舌根。"

"没了你这个笑话,我以后得少多少乐子啊。"小人精左手提着的包抡了我一个趔趄,"说句话啊,以后想损我都没机会了。"

可到最后,我还是什么都说不出来。

"走啦!"他挥挥手,硕大的行李包压得他背有些佝偻,看着那个晃晃悠悠的尼龙绸包,我一下子想起那张熟悉的脸,无论什么时候,那个瘦小的男人总是笑嘻嘻地跟我打招呼。

"你好啊,小钢柱。"

今后那声问候将被锁在漆黑的盒子里,永无天日,而那男人最后的一点儿影子,正在我眼前渐渐消失。

也许从明天开始,我课桌左边将空空荡荡,清晨没人会"啪啪"砸门喊我上学,我出糗时没人会起哄,没人再给我起外号,没人再帮我出主意,这个打我出生起就习惯了的存在,从今天起将彻底从我的世界中消失。

再无交集,便是另一种死亡。

"小人精,小人精!"我拔腿就跑,号啕得像头待宰的驴,"小人精!"

他回过头,隔着车流望向我。

"小人精你要好好的!好好活下去!"

"废话,老子肯定活得比你这个傻子久!"

"千年王八万年龟,你个王八蛋要好好活!我长大了去看你!"

小辣椒在前面喊了他一嗓子,小人精挥了挥手,赶了上去,再没回头。

- 7 -

奶奶是爷爷杀的,老街的人都这么说。

当然,在他们眼里我害死的人更多。

流言这玩意儿没有道理可讲,人们的嘴里总要谈论些什么,昨天是他,今天是我,明天就是你。在说与被说之间,总得有个选择。

此刻,背着人命债的我俩,站在昏黄的路灯下嘬着冰棍。

"你真的杀了奶奶吗?"

爷爷咽下一大口冰碴子,打了个寒战:"嗯,我觉得是。"

"怎么可能?你俩一辈子都没吵过架。"

"你奶奶那时已经不能动了,天天插着各种管子,从早到晚地打吊瓶,手上皮儿都黑了。两个星期以后,就不怎么吃饭了,天天闹着要回家。你姑姑哪肯,她听医生的,就让你奶奶在医院好好治病,还放出话了,谁再给奶奶求情她跟谁没完。"

"那你求情了?"

"我?我哪敢哟。"

爷爷把剩下的半根冰棍递给我,用落叶擦了把手。

"那天晚上,你奶奶哭了。她说她时间不多了,最后想看一次海鸥。也不知道当时怎么想的,我就偷着把她背出来了,可黑灯瞎火的哪里有海鸥啊,到处都是黑漆漆的一片。

"我们等啊等啊,我就一直跟她说话,她进气多出气少,偶尔回我一句。等到天边慢慢有了光,海边上有个小黑影,我兴奋地喊你奶奶看,可那时候,她已经没气了。

"她是在我背上断的气啊,我到现在都记得她体温一点点儿变凉的感觉。无论我怎么焐,怎么哈气,都暖不过来——"

看着我吃惊的脸,他对我艰难地一笑。

"你姑姑说是我杀了你奶奶,她说在医院吸氧、打针的话,你奶奶不会走得那么急,可是她不明白,医院没有海鸥啊,你奶奶想要的是海鸥。"

我俩沉默着,看着一只蝴蝶在风中奋力振翅,可最终还是打着旋落到了地上,挣扎了几下,也就不再动了。

"爷爷,你觉得最后奶奶后悔去看海鸥了吗?"

"不知道,世上有很多事,你永远都不会知道那个答案。"

"起风了,回家吧。"

"嗯,别告诉你妈我带你吃冰棍了。"

这个世界上有很多无解的问题,那些答案消散在风里。

爷爷永远都不会知道，奶奶闭眼前究竟有没有看到海鸥，就像夹板张永远不会知道，因为百草枯腐蚀性太强，他的角膜无法捐献。

我也永远不会知道，那个傍晚苏文巧到底说了什么，不知道姜小白如今身在何方，是死是活。

没有人知道，此时此刻，千里之外的绿皮火车上，正啃着火烧的小辣椒对着窗外连绵的荒草，究竟在想些什么。

当然也不会有人知道，她万分后悔，当时偷了蒋老太的那条金项链。

第十五章

野孩子

- 1 -

福宝倚着墙，望向不远处卖面人的摊贩。摊位上插着各式各样的卡通面人，小孩里三层外三层地围着，两眼放光地盯着小贩揪下各种颜色的面团，飞快捏塑着他们的童年幻想。

"你妈不要你咯。"

"我看见你妈跟别的男人约会了，等他们有了小弟弟，你只能捡破烂去啦。"

最近老街区的人总喜欢这么逗福宝，看着她憋得通红的小脸，他们感到全身心的满足。每次听到别人这么说，福宝总是攥着拳头，跺着小脚，可是除了"胡说，你胡说"，她似乎也找不到更好的反驳。

"野孩子来啦！"最外层的小孩扭头看见了缩在角落的福宝。

"别过来，脏兮兮的。"

"我妈说你妈不是正经人，你也不是好东西。"

孩子们捡起地上的碎石块，争先恐后地砸向福宝，开始一场快乐的游戏。福宝的躲闪激起他们的斗志，更多的小孩加入这次狩猎。

"干吗干吗，别瞎闹！"小贩一声怒吼，扒拉开起哄的小孩，

"小朋友,你来,"他对着福宝招招手,"你喜欢哪个小面人啊?美少女战士还是花仙子?"

福宝咬着手,扭捏地走上前,目光贪婪地扫过一排排面人。

"这个。"

她最终伸手指向哆啦A梦。

电视里这只小猫无所不能,总是能掏出各种各样的宝贝来,如果有了它,妈妈就不用活得那么辛苦,如果我能帮妈妈过上好日子,妈妈可能就会喜欢我,妈妈就不会不要我了。

"有眼光,"小贩把插着面人的木棍塞进福宝手里,"给钱吧。"

福宝垂下头:"我……我没钱……"

"没钱?"小贩眨巴眨巴眼,一把夺回面人,"回家问你爸妈要了钱再来。"

小小的眉毛蹙得更紧了,在身边小孩的嘲讽声中,她羞愧得快哭出来。

"多少钱?我是她哥,我给了。"

她抬头,看见斜背着书包的龙哥。龙哥已经上初一了,身高也如雨后竹笋般没日没夜地疯长,足足比周围小孩高出一个头。他飞斜一圈,大模大样地掏出一块钱扔给小贩。

"钱给你,面人给我妹。"

"你这钱不够,还差四块。"

"不够?怎么这么贵?"龙哥顿时矮了半截,他一把拉过旁边一个攥着石头的小男孩,"你有钱吗?"

"我没有。"男孩此地无银地捂住裤子口袋。

"问你借着使使,又不是不还你。"

龙哥扭住小孩,蛮力掏出十块递给小贩。

"你抢钱!你抢我零花钱!我告你爸你妈!"

"告吧告吧，你快告去吧！"他冲着小孩飞奔的背影愉快地大喊，"这块谁不知道我没爹没妈啊！"

他冲着福宝粲然一笑。

"别担心，他没地儿告状去。"

- 2 -

一切都顺利，男子的邀约也越发频繁。

脑海中不愿被唤醒的画面一帧帧覆盖，很快她就能走出那个梦魇。吃饭了，聊天了，轧马路了，牵手了，欧阳梅在心里一个个打着钩，估摸着再这样顺水推舟下去，故事的结局，也终将被改写。

只是那个秘密，到底要什么时候说呢？

只有亲自说出口，救赎才算真正开始。

"他爷爷？钢柱他爷爷在家吗？"

欧阳梅放下手里的钩针，循声望向门口。

龙哥奶奶颠着小脚，一手扶着门框，一手攥着张信纸。

这个不识字的老太太是来找欧阳常青读信的，十多年来已经成为两家人的习惯。时间向前走，可老太太活在昨天，总是喜欢给儿子写信，也要求儿子按时给她回信。

当然，写和读的过程都是欧阳常青完成的。无论电话怎么便利，她还是依赖着一个个并不认识的方块字，用她的话说是电话撂下就没音了，可字落在纸上跑不掉，一行行都是儿子的印迹，想他了就拿出来摩挲两下。

"我爸出去遛弯儿了。"

"多久回来啊?"虾米般的身子往前一弓,脸皱巴成一颗核桃。

"刚出去,这可没数呢。"

"那我晚点儿再来吧。"老太太颤巍巍地扭身,小心翼翼地跨过台阶。欧阳梅忽然想起病床上的母亲:"老太太,信给我吧,我这会儿也没事,我给你念。"

欧阳梅扶着老太太坐下,信刚递过来,老人的叹息也跟着飘了过来。

"龙龙长大了,小时候的衣服都穿不上了,我再补也跟不上他蹿个儿的速度,再说他现在饭量也大了,我寻思让他爸多给寄点儿生活费,电话说了几次都没动静,再往后电话也不接了,我不知道怎么回事,这盼了好几个月才等来他的信,里面还有两百块钱,你帮我看看是不是出什么事了?我这两天心口老是怦怦跳。"

欧阳梅快速扫过纸页,信上说媳妇又怀孕了,家里开销变大了,最近生意也不顺利,自己的经济压力也很大,只能再多给两百块钱。王金龙年纪也不小了,也该出去自食其力了,当爹的不能养他一辈子。要是成绩不好趁早别读了,浪费那个钱。

在信的最后,男人再三嘱咐,以后王金龙的事情不要在电话里说,媳妇听见会不高兴。

"怎么样?他是不是遭什么难了?"

"他说……最近有些忙,没顾上写信。不过都顺利。还有,他说媳妇又怀孕了。"

"哎哟,这是天大的喜事!老王家又添新丁了!"老太太激动地拍着巴掌,"那两百块钱是怎么回事?"

"这个钱……他让你们先花着,剩下的他过阵子打过来。"

"这一听,我心里的石头可算是落了地了。不瞒你说,前阵子愁得我都睡不着觉,你看我家龙龙那个裤腿短一截,胶鞋也开胶了，鞋底断得粘都粘不起来了。

"他不说我也知道，学校里的人都笑话他穷。这再往上读花钱也越来越多，我这个身子骨还不知道能撑几天，我要是没了，我家龙龙可怎么办——"

"老太太，我爸年纪大了，眼睛也花了，以后写信读信的活儿，你直接来找我吧。"

她扫了眼老人油漆剥落的发卡。

"还有，我单位离银行和邮局都近，以后每个月你儿子寄来的钱，我帮你取。"

◂ 3 ▸

"别打他，你们别打他！"

熟悉的声音，福宝的声音。

欧阳梅闻声快步向前。四五个小孩围成道人墙，福宝哭着往里挤，中间是个五大三粗的青年，正扯着一个男孩的头发，把他的脸拉向自己的裆。

"小杂种，我当你爹怎么样？"

那颗头发出一声闷哼，青年手上加了力道，压下男孩的反抗。

"小小年纪学抢钱？今天爸爸就好好教育教育你！"

"放手！"

欧阳梅喊完，下意识把福宝拉到身后。起哄的小孩收了声，怏怏地垂着脑袋，散到一边。青年松了手，搂着王金龙肩膀，嬉皮笑脸。

"我跟我弟闹呢，阿姨没啥事你先走吧。"

"你那是闹吗？头都出血了，这很危险你们知道吗！弄不好要出人命！"

王金龙别过头去，遮挡自己的伤。

"哎哟，这好管闲事的人真多！"青年啐了口唾沫，"他抢了我弟钱，我教训他一顿不行吗？"

"多少钱我给，"欧阳梅掏出钱包，"但是他的医药费你们父母得出，这伤必须得上医院做个检查。"

"就他还检查？他也配？这垃圾早晚让人打死，没人要的杂种，现在死了还给国家省点儿粮食呢！"

"啪！"巴掌就这么扇了上去。

"你有病吧，关你什么事！"围观小孩见势不好撒腿就跑，青年步步紧逼，"我话放这儿了，今天我他妈就要打死这条野狗，我看谁敢管！"

"啪！"又一巴掌。欧阳梅一把拉过王金龙："嘴巴放干净点儿，我看今天谁敢动他。"

"你他妈到底谁啊？"青年刚推了欧阳梅一把，王金龙一拳捣中他鼻梁，福宝冲上去就咬，眼看福宝要挨揍，欧阳梅一个皮包抡了上去。

"停停停，我认输认输。"青年疯狂摆手，"一打三我干不过，我认怂了还不行吗？"

"别天天把脏字挂嘴边，"欧阳梅揪下截卫生纸给他，"没小姑娘喜欢。"

"行，阿姨说什么都有理。"青年龇牙咧嘴地擦着脸上的泥，"不过，你到底谁啊？"

"我——"

欧阳梅余光瞥见王金龙昂起的脸又垂了下去，伸手拂去王金龙头上的土。

"告诉其他小孩,我是王金龙妈妈,以后谁再欺负他,我绝不饶。"

- 4 -

终于,她说出了那个秘密。欧阳梅看到了他脸上的表情,她知道还是失败了。意料之中,虽然她并不甘心。

"我想……我们还是慢慢来吧。"

"好。"

"我没别的意思,你也知道我刚离婚不久……我还需要点儿时间来适应——"

"好。"

"千万别误会我啊,并不是说你不好,我也没说不继续,就是再给彼此点儿时间多了解了解。"

"好。"

"欧阳梅,你别多想,我真的就是一时间没法消化——"

"好。"

没等男人说完,她抓起包起身就走。男人没有追出来。

有谁在扯她衣袖。欧阳梅回过神来,发现水龙头哗哗流水,盆里的水已经漫了出去,福宝正仰着小脸一脸担忧地盯着她。

"我没事,"她拧住水龙头,"你先去睡吧。"

等她洗完衣服上床的时候,发现福宝还坐在床边,抓着小花被,眼睛瞪得滴溜圆。

"你怎么——"她低头瞥见福宝身上的伤,一排排小牙印,零零星星的瘀青,"这怎么回事?"

福宝皱眉摇头,没说话。

"说话,我问你话呢。"欧阳梅皱紧眉头,重新审视起那些伤,所有的瘀青都在左胳膊,所有的牙印都在福宝嘴巴够得到的地方,"为什么伤害自己?"

"我没有……"

"这都是你自己故意弄的。"

福宝垂下脑袋,没再言语。

"说,为什么?"福宝的抽噎彻底激怒了她,她一把提起福宝,脸色通红,"我让你说,为什么?"

"我……我想你也来幼儿园,我想你也告诉他们……说你是我妈妈……我不想没有……妈妈。"

欧阳梅手上泄了劲,她盯着被子上的水印半天没吭声,末了,只憋出一句:"睡吧。"

床对角响起福宝略带鼻音的沉重呼吸,欧阳梅还被各种思绪裹得辗转反侧。

那些她以为覆盖掉的,一下子涌到眼前。

产床上方明晃晃的无影灯,血淋淋的女婴,空无一人的房间,急促的呼吸,下滑的汗,指指点点,破口大骂,叹气,哭喊,白眼,争辩。

她像个溺水者一样猛然坐起,大口吞噬着黑暗,试图用沉重的黑,覆盖掉脑海中光怪陆离的画面。

窗外响起醉汉意义不明的怒骂,欧阳梅用力搓了下眼,继续躺下。这次没一会儿,她就睡了过去,陷入了记忆的更深层,再次走进了秘密揭晓的那个下午。

她坐在熟悉的诊室里,心底却升起一股陌生的惶恐,她听着自己吞咽口水的声音，死盯着对面一言不发的导师。

"老师，你刚才说结果不大好是什么意思？"

导师停了几秒，把化验单推了过来。欧阳梅手抖个不行，单子上的数据一个都看不进去："直接跟我说吧。"

欧阳梅看着他摘下眼镜，用力捏着睛明穴。

"老师？"

导师重新戴上眼镜，轻轻叹了口气。

"你可能没法生育。"

第十六章

刺

- 1 -

暮色在走廊上投下巨大阴影，李家男盯着对面白墙上的霉斑，自顾自地抽着烟。

欧阳梅坐在旁边，冰冷的左手绞着冰冷的右手。

她被烟味呛得咳嗽，可又转念想到这是备孕一年来他抽的第一根烟，像咽下一根鱼刺，欧阳梅把涌到嘴边的命令又咽了下去。

"梅梅，那个——"李家男微微抬头，视线盯着她脚踝，"如果……我是说如果啊，如果问题在我，你怎么打算？"

"现在科技这么发达，中药西药一起，总能行的。"

"要是一直要不上呢？"他捻灭烟屁股，仍旧躲避着她的视线，"要是咱俩一直没孩子，你会离开我吗？"

医院的玻璃映着赤色的云，欧阳梅轻轻拂过他的背，最终握住那只手，止住了他的颤抖："那我们就一辈子二人世界，我只要你爱我就足够了。"

我只要爱就足够了，可你要的远不止这些。

十七分零二秒之后，欧阳梅握着检验单，在人海中寻找她的浮木。

来往病患带着各自喜悲，没人注意这个被剥夺母亲权利的女人。

眼泪有了重量,坠弯欧阳梅的腰,她把检验单和自己揉成一团,扔到墙角。一双皮鞋出现在她眼前,欧阳梅隔着眼前的雨雾,仰头望向那张看了一千八百二十五天的陌生脸庞。

"你想好怎么跟家里说了?"

一口烟吐在她脸上。

"完了,这辈子算完了。"婆婆哭得像个失独的寡妇,"别人说生就生,怎么轮到我们李家就绝了后呢?我们上下三代可从来没做过亏心事。"

欧阳梅把茶杯"吧嗒"一下搁在茶几上,丈夫在底下跟她摆摆手。

"欸?你之前谈的小赵还有联系吗?不知道她现在结婚没有?"

"妈,你突然提她干吗?"

"当初也赖我,要不是我反对,说不定你俩还真能成,小赵那身量一看就好生养,"婆婆瞥了她一眼,"现在想想小赵工作也不错,虽然挣得不多,但好歹能顾家,女人嘛,照顾家庭才是正事。"

"妈,医院医生都愿意夸大,最后到底能不能生还指不定呢,梅梅本身就是专业的,心里有数是不?"

概率极低,强求怀孕对你身体也有损伤。

欧阳梅耳畔响起导师的声音,可她听到自己回答说:"嗯,我老师也说还有机会。"

"真的?"婆婆弹起腰,"谢天谢地,菩萨保佑,刚才听你们说没法要孩子我真的头'嗡'一下子都大了,恨不得死了算了,好在还有机会。"

她捉住欧阳梅的手。

"小梅,你工作别太拼,身体都累垮了,咱女人生来是相夫教子的,做好本职工作,外面的事业让男人去打拼。李家男你听见没有,好好挣钱,让小梅安心在家养身体带孩子。"

"好好好,妈你说什么都对。"李家男斟上茶水。

"还有你跟领导说说,别接那些给人打孩子的活儿了,杀生哪,多损阴德。我问过你王姨了,她师父说你身上有婴儿怨灵,恨的呢。下周我搬过来给你们做饭,也给你调理调理身体,你们年轻人天天吃些垃圾食品身体都吃坏了。听见没有?现在什么都往后放放,你俩生孩子才是头等大事。"

欧阳梅涌到嘴边的话被李家男一脚踩了下去,他抢先回答:"行啊,妈你想怎么着都行。"

褐色汁水刚喝了三口,欧阳梅就冲到厕所,抱着马桶狂吐不止。

"有了有了,看样子八成是有了。"

她抹掉嘴角黏液,茫然望着逆着光拍巴掌的婆婆。

检查结果出来了,只是食物中毒。

她因为虚脱脸色苍白,立在旁边的婆婆脸色比她还要白上几度。医生皱眉嘱咐不要听信偏方,乱喝来历不明的中药。婆婆撇嘴,小声驳了句:"断子绝孙的又不是你。"

欧阳梅以调养身体为由休了长假,每天在婆婆的监视下准时准点吃饭。

萝卜炖水、白菜炖水、菠菜炖水,极少见到荤腥,因为婆婆说吃得太油腻不利于受孕。

偶尔也会炖条鱼,只是欧阳梅碗里的是零星几块豆腐,婆婆把整条鱼放在锅里,说李家男工作累瘦了,要给他好好补补。

"下巴都尖了,养家糊口不容易,小梅你身体争点儿气,别让男男辛苦太久。"

欧阳梅不再是被人称赞的"妇科圣手",在这个家里,她只是一个不中用的子宫。

疲惫也要早起,不困也要午睡,电视、电脑不能碰,因为有辐射,没有欲望也要做爱,因为排卵的日子到了。

丈夫独自欲海翻滚,她像一个溺水者,在波浪中无声呼救。

欧阳梅越过李家男的肩头望着天花板愣神,暗笑她是生育的苦行僧,要以健康生活来赎罪。

可是,她到底有什么罪呢?

"听我妈说,邻居小媳妇又怀了,年轻就是好,一播就中。"

李家男翻身下来,气喘吁吁。

"我妈说她年纪大了,再往后就带不动孩子了。"

即使在黑暗中,欧阳梅也能感觉到他眼中闪烁的光。

"她说她就想抱个孙子,谁生的没关系,只要是自己孙子就行,我爸那边的情况你也知道……"

那是多少个夜晚之前?欧阳梅记得同样的黑暗中,他附在她耳边说着不同的话。

梅梅,嫁给我好吗?

梅梅,我会让你幸福一辈子。

梅梅,我们要个孩子吧?

梅梅,要是我的问题,求你别离开我。

梅梅……

"李家男,"欧阳梅强压哽咽,"你到底想说什么?"

李家男沉默了两三秒,背过身去:"没什么,早点儿睡吧。"

欧阳梅在黑暗中睁大双眼,却只看得到回忆里的画面。

她忽然脆弱，脆弱得不马上得到一个拥抱就会死去，可回应她脆弱的，只有李家男的鼾声。

她仰面流泪，却不忘抬腿勾起双腿，因为书上讲，这个姿势最容易受孕。

- 2 -

姑姑一盆热水浇在了福宝身上，烫伤了福宝大半只右手。通红的皮肤迅速泛白、起泡，后面才跟着福宝的尖叫。

谁都没明说，可谁心里都清楚，姑姑是故意的。

大娘压着福宝，护士挑一颗泡，福宝就哆嗦一下，我和我哥跟着掉一滴泪。

所有人都哭了，除了福宝。

她身子绷得像根纤细的皮筋，忍耐中不断濒临崩溃的瞬间。

蜡黄的小脸更加干瘪，小嘴抿成一条缝，偷眼打量姑姑的表情。

可怜的福宝，连痛苦都要看眼色，连哭都要找时机。

所有人都哭了，姑姑没有。

她直挺挺地坐在那儿，眉头簇成一个死扣，像是被硬押着参加情敌的葬礼，出现的全部目的就是亲眼看看这个人到底死透了没有。她不时抬起手腕看一眼表，好像福宝半夜身上起水疱全都是因为自己的不懂事。

从今天起，我将姑姑逐出人类的行列。

在此之前，我以为她只是生性淡漠，不擅长表达爱与关怀，可热水泼下来的那一刻，我知道她没有心，也没有良知，她无法感受别人的痛苦,更不用说对造成别人痛苦的愧疚心了,从玉米地里拖回个稻草人说不定都比她更有人性。

我想起福宝为了巧克力穿着吊带在雨天里跳舞,想起她脏兮兮的小手从栏杆里伸出来拿零食,想起她眼巴巴地看着别的小孩,一边抱着爸爸的腿,一边舔冰糕,我当然知道,她羡慕的并不是冰糕。

"老虎——"

我诧异地转向我哥,他瞪着大眼珠子断断续续往外蹦字。

"老虎还不吃自己的崽,你怎么这么狠?姑姑你为什么这样?你凭什么对福宝这样?"

"洋洋,你给我闭嘴!"

欧阳洋洋第一次无视大爷的呵斥,冲上去拉扯姑姑。

"为什么老欺负福宝啊?为什么讨厌她?她到底怎么你了?她难道不是你生的孩子吗?"

大爷一巴掌呼了上去,激起大娘一阵惊呼,可欧阳洋洋完全没有住嘴的意思。

"你们上一代有什么破事不能自己解决?为什么要拿你的错惩罚小孩?你当福宝愿意生在这么个家庭吗?你当她愿意当你孩子吗?"

"欧阳洋洋,这儿没你说话的份儿!"

大爷忽然暴起,扯着衣领把他拖了出去。

走廊上回荡着我哥的号叫,急诊室陷入了一阵尴尬的沉默。

我哥的英勇献身给了我勇气,我想要为福宝打抱不平,哪怕结局是我妈的拳脚和一星期不能看动画片的惩罚。

可我的正义还没开口,就被我妈一眼瞪了回去。

"哪有这样当妈的?"

爷爷红着眼圈，拂过福宝脑门被汗打湿的刘海儿。

姑姑低声说了句什么，像是回答爷爷，又像是说服自己，爷爷脸色变了，拉起她就往外走。出门前，她回头看了一眼，眼里不是愧疚，而是怨毒。

很久之后，我才猜到，她说的大概是"我又不是她妈"。

▸ 3 ◂

欧阳福宝是欧阳梅亲手带到这个世上的。

亲手，但不是亲自。她没有撒谎，她不是福宝的妈妈。

福宝的妈妈是个年轻的南方姑娘，圆脸盘因水肿更加膨大。

她平时也许是个温和的姑娘，可十二级疼痛把她变成咆哮的母兽。

欧阳梅赶到时，她正五官狰狞地捶打着病床。

护士说她是在市场买菜时突然生产，自己捧着流血的肚子强撑到医院。

欧阳梅低头检查了下孕妇的产道，起身对护士说准备手术。手术门合上的那一刻，女孩和她同时回望了一眼，门口空空荡荡。

没有陪护，没有家人，没有支持，这个年轻的女孩在一座陌生的城市，独自承受女人最为险峻的一关。

子宫破裂，羊水栓塞。女孩已经出现弥漫性血管凝血，呼吸越发急促。

"孩子，保孩子。"她哭着恳求，手像死人般冰冷。

"冷静，你需要保持体力，你和孩子都会平安。"欧阳梅不断安抚，可女孩以肉眼可见的速度消逝，陷入昏迷。

产钳助产，不断抢救，女孩出血不止，血压急速下降。

孩子终于落地，可产房一片静寂，孩子和产妇都悄无声息。

欧阳梅红着眼眶，不断摩擦婴儿背部，拍打足底，用器械吸拭鼻腔内黏液，婴儿面色青紫，毫无反应。

"欧阳医生，已经——"欧阳梅没有理会护士小心翼翼地劝阻。她只是不断摩擦，拍打足底，像个失控的机器。

微弱的声响，似乎是错觉，所有人屏住呼吸，期待又恐惧。

欧阳梅把她托在手掌，婴儿像只瘦小的猫崽，紧紧闭着眼睛，缓慢地、微弱地，呼吸。

婴儿爆发出哭声，可女孩依然安静。

婴儿躺在新生儿监护室，女孩躺在太平间。

两天过去了，没有人来探望过。联系过女孩的家人，电话里女孩的父亲只说女孩丢人现眼，早跟她断绝了父女关系，有什么事去找她城里的男朋友。

女孩拼死带来的生命，却成为一个累赘。

院里商量，要是再找不到婴儿的父亲，只能把孩子送到福利院。

以前欧阳梅总听人说生孩子是一脚踏进鬼门关，这些年，她也确实见过各式各样的产妇，阴道撕裂，肛门脱垂，失禁拉尿在产床上的，不计其数。

生孩子究竟有多难呢？从鼻孔拉出西瓜。

她知道每一次生产必然伴随着疼痛与血污，可这是她从业以来，第一次有人真真切切因为生产死在她面前。一条鲜活的生命转瞬枯萎，她眼睁睁地看着监护仪上的心跳一点点消失。

作为医生，她知道求生是人类的本能。就算是自杀者，在抢救的间隙也会恳请医生救命。一个人自愿将生命供奉给另一个素未谋面的人，欧阳梅不知道女孩决定牺牲自己时是怎样的心情，也不敢去揣测这背后蕴藏着何等的勇气与爱。

她倚着栏杆，逗弄着婴儿。

小小的手掌，小猴子一样细密的皱纹，柔若无骨的小手，一下子攥住了她的指头，瞬间，一股从未有过的温柔击中了欧阳梅。

孩子没有父母，而他们夫妻没有孩子，这是否是冥冥之中的安排？这大胆的想法让欧阳梅又惊又喜，她温柔地触碰婴儿饱满的额头，心里酝酿着该如何跟丈夫开口，同事的脚步声打断了她的思绪。

"孩子父亲找到了。"

欧阳梅心底一阵小小的失落，可这毕竟是好事，起码孩子有了一个家。她回头，却看见同事的脸色十分难看。

"怎么了？"

"孩子爸爸在门外，你去看看吧。"

欧阳梅狐疑地拉开门，看见脸色苍白的李家男杵在外面。

- 4 -

"梅梅你原谅我吧，我就是一时鬼迷心窍，真的。"

李家男攥着她的手。

"我就是跟她玩玩，没打算认真，我爱的一直是你。"

欧阳梅两天来粒米未进，眼圈青紫，她强抑住哭泣的冲动，把脸扭向一边。

"我错了，我错了，"李家男头发蓬乱，换个方向蹲在她眼前，"这次我真的知道错了，以后都听你的好不好？求求你说句话吧,梅梅,你这样憋着是会憋坏的,我心疼。"

欧阳梅诧异地看着他,被那句心疼逗出一声冷笑。

过去的四十八小时,她的大脑高速运转,从恋爱到备孕的种种细节浮现眼前。

脑子不听使唤地反复回忆起女孩躺在产床上的身体,苍白的面容,血流不止的下体,女孩留在她手中的最后一丝体温。自己对她的感情,从敬仰到蔑视,女孩在她的记忆里,不再是伟大的母亲,只是一个不知廉耻、没有道德底线的第三者。

她恨得咬牙切齿,不断撞向墙壁,疼痛中恶毒地幻想李家男到底跟女孩上了几次床才能让她怀孕。他也曾把她拥在怀里吗?他也会温柔地呼唤她的小名吗?那些对自己讲过的情话,李家男是否也在某个柔情蜜意的夜晚,对着女孩呢喃?

生动的想象让她恶心,可她停不下来,她不断幻想,不断挣扎,不断自我折磨。

她对这个死去的女孩从鄙夷中生起一丝嫉妒。她轻而易举地撼动了欧阳梅的地位,她怀上了李家男的孩子,她为李家男而死,无论李家男承不承认,他们的爱情停留在最惨烈浓厚的巅峰。

在未来某个不确定的日子,李家男势必会想起这个为他而死的女孩,在心底生起一股虚荣的温暖。也许是在欧阳梅的生日,也许是在他们的结婚纪念日,也许是在他们温存之后的深夜,在未来某个不断逼近的瞬间,这个死去的女人将一次又一次侵入他们的爱情。

比起丈夫的背叛,自尊心的打击更让她难以承受。她居高临下地审视着李家男,不由得恶心起来。你这个软弱无能的废人,究竟有什么资格背叛我?

"我想通了,我们不要孩子了,以后就你和我,咱们两个好好过日子。"

"孩子？"

欧阳梅愣了一下，忽然想起这笔债还没有清算结束，他们之间还遗留着一个巨大的麻烦，一个生于背叛的孩子。

"要是你想要，我们就留着，反正那女人也死了，只要不说，谁都不知道有这么回事。咱们可以一起抚养这个孩子。"

李家男看了眼欧阳梅的表情，连忙改口。

"要是你烦，咱就送到孤儿院去，让她自生自灭。"

欧阳梅望向他，李家男显然误会了她的眼神。

"其实我也怀疑，哪有那么巧，说不定不是我的呢？那么轻易就追到手了，这样的女人能跟我睡觉，也会跟别人上床。弄不好根本不是我的孩子，就是想让我背锅——"

欧阳梅一巴掌甩了上去。

李家男一愣，随即赔笑："打吧打吧，要是能让你心里舒服点儿，你打多少下都行。"

一巴掌，一巴掌，紧接着又是一巴掌。

欧阳梅的手开始不听使唤，吃痛也停不下来，李家男一把攥住她的手腕。

"欧阳梅你别太过分了，事情到这一步难道你就没错吗？我出轨那还不是因为你不能生？换别人早跟你离婚了，我好吃好喝的伺候着你，我妈这几天也跟着看你脸色，你还想怎么样？"

是啊，我想怎样，事到如今我又能怎样？

欧阳梅沉默了半晌，红着眼睛看向他，就像十多年前面对求婚时一样红着眼睛。

"离婚吧。"

"我自己,"福宝把脑袋转向我,重复了一遍,"真是我自己。"

"福宝你别害怕,"欧阳洋洋快速张望了一眼,"老妖婆现在不在,你放心大胆说实话,我们帮你撑腰。"

"真是我自己泼的。"福宝眨巴眨巴眼,脑门皱巴成一颗核桃。

"你自己泼自己干吗?"这下轮到欧阳洋洋蒙圈了,"我知道了,是因为你被老妖婆逼得出现幻觉,精神变态了。"他捂着福宝的嘴巴,冲着我压低声音,"情况比想象的更严重。"

我从他手中救出快要窒息的福宝:"你能不能让福宝自己说完?"

"昨晚上妈妈又偷着哭了,我想给她接点儿热水泡泡脚,可是——"福宝盯着手腕上的疤,"水壶太沉了,我拿不住……"

在姑姑听不到的地方,福宝总是称她为妈妈。

"啧,那她也是没照顾好你!"我哥看样子是不打算放过姑姑,"你甭替她找借口,她肯定是故意的,知道你会烫着故意在一边看着。"

"那时候妈妈在哭,眼睛哭得红红的。"福宝喃喃道,"没人的时候,妈妈经常哭,哭到肩膀一抖一抖的。"

"哥,可能这事还真跟姑姑没关系。"

欧阳洋洋嗫着牙花子:"那她为什么不解释呢?被冤枉了早说哇,她不说谁知道?"

"你什么时候听过她向别人解释?"

欧阳洋洋闻言一愣,仰着头想了半天,最后只能摇摇头。

姑姑的倔打小出名,从出生那刻起就在叛逆期,三十多年愣是没走出来过。

我们都听过这么一个传闻,说姑姑欧阳梅这辈子只挨过一次揍。

当时爷爷为了当上车间主任,托人花大价钱从国外搞回来一盒西洋点心,过节的时候提着就去厂长家了,厂长笑呵呵地说了句:"你等着吧。"

结果第二天,厂长就把东西送回来了,临走时只扔下一句:"你等着吧!"

爷爷把花花绿绿的包装纸打开一看,发现内瓤的点心早就不知被谁吃没了,只留下一团团粉色卫生纸,来了个纸狸猫换太子。

我爸指认是姑姑吃的,爷爷抄起扫帚就要揍。

后来据爷爷说他当时也只想做个样子,只要姑姑认声错,这事也就算了。

可当时年仅六岁的姑姑昂首挺胸,一脸挑衅地望着他,那情形不揍两下都说不过去。

"快说知道错了。"

奶奶上前阻拦,可姑姑眼含泪花仍然昂着头,反反复复只有一句。

"不是我,我不服。"

打到最后,我爸都看不下去了,主动"认罪服法"。

爷爷出于愧疚,把仅存的一块点心给了姑姑,姑姑连接都没接,扭头就走。

这个故事每年年夜饭我爸都会翻出来讲一遍,全然忘记姑姑挨打是因为谁。

"其实姑姑惨就惨在嘴上,人倒也真不坏。我睡觉的时候她经常帮我盖被子。"

"也是,我一直想要的变形金刚,最后也是她买给我的。"欧阳洋洋撇撇嘴,"我回头还是跟她道个歉吧,尽管她可能不稀罕。算了,不想啦,小福宝,你看这是什么?"

探病路上,我和我哥凑钱买了个巴掌大的小蛋糕。我们知道福宝最爱吃甜的了。

"蛋糕!"福宝拍着巴掌,"我要许个愿,我希望妈妈能快乐起来。"

"你许自己的,你妈有她的生日,她自己会许愿,用不着你。你得许自己快乐起来。"

"看到妈妈快乐,我也就快乐了。"

听到福宝的这句话,抱着盒饭的欧阳梅,又一次躲回拐角处。

上一个不求她爱,不图她钱,只希望她快乐的人,是谁来着?

"你小时候,以为松花蛋是一种叫松花的动物下的,一直长到十多岁,你还这么以为。梅梅,你成绩是好,可你不一定总是对。"

欧阳常青看着她沉默的背影,自顾自地说下去。

"就像你觉得福宝亏欠了你,可说不定,恰恰相反呢?"

欧阳梅回身瞪他:"要不是我收留,她早死——"

"要不是她,你早就死了。"

欧阳常青的眼神,是老年人特有的悲悯。

"有人生来能说会道,有人做事喜欢大开大合,可你总是静悄悄的。

"高兴了不吭声,难受了也不吭声。你不愿意表露感情,可我是你爸,我是真心知道你,心软、嘴犟、要面子。"

她想起婆婆指着她鼻子,骂她是不会下蛋的母鸡时,父亲忽然暴怒,这辈子第一次跟人动了手。

欧阳梅眼圈红了。

"小梅,你不亏欠任何人,这么多年了,放过自己吧。我当初留下福宝,是觉得你需要她,你是我女儿,我希望你快乐,旁的都不重要。"

欧阳梅皱着脸,重复着父亲的话。

"我需要福宝?"

"这些年,若是没有福宝吊着你那口气,你那个刚强性子,早撑不下去了。"

欧阳常青从口袋里摸索出烟。

"就算没有血缘关系,她依然爱你。福宝不是你的报应,是老天爷给的恩赐。"

- 6 -

夜里十点,探病的人都走了,病房里只剩下福宝沉重的呼吸声。

欧阳梅像是第一次看见她似的,细细观瞧眼前这个小人。大脑门上散乱着几根黄色的软发,肉鼓鼓的腮帮子,扁扁的小嘴,"噗噜噗噜"地吐着气。

这孩子天天愁什么呢,怎么在梦里也皱着眉?

欧阳梅禁不住用指肚按在小眉头上,轻轻捋平。

"你家孩子真懂事,换药从来不哭。"旁边床的大婶起夜回来,"不娇气也不闹,还懂礼貌,真好,教育得真好。"

欧阳梅笑着点点头,低头看见福宝张开的小嘴里,露出的几颗牙。

福宝,我怎么就没早点儿意识到你是个好孩子呢?

今天之前,她从来没想过,福宝也许是老天爷赏她的孩子。

她一直坚信是惩罚，福宝是她会走会跳会蹦会闹的耻辱，她一直想知道，自己究竟做错了什么，竟招致这种报应。

如今再回想一九九三年的一切，记忆无疑变得空洞而虚伪。

想刻意遗忘的，因愤怒强化的，欧阳梅脑子里只剩下无数个在噩梦里循环的场景碎片，故事剥离了脉络，变得支离破碎。

她记得，她跟李家男撕扯时，婆婆冲进来狂扇她耳光。记得李家男举起孩子往地上摔时，自己疯了一般扑过去，脚趾磕在门框上，指甲掀去一半。记得哥哥欧阳建和欧阳设堵在路上，揍了李家男一顿，在婆婆报警抓他们的第二天，嫂子王晓杀去李家男单位，绘声绘色，甚至添油加醋地讲述李家男的龌龊事，逼得李家男请了一周病假。

她记得办离婚时，李家男是抱着孩子来的。手续办完，他说要去厕所，让她抱会儿孩子，她不肯。李家男憎恨地瞪了她一眼，把孩子放在她面前的地上，引得无数路人回头。

他这一去，就再也没回来。

欧阳梅缓过神来的时候，自己已经站在了大杂院门口，怀里多了个孩子。

追去单位，单位说他早辞职了；追去家里，发现房子也卖了。李家男蓄谋好一切，扔下这个没有母亲的女婴一走了之，把一切糟烂事抛在脑后，在世界的某个角落，开启新生活。

可欧阳梅的人生又要怎么办？

她成了谈资和笑柄。她讨厌人们脸上的同情，她知道这些同情背过身后，会发酵出恶意的猜疑。

"为什么这男的这么恨她，她肯定也有问题。"

她到底有什么问题呢？她也想知道。

报应，所有人都说福宝是她的报应。

欧阳梅去查过孩子的生母,所有人都说那个死去的女孩,是个温柔善良的人,知道她有个英俊体贴的男朋友,至于这个男朋友有没有家室,没有人提,也许他们也不清楚。

那这个温柔的南方姑娘是否知道呢?

也许知道,也许被蒙在鼓里,也许她是恶毒的破坏者,也有可能,她只是被坑害的无辜人。

真相究竟如何,欧阳梅永远不知道。

后来的一切告诉欧阳梅,她高估了自己的善良。

她试着去爱这个孩子,却总在她身上看见自己失败的倒影。随着福宝日益长大,曾经爱人的背叛也越发生动活泼,无法翻篇的执念,日复一日的折磨。

今天父亲的一番话点出了她从未发现的盲点,就像她满脑子混乱的拼图碎片,有人晃了晃盒子,它们就拼到了正确的位置,或者说,欧阳梅终于知道要怎么去补全缺失的部分。

她不明白自己为什么一直忽略了这样一个事实:

福宝为什么要为自己无法选择的事情负责呢?

福宝不是自愿生在这样的家庭,可福宝是自愿爱她,她该怨的是伤害她的人,而福宝跟她一样是受害者。

她曾日日夜夜祈祷得到一个孩子,这是老天爷对她的回应。

像是一阵风拂过,吹走偏见的蒙尘,脑中记忆显露原本的颜色。

噩梦缠身惊醒时,她会下意识查看福宝是不是被吓醒。

没胃口吃饭时,看着福宝的小脸,也不得不做一顿饭。

几次在海边想要跳下去,可一想到福宝会投来的悲伤目光,就不自觉走下堤坝。

福宝画得歪歪扭扭的贺卡,半夜偷偷给她盖被子,在她生病时踮着脚给她热饭，就连这次烫伤，也是福宝想帮她灌热水——

欧阳梅心中一暖，抬手想要抚摸福宝的脑门，福宝却在此刻醒来，下意识躲开，她的手就这么悬在空中。

两人的爱别扭惯了，谁都不适应光明正大的表露，一时间陷入了尴尬的境地。

欧阳梅假装从她头顶摘走什么脏东西，不耐烦地甩甩手，红着脸半天挤出一句。

"你知道松花蛋是怎么来的吗？"

一九九三年，那个遥远而神秘的下午，是后来欧阳洋洋半回忆、半虚构，硬生生拼凑出来的。

毕竟当时他才六岁，只记挂下一包干脆面能不能抽到想要的卡牌，对大人间的爱恨情仇并不感兴趣。

记忆中天色阴沉，客厅里烟雾缭绕。大人们围成一个圈，一个沉默的圈，姑姑抱着孩子，低头望着地砖上的裂缝。

最终，还是爷爷开了口。

"大难不死必有后福，"他低头望了眼咯咯笑的孩子，"就叫她欧阳福宝吧。"

第十七章

妈 妈

- 1 -

欧阳梅哼着歌，低头从包里翻找钥匙。

福宝跟着钢柱他们出去玩了，好半天才能回来，这也给她留出了做饭的时间。

最近她迷上了做饭，跟拿手术刀的冷静不同，她一拿起菜刀就手忙脚乱，还没正确估算出油盐酱醋的克数，锅里的油就不耐烦地炸响。

好在福宝从不挑剔，无论她端上什么形状的诡异物体，福宝总是点头如捣蒜般说好吃。

"这么多年，你还住这儿啊？"

欧阳梅回头，迎面撞见那张脸。

李家男还穿着分别时的那件旧夹克，只是更瘦更老了，脸上的沟壑越发明显，就像脚上的皮鞋一样。

"我看你拐进门洞，刚想打招呼就看你往上走了，怎么没回家住？"

他语气淡然得就像问她明天是什么天气，好奇地上下打量。

"这房子也是你家的？"

欧阳梅知道他在故作镇定，因为他一紧张眼睛就会眨个不停。

"你来干什么?"

"我来看看你。"

欧阳梅扯着他往外拖,李家男顺从地跟着,嘴里还不住念叨:"真没别的意思,我就是想来看看你,这么多年过去,我发现自己真的……"

"真的什么?"欧阳梅扬起眉,"真的混账?真的冷血?真的自私不是人?"

"我是真的爱你,我真的离不开……"

"别再说这些恶心我。人你也看完了,赶紧滚。"

"嗯,你打得对,我确实不是人。"李家男低着头,"我还有一个要求,能让我看看孩子吗?就一眼。"

"你的野种我凭什么留着?早送孤儿院了。"

李家男狐疑地上下打量,欧阳梅面不改色地瞪回去。

"妈妈,快看哥哥给我买的。"

谎言被拆穿得猝不及防。下一秒,不知从哪儿蹦出来的福宝抱着她的腿,仰头向她展示着手里的糖人。

李家男看了一眼,一切了然于心:"你叫什么啊?"

"福宝。"福宝半藏在欧阳梅身后,"我叫欧阳福宝。"

欧阳梅护着福宝,打掉李家男伸出的手:"别碰我孩子。"

"欸,你说什么呢,这不也是我孩子嘛。"他看看福宝,又看看欧阳梅,笑着说,"福宝,我是你爸爸。"

- 2 -

"我是他祖宗!"

我爸义愤填膺，在屋里转来转去，引得抱着他腿的欧阳金来跟在后面一路趔趄。

欧阳梅原本不想声张，可李家男似乎变本加厉，躲在暗处观察她的行踪，没几天就摸清了她现在上班的医院、常去的市场和福宝的幼儿园。

他一点点儿侵蚀，慢慢渗透，如影随形，每次回头总能看见他的痕迹。

欧阳梅快疯了，拼命走出的阴影卷土重来，她像个瞎子，在黑夜的泥淖中清洗一件污浊的衬衣，怎样皆是徒劳。

"你到底想干吗？"送完福宝之后，欧阳梅躲在拐角，一把截住紧跟其后的李家男。

"我没想干吗，"李家男不怒反笑，"我就是想多看看你们。"

"咱俩这辈子不可能了，你死了这条心。"

"你要是说得这么伤人，我也跟你实话实说。"他咬着腮帮子，欧阳梅知道他发坏的时候总是这个表情，"我想带走孩子。"

"做梦！"

"欸，你别走啊，"李家男一把攥住她胳膊，"我能给孩子未来，我也会好好补偿她，毕竟我是她爸爸。当然，你这些年的付出我也感谢，后面也会表达我的心意。"

欧阳梅甩开胳膊大步向前，可噩梦很快就追了上来。

"欧阳梅你想清楚，我们之间有血脉关系，你跟她是什么关系？你是她的谁？"

"我是她妈！"

李家男愣在原地，忽然笑了："你生过她吗？"

"他到底怎么想的，咱家又不是旅游景点，想来就来，想走就走。"我妈把瓜子皮往地上一啐，"呸，这李家男真不要脸。"

大爷一言不发，突然起身就往外冲，被大娘一把拦住："你揍他也没用，回头再给你逮进去。"

大爷闷闷不乐地坐下，头埋得更低。

"关键你怎么想，其实你也年轻，"我妈观察着姑姑的脸色，斟字酌句，"要是你觉得福宝是个负担……"

"福宝是咱家孩子，我比李家男那个垃圾更有资格抚养她，不可能让步。"

"对，就是这个理。"我妈扭向大娘李春霞，"你说哪有这样当爹的，只管生不管养，刮别人油水长自己肥膘，这还是人吗？！"

"你告诉那个畜生，"爷爷说，"想要带福宝走，除非从我身上跨过去。"

"也从我身上跨过去！"我爸再次义愤填膺。

当天晚上，愁得睡不着的爷爷起来遛弯儿，被院子里的薄冰滑倒。

起夜闹肚子的我爸朦胧中被爷爷绊倒，也磕在地上，昏在他旁边。

天蒙蒙亮的时候，端着夜壶的大爷从他俩头顶迈过去之后，才反应过来躺着的是什么，火速送往医院。

一天之内家里昏迷两个，欧阳家急疯了。

众人堆在急诊室里叽叽喳喳，哭天抹泪，直到医生宣布没有生命危险，才算松一口气。

欧阳梅买完早点正往病房走，忽然有人叫住她，是另外一个科室的同事，也是她曾经的同学。二人寒暄没几句，就见同事神色异样："我说了你可别生气啊，我那天好像看见那谁了。"

欧阳梅没搭话，两人都知道那谁指的是谁。

"我觉得也不是,毕竟他早搬走了不是?不过别说,我碰见的那个还真像,就在你家下面永旺旅馆那块,这几天碰见好几次了,嘿,越看越像。"

"是他,他回来了。"

"回来了?"同事一愣,"回来干吗?"

"他……想复婚……"

"那你答应了?"

欧阳梅缓缓摇头,同事迟疑了一会儿,试探地说:"别答应啊,我听说他在外面做生意欠了一大笔债,这突然要复婚估计有诈,别让他坑你两回。"

走向病房的路上,欧阳梅总感觉哪里不对劲,既然李家男欠了那么多钱,为什么忽然跑回来?求复合不成,为什么执意要孩子呢?养孩子更费时间、精力和钱,这说不通。

病房里,父亲和哥哥已经醒来,正在相互埋怨。

"说迈你爹就迈过去了,你怎么当儿子的?不孝顺。"

"你说绊我就绊我,再偏一点儿我可能直接碰死了,你怎么当爹的?"

欧阳梅没理会他们的斗嘴,心中诡异的预感越发浓烈。忽然,一切线索串联成一个可怕的念头,像是印证似的,她发现福宝从房间中消失了。

"福宝呢?"

她四下张望,却哪儿都不见福宝的踪影,她望向同样惊恐的我。

"福宝在哪儿呢?"

大爷撞开门的时候，姑姑一侧身子挤了进去，一脚蹬在李家男裆上。没等他爬起身，欧阳梅用膝盖顶着他胸骨，直接把刀架在他脖子上。

房间狭小昏暗，只有一张床、一张桌子，桌面上散乱着方便面和他的行李包，并没有可以藏人的地方。大爷冲进来掀开被褥，又蹲下看看桌子底下，起身冲姑姑摇摇头。

"福宝呢？"

"你们……你们这是犯法——"

"福宝呢？"

"我劝你们赶紧放开我，不然我就喊了。"

"我问你，欧阳福宝呢？"

"你疯了！欧阳梅你这是要杀人吗！"李家男吃痛哀号。欧阳梅加重了手上的力道，她知道依照李家男软弱的性子，没过几秒就会告饶。她灵巧地避开致命的血管，只挑选无关紧要的皮肉使劲。

她只想让他疼，不会让他死。

"救命啊，救命！"李家男冲着门外大喊，"杀人了，救命！"

"别费劲了，我们就想找回福宝，并不稀罕动你。"

欧阳梅极力控制眼泪，刀尖抵在他胸口。

"可我不保证，我真不保证会不会跟你鱼死网破。李家男，以前那些破事我可以忘，但是你不能一直毁我。福宝呢？你告诉我，你把福宝藏哪儿了？"

李家男咬紧牙关，直直瞪着她。

他忽然看见愣在一旁的欧阳建："你妹疯了，你不拦着？杀人是要枪毙的，你要看着她死吗？"

大爷如梦初醒，两步冲上前抱住姑姑，从她手里夺下菜刀。李家男刚要松一口气，却见菜刀重新架到眼前，只是持刀人变成了欧阳建。

"我不会让她为你这个人渣送命，但我可以陪你黄泉路走一遭。"

欧阳建山一样的躯体直压下来。

"杀了你，咱俩一起走。"

"我说我说，别杀我，我都说，"他哆嗦着腿，裤裆湿了一片，"我有个朋友一直想要个孩子，说可以有偿收养。"

"有偿收养？"

"对，我给他们孩子，他们给我一笔钱。"李家男讨好地指着行李袋，"钱都在那儿，我一分没动，你们要尽管拿！孩子养了这么久你们也辛苦了，该拿的！就是给我留一点儿就行，我做生意欠了点儿外债，他们逼得紧，我也真没法了……"

"这是贩卖人口，"欧阳梅不敢置信地望着他，"李家男你个畜生，为了钱居然卖自己的女儿？"

"我知道我知道，我知道我不是人，我猪狗不如！"李家男呜呜哭起来，"他们在汽车站，你快去追吧，再晚就来不及了。"

欧阳梅冲出门去，李家男跪在地上，脑门儿抵着旅馆脏污的地板革，边哭边吐。欧阳建折了回来，俯视他："不管福宝能不能找到，我他妈都不会让你好过。"

除了住院观察的爷爷和我爸，家中大人全都奔赴汽车站。我和我哥也想去，可是我妈不让："那儿人又多又杂，丢了一个已经够烦了，你俩再丢了怎么办！"

李家男说的是真的吗？他们赶得及截住福宝吗？那么多人，万一找不到怎么办？

我觉得哪里不对劲,可又说不上来,记忆深处有什么东西在拼命挣扎着往外爬。

欧阳洋洋像只公猩猩一样来回踱步,我站在床边,随手掀开床单,底下压着一块块叠得板板正正的卫生纸。小福宝总爱流鼻涕,所以到处都是她藏的卫生纸。

墙壁上还有我们一起画的蜡笔小人,一想到曾经的点点滴滴今后都变得遥不可及,这个小人将从此消失在我的人生中,我的眼泪又下来了。

我突然意识到,早在许多年前,在另一个地方,她已经跟我挥手告别。

当时我们仨坐在海边的堤坝上,迎着海风吹牛。福宝歪歪扭扭地站起来,望着波光粼粼的海面,回头对我说:"我以后会去那儿,那是我的家。"

"好好好,你是小龙王。"

"什么龙王,"我哥不满地瞪了我一眼,"人家是小美人鱼。"

福宝咯咯笑,末了又转向我:"要是找不到我,就去大海。"

要是找不到我,就去……

我一把抓住我哥:"海!"我被自己的想法吓了一跳,"大海!"

- 4 -

奔向码头的时候,一艘油轮已经鸣响汽笛,准备起航。我俩分头穿行在来来往往的人流中,却并未发现福宝的踪影。

"什么预感,我就说是你的神经病!"欧阳洋洋不住抱怨,可并没停下寻找的脚步。

完全是泄愤似的,我抓着栏杆对着大海怒吼:"福宝!福宝!"

身边的女人诧异地看着我,默默把孩子拉到身后。

"福宝!欧阳福宝你在哪儿?"

"哥哥——"回应戛然而止,我甚至怀疑是自己的幻听。

"福宝?是你吗福宝?"我四处搜索声音来源。

漫长的沉默,猝不及防的一声惊呼。

"哥,我在这儿!"

小小的身影在已起航的船板上奔跑,后面追着一个陌生的中年女人。

她抓住福宝,福宝扭动,周围人警惕地阻拦,闹哄哄的一团。忽然,女人被逼至围栏,撕扯中,福宝意外跌落。

翻滚的浪花,小小的福宝,一头栽了进去,转瞬消失。

福宝是世界上最好的孩子,我愿意为了她去死。

我这么说过,我也会这么做。

惊呼声中,我一跃而下,游向福宝。可跳下去之后我才想起来,我不会游泳。

咸水从鼻孔灌进气管,耳边是乌突突的轰鸣,我拼命挥手求救,挣扎着上下起伏,隐约看见欧阳洋洋正脱鞋准备往下蹦。

都什么时候了,你还脱鞋!

"我来救你们!"他一个猛子扎进来,下一秒,我感觉一双强有力的臂膀箍住我的脖子,拽着我一起下沉。

欧阳洋洋,你不会游泳,蹦下来干什么?

"这俩孩子相克,最终只能活一个。"

眼前一片空白,脑海中忽然响起那个算命老头的预言。

我和我哥,只能活一个。

这是昏迷前我闪过的最后一个念头。

我知道,那场命中注定的死亡,来了。

- 5 -

我知道我死了。

我尝试挪动身体,可有什么锁住了我,一动就是一阵抽痛。

是天堂还是地狱?

眼屎糊住了视线,喉头火辣辣地疼。

脚步声逼近,我惶恐得连忙招供:"我叫欧阳钢柱,今年十岁,没干过什么坏事,就是偷过我妈两次钱,拿尿泼过我爸一次,但那也是有原因的,不泼不行。再就是考试作了几次弊。要是还有什么的话就找我哥,都是他逼我的。要是你不认识他我可以带路,跟我一块儿来的那个大方脸就是他。"

鬼怪力气极大,一把将我拖下地,我睁开眼,看见欧阳洋洋站在我眼前。

"这是哪儿?"没等我哥回答,我扭头看见隔壁床正躺着一个输液的大叔。"这么说……咱没死?"

"被人救了。"他好像对此深感遗憾。

"福宝呢?回来了吗?"

"嗯。"

"那还等什么,赶紧去看看她。"我摘下吊瓶就要往外冲,我哥一把拉住我。这时我才看清他脸上的泪。

我开始害怕了。

人们先救起我和我哥,随后才找到福宝。

被送到医院的时候，我意识恍惚，口唇发绀。医生进行了急救，我很快就吐出了呼吸道里的积水，鼻导管吸氧之后就脱离了危险。

我哥比我还好一些，毕竟按着我的头，多呼吸了几口氧气。他只是有些呛水，医生给注射了一些抗感染、维持电解质平衡的药，没一会儿他就能下地了。

可福宝来的时候，已经没有了呼吸。

我的姑姑，一个高级知识分子，一个一辈子信仰科学的医生，跪在抢救室外哭着祈求上天，愿意用自己的命换福宝醒来。

"找个神婆吧，嫂子你不是认识神婆吗，让她救救福宝吧。"她扯着大娘哭求，大娘没说话，只是一个劲儿哭。

插着管的福宝被推了出来，上了呼吸机，依然昏迷。医生说福宝太小了，溺水时间也偏长，虽然暂时脱离了生命危险，但能恢复成什么样，不敢保证。

"要是能平安度过今晚，就算彻底脱离危险了。"

我看着眼前陌生的妹妹，脸色青白，腹部胀大如鼓。

"福宝，你睁眼看看，妈妈在笑哪。"姑姑抽噎着，紧紧攥着福宝的小手，"你的愿望实现了，妈妈在笑哪，你醒过来看看啊。"

"现在轮到妈妈许愿了，妈妈希望你快快醒来。"姑姑抹了把眼泪，"你平时最听我话了，这次也要听。我让你赶紧醒，你听见没有？我……我求你……妈妈求你了……"

姑姑转向爷爷，无助得像个孩子。

"爸，怎么办？福宝怎么……怎么还不醒啊？爸，我该怎么办啊？"

爷爷张大嘴巴，眼泪无声地灌入，大爷默默背过身去。

"梅子，你起来吃口饭吧，忙活一天了。"大娘试图拉起姑姑,"我替你看着,福宝醒了我叫你,你快去扒几口饭。"

"不行,我不吃,福宝也没吃呢,我陪着她。"姑姑一遍一遍捋着福宝肿胀的手指,"这孩子怕黑,胆小,我得陪着她,我不能让她觉得我不要她了。我让她委屈了那么久,不能再让她自己一个人了。"

"嘀——"

血管含氧量极速降低,心电监测仪发出刺耳的鸣叫,病房里乱作一团。

"医生,医生!"大娘尖叫着奔跑。

"医生,快救救我妹妹!"欧阳洋洋跟在后面磕磕绊绊地哭号。

同病房的人慢慢往外撤,我被他们推搡着,却只是张大嘴巴,发出"啊啊啊"的声音。

"去帮忙准备准备吧。"我看见我妈塞了些钱给我爸,抽着鼻子,"那边冷,给她多备件小棉袄吧。"

我知道那边是哪边。

去了的人,再也没有回来过。

可是福宝要怎么办?她那么小,又不识字,万一迷路了怎么办?万一被欺负了怎么办?万一她想家了,怎么办?

"福宝,你别丢下妈妈,妈妈需要你。"姑姑披散着头发,大爷把她向后拖。"别扯我,我也是医生,我要救我女儿。"

大爷昂着头流泪,死死箍住姑姑,不让她妨碍医生抢救。

"我才当你妈妈没几天,我还没当够,你醒醒,我们还有很多很多年要一起过。你醒醒,我带你买小糖人,买你爱吃的巧克力,我们一起准备六一节目,你醒醒,妈妈求求你,醒醒……"

一滴泪从福宝的眼角滑落,小小的身躯剧烈起伏。

像是要醒来,也像是咽下了最后一口气。

终章
海鸥

很多故事,大人哭着说,小孩笑着听,什么时候听懂了里面的心酸和残忍,什么时候孩子就长大成人了。

后来的后来,发生了许多事。

有些我想得通,有些我想不通,还有一些,我也不敢回头去想了。

龙哥的爸爸再也没出现过,龙哥的奶奶慢慢也老了,在大杂院露面的时间越来越少。龙哥说他想放弃中考,随便找份出力的工作养活奶奶,任谁劝都没用。

最后是丁天瑶红着眼堵在家门口跟他说了半天,龙哥才红着脸点头答应。

再之后,龙哥就经常去她家复习、吃饭,而哑巴丁则跟我大爷轮流承担起送龙哥奶奶去医院输液的任务。

我妈的秘密终于揭晓,原来消失的两天一夜,她是跟着别人去面试广告模特了。

没想到她没选上,长得不如她的同学却当选了,这让我妈倍感侮辱。

你可以诋毁她的名声,但绝不能轻视她的美貌。

这个秘密还是后来小有名气的同学在聚会上当作笑话说出来的，我妈听完当场提包走人，发誓这辈子再也不参加任何同学聚会，并且一有机会，就四处散播那位小明星的坏话。

我收到了小人精张永超的信，他说他在妈妈家乡的新学校成绩名列前茅，并如愿以偿有了一个可爱的女同桌。

他还说，他把城里看的漫画凭印象画下来给同班同学看，一次收取五毛到一块，现在他的财富，令我望尘莫及。

对了，我还收到了一盒来自南方的喜糖。她笑称我没有机会了，让我以后安心读书，替她听听大学里的数学都讲些什么。

还有，福宝醒来之后，再也没做过奇怪的梦。

当我们问及昏迷时发生了什么时，她总是摇摇头，她丧失了从落水到苏醒间的全部记忆。

我们的妹妹欧阳福宝从一个小预言家变成了一个普通孩子，一个有妈妈疼爱的普通孩子，要知道，现在姑姑可是一刻都不许福宝单独离开她的视线。

今天，爷爷带着我们仨来喂海鸥。

路过栈桥时，一个蹲坐在街边卜卦的老头截住了我们。他的目光在我们仨脸上来回流转，神秘兮兮。

"你们仨相生相克，只能活一个。"

下一秒，他从怀里掏出几个劣质的护身符。

"但只要买了我的护身符，保你们逢凶化吉。"

那一刻，一切豁然开朗，我忽然明白，那个威胁恐吓了自己快十年的宿命就是一个笑话。

我的爷爷依然抠门，舍不得买小贩兜售的食料，在别人的鄙视中掏出从家里带的长毛的馒头分给我们："都一样，海鸥都爱吃。"

他以为海鸥会上他的当。

我们四个形成一个台风眼,漫天飞舞的海鸥扑向众人,唯独空出我们。

"都说海鸥记忆力很好,今年喂它,明年还会飞回来。"我哥朝空中扔馒头碎,希望能碰巧扔进哪只不开眼的海鸥嘴里,"你说,这些海鸥会不会祖祖辈辈都躲着咱们?"

"这哪是投喂,这简直是谋杀。"我用馒头瞄准一只向我拉屎的海鸥,"说不定明年回来时,嘴里还骂骂咧咧呢。"

福宝和爷爷则站在另一头的礁石上。

她吸着鼻涕,仰头看着海鸥在头顶盘旋鸣叫,扇动翅膀,忽然"啊"了一声,扯扯爷爷正往天上扔馒头的胳膊。

"我想起来了,昏迷的时候,有一个奶奶,一个老奶奶,带着我沿小道一直往回走。"

她眨眨眼,继续回忆。

"那条路静悄悄、黑漆漆的,奶奶怕我害怕,一直拉着我的手,一路都在给我讲故事。末了,我看见前面有光,还听见妈妈在哭,我着急坏了,这时候老奶奶跟我说:'到了,快回去吧,都盼着你呢。'"

爷爷停下掰馒头的手,抓着塑料袋,不解地望着福宝。

"我问:'奶奶,你不来吗?'老奶奶笑着摆摆手。对了,她还让我给你带句话。"

福宝转向爷爷。

"她说看见了。"

爷爷的表情跟看见馒头的海鸥一样,十分迷茫。

"那个奶奶说,"福宝指指海鸥,"她看见了,海鸥,她最后看见了。"

爷爷抬头看看海鸥，又低头想了想福宝的话，突然间，老泪纵横。

这么多年过去了，他终于等到了一直期待的那个回答。

"爷爷，爷爷你别哭哇，是海鸥挑食，不是你抠门！"

我赶紧从对面礁石上一步跨过来，掏出自己的鼻涕纸给他擦泪。

"就是，别哭哇，是海鸥不识好歹！"我哥也连忙安慰。

可爷爷依然号哭不止，引得路人侧目。

"爷爷，我开玩笑的，海鸥明年绝对不会骂骂咧咧地回来。"我拼命拍着他后背，"你别哭了，你一哭，我也想哭了。"

"就是就是，它们要是敢骂你，我们就帮你骂它。"

爷爷瘫坐在礁石上，又是哭，又是笑，任海浪打湿了裤脚。

初春的大都万物新生，游人如织，来自天南海北的人停下脚步，好奇地望向我们。

也许在未来的某一天，他们还会想起，海滩的某一块礁石上，伴着漫天飞舞鸣叫的海鸥，哭作一团的爷孙四人。

【正文终】

番外

欧阳钢柱想通了

- 1 -

这些年我一直在想一个问题，那就是：姜小白到底去了哪里？

不同于其他人的搬离，他的离去更近乎消失，像一滴水落在了水里，那晚的他趁着暮色，彻底溶化在人海之中。

当然，我也并非时时刻刻将他挂念，毕竟要论关系，我跟小人精和楼上的姐姐更亲近些。在白天，我仍尽职尽责地扮演好一名小学生，时间被人为划分成一格格的小抽屉，塞进各色的学科、各式稍纵即逝的情绪。然而到了夜晚，在无力控制的荒诞梦境中，姜小白一次次地在夕照中与我擦肩，他躺在担架上望向我，一双眼在渐浓的夜色里闪闪发亮。在我正要读懂其中含义的前一秒，他又倏忽消失，如同一阵烟，兀自散开在风中。

不知为何，近期我越发频繁地想起他。他的身影已经跨过了晨昏的交界，逐渐出现在我白日的生活中。

那是二〇〇二年的最后一个月，众人沉浸在某种共通的喜悦之中，迫不及待地想要将旧日种种不如意统统打包送走，借着新年的第一缕曙光，洗心革面，重新做人。我知道，我也开始了自己的收纳，我将记忆里的面孔分门别类地入库，这堆是亲人，这堆是仇敌，这堆是过客，这堆是教训。

唯有姜小白是个意外。

我始终不确定当年自己的所作所为于他而言究竟算什么，故事的最终他又是如何看待我的。是好是坏？是恨是爱？是感激还是怨怼？我迫切地想要抓住一个确定，一句评判，一声尘埃落定，可他偏偏又不给我这个机会。

那次分别后，我再没得到过他的消息。

在被同一个梦境折磨了将近两周之后，一个寻常周日的早晨八点，我表现出某种与实际年纪不符的身心俱疲。早饭过后，我心不在焉地歪在沙发上，看向我那无忧无虑且没心没肺的哥。此时，他正端着个大碗冲着电视机傻乐。

我盯住欧阳洋洋，就在话语脱口的前一刻，他心有灵犀般转脸也望向我。

不愧是自家兄弟，就是心有戚戚。

他点点头，目光决绝。

"你来当死人。"

我早该知道的，我俩有个屁的默契。

- 2 -

在我隐秘怀念姜小白的那段日子，我哥欧阳洋洋开始疯狂追剧《刑事侦缉档案》。

伴随着小人精的搬家以及龙哥的改邪归正，他手下的团队急速缩减，旺盛的精力与那一腔子无处宣泄的正义感终于在这部港剧的指引下找到了出口，他立志要成为老街张大勇，甚至给自己起好了艺名，欧阳大勇。

然而朗朗乾坤，世上哪那么多冤屈给他这个半吊子伸张。他思来想去好几天，终于发现想要破大案，最为快捷的方式就是自己作大案。于是他为我选择了两条出路，要么演死者由他帮我申冤，要么当坏人由他帮我改造。

毫无疑问，两个我都不想选。

那个午后，他绷着一身腱子肉向我步步逼近，威胁我在上路和上邪路之间二选一，我向我爸投去求助的目光，我爸无动于衷。恰逢此时居委会大姨找上门来，跟我妈喊喊喳喳不知说了些什么，只见我妈压低声音，五官紧皱，时不时冲我爸冷冷剜上一眼，居委会大姨则十分配合地"啧啧啧"几声，搞得我爸如芒在背，坐立难安。

两人东拉西扯话家常的尾声，大姨终于想起此行的主要目的，出于责任心，顺带宣传了几句反扒。

"眼瞅着又到年底了，犯罪分子也冲业绩，坑蒙拐骗的多了，让恁公公和恁老头小心点儿。"

这几句针对性十分明显，奈何我爷爷欧阳常青遛狗去了，我爸欧阳设则油盐不进，警告只被心怀不轨的欧阳洋洋听了进去。

果然，他略一思考便喜上眉梢，径直拦住了我逃跑的去路。

"再给你两个选择，要么，咱俩搭伙去逮坏人——"

"第二个呢？"

他居高临下地看着我。

"我揍你。"

终于送走了两个活祖宗，欧阳设长吁一口气，环顾四周。

王晓上班前曾提醒他看着钢柱写作业，并非他不想实行，实在是心里憋着别的事。上周王晓闲不着懒不着，以百年一遇的热情非要给家里来个大扫除。这一扫帚下去，率先扫出了他贴在床板底下的私房钱。劈头盖脸一顿教育后，自然是全部没收充公。

他本想趁着今天王晓上班神不知鬼不觉地把钱偷回来，谁知钢柱这小子磨磨叽叽非黏在自己眼前不肯走，也不知发什么邪劲，平时"大义灭爹"，今天突然演起父慈子孝来了。好在洋洋懂事些，连拉带拖地扯着钢柱出去散心了。

待凌乱的脚步声连带着钢柱的哼唧声彻底消失在小巷尽头，欧阳设胸有成竹地立在不到二十平方米的房子中央。在他看来，拢共屁大点儿的屋子，王晓能藏钱的也就那几个地方，对于具有一流侦查意识的自己来说，小菜一碟，手拿把掐。

然而事情的复杂程度，或者说妻子在藏钱方面的道行远超他的想象。

他蹑手蹑脚地拉开一只只抽屉，小心翼翼地掀开一层层褥子，满怀期待地抖搂开衣橱里的一件件衣服，在布满灰尘与樟脑球气味的迷茫中，一次又一次地失望。

不对，不对，不该是这样。

翻找的时间远超预计，他的动作开始加速，脚步变得凌乱，就连呼吸也不听使唤，一会儿忘了呼，一会儿拼命吸。窗外，天色逐渐昏暗，他那一大家子干啥不着调、唯有吃饭很卡点的家人随时都会回来，他们将撞见满头大汗的他跪在一堆旧衣服和破床单之间翻箱倒柜，其中的做贼心虚，不言自明。

无论如何，今天非找到不可，毕竟前些天打牌输了钱，虽说不多，但如果被街坊追到家里来要，那王晓必然会挠花他的脸。

为隐秘行事，欧阳设连灯都没敢开，眼下他在渐暗的屋子里一无所获，气喘吁吁。

突然间，他灵光一闪，半信半疑地将手伸向枕头。

果然，在沙沙作响的荞麦皮里，摸到几张柔软扁平的纸币。

就在欧阳设为失而复得的钱财欣喜时，他听见近处传来一阵脚步声。

近在咫尺，他左顾右盼，没有人，直到他抬头仰望。

声响来自楼上，他自嘲小心过了头，可下一瞬又慌张起来。

楼上本是姜小白家，那晚风波之后早空了，如今老屋里哪还有人？

窸窸窣窣的声响还在继续，欧阳设按捺不住好奇走出去，站在过道里仰头往上看。

忽然间，姜小白家的后窗大开，一道黑影从天而降。

- 4 -

我被欧阳洋洋胁迫着蹲守火车站已经快两小时了，除了冻出两条鼻涕，一无所获。

他警犬般穿行在人潮里，除了碍手碍脚惹人嫌弃，同样一无所获。

就在我打着腹稿，考虑着如何在不伤自尊的情况下将他劝回家时，原本蹲坐在马路牙子上的他，霍地拔地而起。

"来了！"

我本能地想嘲笑他神经质，可顺着他视线看去，果然见到一个男人形迹可疑。

不同于其他旅人的行色匆匆，他两手抄兜，一路上左顾右盼，在买票窗口前停住了脚。售票口就那么几个，一堆人你推我搡地往前拱，这男的忽然紧紧贴住前面的一个小个子，不时回过头去，朝远处的另外几个人打眼色。

紧接着，又有两三人无声靠近，逐渐围拢，将浑然不觉的猎物困在中间。

不好，遇上团伙了。

我下意识想去拉我哥的手腕，可他大叫一声，率先一步闯过红灯，冲了上去。

那男的猝不及防，被他从背后一头顶了个趔趄，就连同伙也吓了一跳，一时间不知这算怎么回事。人海起了波澜，小个子发现不对头，转身想撤，不料那男的直接上手去抢。我哥哪里见过这么胆大包天的，帮着小个子去夺，一面使劲儿一面高喊。

"抓小偷，抓小偷啦！"

人群沸腾翻涌，纷纷散开，我哥立在暴风眼中与素昧平生的小个子并肩作战，连撕带咬地扑向每一个靠近的人。远处，穿制服的警察呼啸而来，我被意料之外的骚动钉在原地，而人群中某张一闪而过的脸更是乱了我的心神。

就在我情不自禁想要追着脸的主人走时，欧阳洋洋的惨叫将我拉了回来。

"钢柱，救我！"

我循声回头，透过无数双分岔的脚，只看见我哥被人死死按在地上。

两个贼撞到了一起。

就在欧阳设跟闯空门的毛贼厮打得难舍难分的时候,他曾想高喊"抓小偷",可下一秒又想起了自己的尴尬身份,于是乎,两个同样胆小又笨拙的贼在过道里展开一场无声竞技,在黑暗中徒劳锁着对方的喉,谁也没有声张。

到底是家贼有底气,发挥了主场优势,欧阳设很快将那个毛头小子压在身下,高举右拳,准备正义一击。就在此时,过道尽头响起熟悉的脚步声,欧阳设凭借着求生的本能分辨出来人是王晓。

一股更大的恐惧霎时攫住了他,欧阳设一把揪住小偷的衣领,连拉带扯地给他生生拽进了屋里,又怕他跑了一般,顺势反锁了房门。

这回轮到小偷蒙了。

"大哥,你这是干吗?"他抹了把鼻血,"这趟我什么也没捞着,放我走吧,今后真再不敢了。"

欧阳设还没来得及张口,大门的玻璃窗上就映出王晓的脸。她神色慌张,视线扫过一地的凌乱,转瞬升级为愤怒,"啪啪啪"捶打着房门,震得玻璃窗"格拉格拉"作响。

欧阳设背对王晓,慌乱中的举动更是让这初出茅庐的贼疑惑不已。

"大哥,你到底要干吗?"

当晚,最近的派出所里,小偷欲哭无泪。

"警察同志,我没偷,真没偷。"

对面的警察横眉冷对:"再扯,没偷你进人家里干什么?你兜里的钱又是哪来的?"

小偷急切地挺直身子:"我说了很多遍,我也不知道,真是那人把我拽进他家里的。钱?钱可能,可能是他趁我不注意,偷着塞我口袋里的——"

"你自己听听这像话吗?你自己信吗?!"

"是,说出来我自己也不信,但真是这么回事——"

阅人无数的老警察笃定对方是在抵赖,调门拔高了几分。

"端正态度,坦白从宽,眼下人证、物证俱全。"

"人证……"

小偷茫然了,他眼前浮现起那个谢顶的小个子男人。在那个女人踹门进来的同时,这个猴一样的男人忽然扑向自己,下一秒就跟自己翻滚在了一起。他当时大脑一片空白,只记得这男人大喊着"家里进贼了"。

是栽赃,是同行间彻头彻尾的嫁祸。

他忽然明白了,怪不得他被警察带走的时候,那男人微微背过身去,拼命躲闪自己的视线。至于人证,八成也是他了,肯定是他一通颠倒黑白,如今自己身背的这口大黑锅怕是摘不下来了。

小偷垮下肩来,终于见识了什么叫人心险恶,这一遭他只能认栽。可他始终理不明白,自己跟那男人无冤无仇,他为什么要设这么个局陷害自己呢?

猛然间,他福至心灵,抬眼望天。

他想着这也许是老天爷在点他,在他真正铸成大错前先派个更恶的来磨他。他在派出所的日光灯下品味着上苍的良苦用心,于是攥紧拳头,暗自发誓,等他出去一定洗心革面,重新规划职业生涯。

- 7 -

欧阳洋洋因为干扰反扒行动,被便衣警察进行了批评教育。

直到警方将小个子押走他才搞明白,他十足地帮了倒忙,那个小个子是个惯偷,在被便衣盯上以前,已经悄无声息摸了四五个人的钱包。如今洋洋在角落里受教育,而失主们则围在值班室的桌子前,一面道谢,一面领自己的钱包。

就是在那个时候,我再次看见了他。

我挨在门边,听他向警察报上自己的名字,核对钱包里的财物。

一个全然陌生的名字,可我知道,是他。

他没有发现我的存在,道了谢,急匆匆走出门去。

我们又一次擦肩而过。他比印象中更加瘦高,侧脸模糊了少年时的样子,成人的轮廓逐渐显现。我冒犯般看向他的右手,戴着手套,不知是后面接上了,还是换了假肢。也许是偶然,我看见他接拿东西用的都是左手。

我愣愣地盯着那张有些陌生的脸,直到他与等候在外的同伴们一起说笑着走远。他将书包背在右肩,拉链上一个小巧的暗影随着他的脚步甩动、跳跃,在空中划出道圆弧,"吧嗒"一声落在地上,直至滚到我的脚边。

塑料串珠的小挂件，苏文巧在人间最后的印记。

那一瞬，我确信了我的怀疑。

理智恢复前，冲动的记忆复苏，我不顾一切地追了上去。一连串的疑问在我喉间涌动，只有我知道自己为了这一天熬过多少个噩梦，只有我明白自己多么迫切地想要追讨一个明确的答案。

可我最终停住了脚。

眼前的他衣着整洁，与年纪相仿的朋友们并肩大步向前。不知聊到了什么，北风吹来他肆意的笑声。在那间阴暗逼仄的房间里，我从未听过他如此高声松弛地笑。

我有些迟疑，不知该不该为了自己的窥探欲，撕开他掩盖伤疤的包装。

就在我准备离开的时候，他不经意回头，视线扫过我的脸。下一秒，鲜活的面容僵住，如同木雕的面具。我在他眼底混沌的情绪中认出了那个曾住在我楼上的、夜夜哭着练琴的少年，而曾是少年的他同样也透过面具，认出了我。

他的朋友觉出了异样，接连停下脚步，好奇地打量起我们。

"你东西掉了。"

我抬手将珠串还给他，他迟疑，仍用左手接过。

"认识吗？"我听见有人问。

他开口之前，我撒腿就跑。我不想听到那个回答，是也好，不是也罢，如何回应都是他的权利，我不想因为自己的在场而成为往事的同谋，向他施压。比起我对旧情的怀念，我更希望他能够在崭新的、空白的时光里重写出身，毕竟余生他唯一渴求的就是被平静遗忘。

我想要铭记，他想要遗忘，因为我只是无惊无险的旁观者，而那些伤曾真真切切地落在他身上。每次旁人茶余饭后的提及，那些结痂的伤疤都会再一次渗出血来。比起高高在上的同情与怜悯，亲历者真正想要的是寻常体面的生活，是无人知晓的新生。这个道理，我也是在许多年后，在自己成为被围观的那一个时才慢慢懂得。

也许在未来遥远的某一日，我会心血来潮地记录下这些童年旧事，但请放心，我将隐去你的名姓，涂改掉真实的故事，我将为你杜撰一个纯白无瑕的过去，再没有任何熟人能透过文字搜捕到你，没有任何闲话能牵绊住你，尽情奔向未知的前路吧，不是姜小白的姜小白，我们会遗忘，你终将自由。

"有你这么白眼狼的吗？都不关心一下我，跟着别人就跑了。"

接受完教育的欧阳洋洋揉了我一把，转脸，却也看见了他的背影。

"欸？那不是——"

"不是，"我赶忙拉住他，"我刚才去看了，不是。"

"哦，"他没再纠结，搓着手上的灰，转瞬又兴高采烈起来，"你当时看见没？警察劲儿就是大，一下子就给按地上去了。好家伙，那扫堂腿，'唰唰唰'，欸，你说我现在练还来不来得及——"

我听着欧阳洋洋的絮絮叨叨，强忍着没有回头。

在另一个暮色里，他再一次也是最后一次与我擦肩。

- 8 -

当天晚上那顿饭，我吃得恍恍惚惚，没听我爸是如何绘声绘色、添油加醋地讲述他怎样智斗悍贼，大爷说他吹牛，我爸反击说大爷是嫉妒，而欧阳洋洋则见缝插针地讲述下午的经历，当然，他略去了自己那段没说。

爷爷冲我眨眨眼，把盘子里最后一块肉塞进我碗里。我有一股强烈的近乎呕吐的冲动，感觉那个秘密在我肚腹中蹦跃，几近脱口而出。

可我最终还是忍了下来。

我也不知为什么，只是隐隐觉得不应该告诉任何人，哪怕是我最好的朋友——爷爷也不行。每多一个人谈论起他的旧事，他想要挣脱的牢笼便坚固一分。眼下我唯一能做的就是闭嘴，默然咀嚼那个秘密，连同爷爷夹来的肉，一股脑儿吞咽下去。

好在家人吵闹了一阵便转移了话题。

我妈和大娘、姑姑她们讨论起年夜饭吃什么。姑姑主张去饭店，干净又省事，我妈有点儿心动，大娘则是有点儿心疼钱，正拉扯着，我爸非插嘴说在家吃才有那个味，我妈说你闭嘴吧，你又不做饭，干张嘴等饭吃的有什么资格说话。闻言，刚抬起头的爷爷和福宝又默默低下头去。

新的一年迎面而来，就地球来说，不过是漫长时光中乏善可陈的一天，可对于生活在地球上的名为人类的物种而言，是归零，是更新，是重启。

在接下来的三年，老街将发生许多足以改变我们人生轨迹的事件，可当时的我们并不知晓，我们只是在同一时刻昂起脖颈看向墙上的旧挂历，满心期待地渴盼着那个闪着光的未来。

出版后记

写下这行字的瞬间,忽然有些恍惚。如同推开窗子,惊觉日夜在耳的蝉鸣不知何时止了息,突如其来的静默预示着夏天的终了,而故事的收尾同样是一种象征,意味着我再一次"失去了"童年。

感谢各位陪我一路行至此处,感谢你们的信任与耐心,请允许我隔空鞠躬。

这是我出版的第三本书,但在时间轴上,却又是我完成的第一个故事。作为人生第一部有头有尾的长篇小说,《欧阳钢柱想不通》势必是不完美的,文笔稚嫩,情绪直给,某些篇章的叙述又偏重个人化,与其说是技巧,不如说是一种近乎本能的倾诉。

然而,这些未经打磨的毛糙棱角确是我曾经"豁出去过"的真心实意。也许在今后的诸多作品里,我们会于不同的风格中重逢,那时的我可能更为"隐忍",可以不动声色地把控一个故事,但在这部"半自传体小说"中,请允许我情不自禁地自我暴露。

欧阳钢柱这个名字,最初源自朋友间的一场玩笑,而围绕名字展开的整个故事同样也似一出荒诞喜剧,嬉笑怒骂一锅乱炖,不求高雅,只图个尽兴热闹。故事以大杂院里欧阳一家人的日常生活为主线,辐射整条老街十多户人家的喜怒哀乐,通过孩子的视角,讲述成人世界里那些不被看见的幽微角落。

说大爷是嫉妒，而欧阳洋洋则见缝插针地讲述下午的经历，当然，他略去了自己那段没说。

爷爷冲我眨眨眼，把盘子里最后一块肉塞进我碗里。我有一股强烈的近乎呕吐的冲动，感觉那个秘密在我肚腹中蹦跃，几近脱口而出。

可我最终还是忍了下来。

我也不知为什么，只是隐隐觉得不应该告诉任何人，哪怕是我最好的朋友——爷爷也不行。每多一个人谈论起他的旧事，他想要挣脱的牢笼便坚固一分。眼下我唯一能做的就是闭嘴，默然咀嚼那个秘密，连同爷爷夹来的肉，一股脑儿吞咽下去。

好在家人吵闹了一阵便转移了话题。

我妈和大娘、姑姑她们讨论起年夜饭吃什么。姑姑主张去饭店，干净又省事，我妈有点儿心动，大娘则是有点儿心疼钱，正拉扯着，我爸非插嘴说在家吃才有那个味，我妈说你闭嘴吧，你又不做饭，干张嘴等饭吃的有什么资格说话。闻言，刚抬起头的爷爷和福宝又默默低下头去。

新的一年迎面而来，就地球来说，不过是漫长时光中乏善可陈的一天，可对于生活在地球上的名为人类的物种而言，是归零，是更新，是重启。

在接下来的三年，老街将发生许多足以改变我们人生轨迹的事件，可当时的我们并不知晓，我们只是在同一时刻昂起脖颈看向墙上的旧挂历，满心期待地渴盼着那个闪着光的未来。

出版后记

　　写下这行字的瞬间，忽然有些恍惚。如同推开窗子，惊觉日夜在耳的蝉鸣不知何时止了息，突如其来的静默预示着夏天的终了，而故事的收尾同样是一种象征，意味着我再一次"失去了"童年。

　　感谢各位陪我一路行至此处，感谢你们的信任与耐心，请允许我隔空鞠躬。

　　这是我出版的第三本书，但在时间轴上，却又是我完成的第一个故事。作为人生第一部有头有尾的长篇小说，《欧阳钢柱想不通》势必是不完美的，文笔稚嫩，情绪直给，某些篇章的叙述又偏重个人化，与其说是技巧，不如说是一种近乎本能的倾诉。

　　然而，这些未经打磨的毛糙棱角确是我曾经"豁出去过"的真心实意。也许在今后的诸多作品里，我们会于不同的风格中重逢，那时的我可能更为"隐忍"，可以不动声色地把控一个故事，但在这部"半自传体小说"中，请允许我情不自禁地自我暴露。

　　欧阳钢柱这个名字，最初源自朋友间的一场玩笑，而围绕名字展开的整个故事同样也似一出荒诞喜剧，嬉笑怒骂一锅乱炖，不求高雅，只图个尽兴热闹。故事以大杂院里欧阳一家人的日常生活为主线，辐射整条老街十多户人家的喜怒哀乐，通过孩子的视角，讲述成人世界里那些不被看见的幽微角落。

于我而言，整个创作过程是一场神秘的召唤。我与岁月相对而立，抖落掉记忆上的尘埃，于是乎，曾经的街坊邻居、同学亲友，那些早已淡忘的面庞又一次清晰可触。他们自遥远的旧日走来，笑着向我打招呼，我们并肩挽手地相互寒暄，桌上茶水尚温，彼此亲密无间，仿佛离别只是昨日。

我曾在这个故事里获得某种安慰，我希望你也是。

也许在人生的某个瞬间，我们都曾是欧阳钢柱，面对喧嚣变幻的世界，心怀许许多多的想不通。希望这本稚嫩的小书可以成为一道门，当我们在现实人生里感到疲惫时，翻开书，儿时记忆中还有一个温暖的家可供休憩，希望童年时做过的那些斑斓美梦，感受过的那些爱与期待，我们如今仍旧记得。

对童年的追忆是一场清醒的梦境，但现实世界的某些时刻，是需要梦去支撑的。《欧阳钢柱想不通》是一首献给普通人的赞美诗，谢谢我们都有好好长大，谢谢我们最终没有放弃自己的人生，谢谢我们一路勇敢，披荆斩棘，内心深处的那个小孩觉得，我们已经长成了厉害的大人，小孩说以我们为傲。

写到这里，就连结局也到了结局。小钢柱，就送到这里吧。

也许此时你仍站在大杂院的门口向我们挥手道别，而我们也将带着你的那些想不通，踏上新的征程。偷偷告诉你，其实大人也有许多的想不通，只是路还长，总要走下去，答案也许在明天，也许在下个路口。

如果有一日我们寻到了答案，一定回到童年，告诉你。